新潮文庫

すえずえ

畠中 恵著

新潮社版

10629

目次

挿画　柴田ゆう

すえずえ

すえずえ　［すゑずゑ］【末末】
時間的に後であること。これから先。将来。行く末。のちのち。
『日本国語大辞典』より

栄吉の来年

1

「若だんな、若だんな、大変だよぉ。こんな事が突然起きるなんて、驚いちまったさ」

昼餉《ひるげ》も過ぎた刻限《こくげん》、江戸は通町《とおりちょう》にある廻船問屋《かいせんどんや》兼薬種問屋《やくしゅ》、長崎屋《ながさきや》の離れにやってきたのは、渋団扇《しぶうちわ》片手の貧乏神であった。

もっとも貧乏神金次《きんじ》は、長崎屋へ、恐ろしき神の通力を見せに来た訳ではない。毎度、余りにも歓待されているので、祟《たた》りたくとも祟れず、金次は大概、離れに住んでいる若だんなと、のんびり囲碁でもして過ごしているのだ。

しかし今日は、貧相な身なりでひょいと縁側へ上がり込むと、碁を打つより先に、まず話し始めた。

「ひゃっひゃ、お江戸ってぇのは、やっぱり楽しいね。戦《いくさ》ばっかりしてた、国盗《くにと》り合戦の時分とは、随分と起きる事が違うよ。なあ、若だんな」

すると、若だんな以外にも沢山の者が、炬燵《こたつ》から顔を上げる。

「おや金次、おいでなさい。一体何が楽しかったんだい？」

「きゅい、お饅頭《まんじゅう》を拾ったの？」

「祟って、大店《おおだな》でも潰《つぶ》したの？」

そう言って、貧乏神へ手を振ってきたのは、妖《あやかし》の面々、屏風《びょうぶ》のぞきに鳴家《やなり》、鈴彦姫《すずひこひめ》であった。人の世の理《ことわり》から一つ外れた二人、兄《にい》やの仁吉《にきち》と佐助《さすけ》も、金次へ目を向ける。

先代の妻おぎんが、齢《よわい》三千年という大妖《たいよう》であった故《ゆえ》、長崎屋の離れには、今日も人ならぬ者達が数多《あまた》揃《そろ》っているのだ。

すると貧乏神は、珍しくも目をきらきら輝かせ、首を横に振った。

「違うんだなぁ。今日の話は、そんないつもの事じゃねえのさ」

金次が離れに持ち帰ってきたのは、驚くような噂話《うわさばなし》であった。

「聞いとくれ、若だんな。何と三春屋《みはるや》の栄吉《えいきち》さんが、見合いをしたってぇことだ」

「は？　栄吉が見合い？」

驚いた若だんなが目を皿のようにし、鳴家達は「ぎゅわーっ」と騒いで立ち上がった途端、炬燵の上から転げ落ちる。若だんなの事以外で、この世に慌《あわ》てる事などないと心得ている兄や達は、落ち着いた声で金次に次第を尋ねた。

「仁吉さん、その話を拾ったのは、髪結《かみゆ》い床《どこ》なんだよ。西の達磨《だるま》床。崇ろうと決めて行ったんだけどねえ」

何しろ達磨床の主《あるじ》は噂好きが過ぎて、髪を結うより喋《しゃべ》っている怠け者であった。だから金次は、一つ気合いを入れて祟ろうと、店を訪ねたのだ。

ところが、入るなり店主が口にした噂は、思いがけずも若だんなの友、栄吉の事であった。それで金次は、その噂を早く離れへ持ち帰ろうと、急いで店から出た。よって、つい床屋を祟り忘れてしまったという。

「貧乏神がこれじゃ、いけないよなぁ」

「それでそれで？　相手は誰なの？　見合いをしたって事は……その縁談、大体まとまってるんだよね？」

若だんなが、炬燵から身を乗り出して問う。

江戸では、見合いまでいった縁組みは、仲人《なこうど》や親の間で、かなり話が進んでいる事が多かった。そもそも見合いと言っても、当人達は茶屋などですれ違い、ちらりと互いの顔を見るくらいのものなのだ。

「栄吉、早々にお嫁さんを貰《もら》うのかしら」

　何も聞いてなかった若だんなが、あれこれ問いを重ねる。しかし金次からは、さっぱり答えが返ってこなかった。

「さあてねえ。床屋の野郎、客から聞いたって言うだけで、詳しい事は言っちゃいなかったからな」

「ねえ金次、お相手の名前くらい、分からないの？」

　するとこの時、庭から離れへ声がかかった。庭の稲荷《いなり》に巣くう化《ば》け狐《ぎつね》達が団体で、話に加わってきたのだ。揃って見合い話に興味津々《しんしん》らしく、髭《ひげ》をふるふる動かしている。

「若だんな、こういうときは、人に化けられる我らにお任せ下さい。なに、見合いの噂なら、町に散って直《す》ぐに拾ってきます。ええ、若だんなの為《ため》ですからね」

　そう言うと、あっという間に化け、長崎屋から駆け出て行ったのだ。金次が縁側で、からからと笑った。

「ひゃひゃっ、守狐《もりぎつね》達、張り切ってるな。みんな、惚《ほ》れた腫《は》れたの噂は好きだねえ」

　すると狐達は、本当に驚く程早く、あれこれ摑《つか》んできた。佐助が茶と羊羹《ようかん》を用意している横で、若だんなに素早いと褒められた狐達は、口が裂けたかと思う程笑った。

「こん、これくらい、朝飯前ですよ。お江戸の噂好きは、必ず井戸端におりますから」

そして数多話を拾ったと言い、さっそく若だんなの目を覗《のぞ》き込んだ。

「若だんな、栄吉さんの相手の名が、分かりました。おせつさんと言うそうです！」

年は十八。親は権三郎《ごんざぶろう》と言い、何と栄吉と同じく、菓子屋の職人なのだそうだ。

「へえ、職人さん」

「働いているのは中里屋《なかざとや》という、寺社出入りの菓子屋で、大店なんだそうですよ。権三郎さんは通い番頭です」

権三郎は腕の良い職人だが、跡取り息子を病で早くに亡《な》くした。だから独立して店を持つ事はせず、隠居するまで中里屋で頑張り、老いたら小さな家で妻とゆっくり過ごす。そう決めているという。

若だんなが深く頷《うなず》いた。

「凄《すご》いね、井戸端にいる人達は、余所《よそ》の事を、そりゃ良く知ってるんだね」

「若だんな、権三郎さんには、年頃の娘さんが二人いますんでね。近所のおかみさん達は、二人がどう片付くか、そいつに興味があるんですよ」

そんな訳だから、権三郎は婿《むこ》を望んでいない。良き縁が得られたら、姉妹を嫁にやりたいと言っているのだ。ただ。

「一つだけ、子を亡くしている権三郎さんには、譲れない考えがあるようで。娘さんを遠くへやるのは嫌だ。江戸の男に嫁いで欲しい。そう願ってるんですよ」

そうすれば孫の顔も見られるし、寂しくもない。それで。

「同じ菓子職人の栄吉さんに、縁談が行ったようです」

狐達は縁側に並び、羊羹へ手を伸ばしつつ、そう話を括《くく》った。すると離れにいた面々が、右に左に首を傾《かし》げたのだ。

「ありふれてるようで、何か妙な話だね」

若だんながまず言うと、妖らが一斉に頷き、屏風のぞきなど、半眼で狐を見ている。

「狐達の調べ事は、間が抜けているねえ」

急ぐ余り、通り一遍の噂を拾っただけで、肝心な事を忘れているというのだ。

守狐が、髭を震わせた。

「ど、どこが可笑《おか》しいっていうんだい」

「だってさ、栄吉さんの饅頭、まだ凄ーく不味《まず》いよなぁ」

屏風のぞきが、それだけは間違いないという。佐助が頷いた。

「だから修業に行った安野屋《やすのや》を、まだまだ辞められませんね」

栄吉は菓子屋の跡取り息子ではあるが、つまり当分、三春屋へは帰れそうもなかった。今の腕前のまま店を継いだら、あっという間に三春屋を潰してしまう。

「だから今、祝言《しゅうげん》をあげても、お嫁さんとは暮らせない。当人も分かってますよね」

なのにどうして見合いをしたのかと、佐助が肩をすくめた。

「妙な話だよね」

いぶかる若だんなの横から、仁吉が守狐へ聞いた。

「見合い相手には栄吉さんの事情、伝わってるのかね？　井戸端で誰か、その所、話していなかったかい」

「いや、そこまでは」

「どういう事なのかしら。ああ、気になる。このまんまじゃ、今晩は眠れないよ」

若だんなが、落ち着かない様子で言ったものだから、江戸の全《すべ》ては、若だんなを真ん中にして動いていると心得る仁吉が、直ぐに動いた。栄吉が奉公する安野屋へ使いを出し、菓子を沢山買うので、栄吉に届けさせて欲しいと頼んだのだ。

「長崎屋は上得意です。おまけに、いざとなったら砂糖を頼る薬種問屋です。栄吉さん、直ぐに来てくれますよ」

「無理を言うようで、悪いんだけど」

それでも若だんなは、見合い話が気になって仕方がない。じき、菓子を山のように入れた木箱と共に、栄吉が離れへ現れると、妖達が影の内へ散り、若だんなは友の横へ直ぐに座った。そして、今日ばかりは堂々と菓子をそっちのけにし、勇んで問うたのだ。

「栄吉、お見合い、したんだって？」

「おっ……何と、早耳だね」

日限《ひぎり》の親分にでも聞いたのかと、栄吉は苦笑を浮かべ、菓子の木箱を部屋に並べている。若だんなは、拳《こぶし》をぐっと握った。

「じゃあ、噂は本当だったんだ」

（なら何で、教えてくれなかったのさ。お見合いが終わって、何日も経《た》ってるんじゃないのかい？）

その一言を言えずにいると、ここで佐助が二人へ茶を出した。仁吉も現れると、二人で遠慮もなく見合いについて、次々に問い始める。栄吉は苦笑を浮かべ、見合い相手は〝おせつ〟という名である事や、その父親のことなどを、短く答えていった。

「次は何です？　はい？　どんな感じの娘さんかって？　ええと、姉妹の上の人」

「妹さんのことですか？　確か十四で、お千夜《ちよ》さん……だったかな」

「何故《なぜ》今、見合いをしたのか、気になるんですか。佐助さん、話が来たからですよ」

「誰の紹介か？　仲人さんだと思います」

「婚礼の日取り？　まだ、話は決まっちゃいませんよ。それに仁吉さん、当分無理ですよ。私は修業中、奉公の途中だもの」

「……そうだよねえ」

　ここで若だんなが、やっと一言いった。何となくさっきから、友の返答がどうにも妙に思えてならない。素っ気ないのだ。

　栄吉は突然、無理があると思える縁談を受けた。そして……見合いの事を、詳しくは話したがらない。

（どうしてなんだろう？）

　若だんなが戸惑っていると、栄吉は作ってきた菓子の事に、話を移してしまう。あげく、佐助が忘れぬ内にと代金を渡した所、早々に席を立ってしまった。

「済まない、一太郎《いちたろう》。今日は忙しいんだ」

「えっ……もう帰るの？」

「安野屋は菓子屋だ。菓子の注文がありゃ、そりゃ届けるけどね。噂話が目的で、菓子は付け足しってぇのは、いただけない」

「その、でも……」

若だんなが真っ赤になっている間に、栄吉は一つ頭を下げると、横手の木戸から帰ってしまった。仁吉が片眉《かたまゆ》を引き上げ、妖達はぞろぞろと影の内から出てくる。開けた障子の間から、友が出て行った木戸を見つつ、若だんなは半泣きの声で言った。

「そりゃ妙なことをしちまって、悪かったよ。でも栄吉だって、変だったじゃないか。私に見合いの事、黙ってたくせに」

何故今回、栄吉の口は重いのだろうか。

「仁吉、佐助、縁談の話って、友達にはしたくないものなのかな?」

「さて……こればかりは、ここにいる者達に言っても、ですねえ」

影内から、またひょこりと現れてきた守狐も、この問いにはただ苦笑している。妖達は長く長く生きる者達故、人の様に早々と縁組みし、子を成し、気がつけばこの世から消え去るような一生を、送ったりはしないのだ。

だが、しかし。

「栄吉さんに、何か言いたくない事があるのは、私にも分かりました」

仁吉が落ち着いた声で、不思議ですねと言う。若だんなは沢山の菓子を見ても手も伸ばさず、ここで深い溜息《ためいき》をついた。

「さっきの栄吉、返答の仕方が妙だったよね」

たまたま伝え損ねたとか、喧嘩《けんか》して、何かを意地で言わなかったとか、そういう話ではない。今日の栄吉は問いに、短くしか答えなかった。うっかり何かを漏《も》らしてしまわぬよう、用心していたようだ。

そもそも、見合いをしたことすら、若だんなに伝える気はなかったようだ。そして栄吉には他にも、言うまいとしていた何かがあったのだ。

「栄吉がそんなことしたの、初めてだ……」

人と人との関わりは、常に変わっていくものだと思う。栄吉とは住まいが離れたし、二人とも、もう子供ではない。今回、見合いの話があった。その内家族が出来て、己《おのれ》の子と妻を守るようになれば、隣に住んでいた幼なじみは、一に思い浮かぶ、大事な相手ではなくなるのかもしれない。

（……けど）

酷《ひど》く寂しげな表情を浮かべると、若だんなは慌ててそれを隠し、炬燵布団《ぶとん》に身を埋《うず》める。しかし仁吉や佐助が、その表情を見逃す筈《はず》もない。二人は眉を、ぐっと引き上げた。

「栄吉さん、長年の友に隠し事とは、いけませんね」

たとえ、一番におなごへ目が行く年になったとしても、皆、上手《うま》く付き合いを広げていくものだ。若だんなをしょげさせるなど、兄や達は絶対に承知出来ないのだ。二人はここで、恐《こわ》いような笑みを浮かべた。

「栄吉さんの隠し事。そいつを、さっさと探り出してしまいましょう」

すると妖達が、一斉に顔を上げる。兄や達が続けて、酒や肴《さかな》、沢山のお菓子という言葉を、口にしたからだ。

「きゅい、鳴家も探す。鳴家は羊羹食べる」

「面白そうですね。勿論《もちろん》守狐も、力を貸しますよ。おたえ様は事情を詳しく、お知りになりたいでしょうし」

「ひゃひゃひゃひゃ、楽しいことになりそうだな。こりゃ貧乏神も、一口乗る事にしよう」

「栄吉さん、意外と馬鹿《ばか》な奴《やつ》だな。さっさと話しときゃ、皆に探られたりしないのに」

そういうと、屏風のぞきが木箱へ手を伸ばし、団子を一口食べる。串《くし》に刺さった残りの三つに鳴家が飛びつき、皆も一斉に手を伸ばした。山のようにあった菓子は妖達の胃《い》の腑《ふ》へ、早々に収められていった。

2

「一大事、一大事！　お、我ら守狐《もりぎつね》が、やはり一番に事を掴《つか》んだか」

翌日の事。栄吉の事を大勢の妖《あやかし》が調べに出た中、いの一番に帰り、離れへ飛び込んできたのは、守狐達であった。

するとと部屋に残っていたくせに、一番が大好きな鳴家《やなり》達が、きゅいきゅい、ぎゅわぎゅわ、騒ぎ立てる。

「一番は鳴家だぁ。守狐、若だんなへ最初に言うのは、鳴家！」

「おや、鳴家も何か話があったのか？　なら、先に話してもいいぞ」

「きゅんべー、今日のお八《や》つは、団子」

「はいはい」

守狐達は、若だんなの前に並んで座ると、鳴家達をつまみ上げて尻尾《しっぽ》でくるみ、黙らせた。それから揃《そろ》って胸を張り、勿体《もったい》ぶった調子で大事を知らせる。

「我ら守狐達は今日、明け六つに安野屋が開いてから、ずっと交代で栄吉さんを見張っておりました。ええ、ばれていませんよ。何しろ狐は、化けるのが上手《うま》いですから」

若だんなが凄《すご》いねえと真面目《まじめ》に褒めると、狐達の髭《ひげ》が自慢げに、ふるふる震える。

「栄吉さんは少し前、表へ使いに出ました。するとねえ、何故《なぜ》だか帰り道、ちょいと近くの稲荷《いなり》へ寄ったんですよ」

そして。守狐達は拳《こぶし》を握りしめた。

「栄吉さんときたら何と、何と何とぉ！　そこでおなごと会ったんです！」

なかなか可愛《かわい》かったが、ちょいと気が強そうな娘でもあった。

「娘さん！　見合いの相手、おせつさんかしら」

仁吉と佐助も守狐を見つめ、鳴家達は炬燵《こたつ》の上から身を乗り出す。守狐は、勿体ぶった様子で一寸《ちょっと》間を取ってから、これからが面白いと話を続けた。

「だが二人の話は、甘いもんじゃなかったらしい。栄吉さんは稲荷神社で、えらい目に遭ったんですよ。何とそのおなごに、平手打ちをくらってた！」

「えっ、娘さんにぶたれたの？」

「ぎゅんわっ」

若だんなは驚いて言葉を失い、小鬼達は何で怒ったのかと、一斉に騒ぎ立てる。佐助が、遠慮なく言った。

「やれ、権三郎さんの娘は気が強いようですね。こりゃ先々、尻《しり》に敷かれそうだ」

その時だ。離れへまた、「おおーい……」という声が近づいてきた。二番手の妖達が、帰ってきたのだ。

「おおい、大変、大変、大変だぁ」

大変という声は段々大きくなり、じき、屏風《びょうぶ》のぞきと金次が現れる。その後ろから、こちらは収穫がなかったと言いつつ、鈴彦姫や野《の》寺坊《でらぼう》、獺《かわうそ》なども、一緒に入ってきた。

「あたしと金次さんが一番かな？ ありゃ、守狐達が先か。まさか同じ知らせを、持ち帰ってきたんじゃなかろうな」

屏風のぞきが、狐達へ次第を確かめる。

だが、今話していた狐達の報告を耳にしたところ、二人は何故だか大いに首を傾《かし》げた。そしてじき、狐達は、見間違いをしたのだろうと言い出したのだ。

「何故かって？ そりゃ、あたしたちが、とんでもないことを摑んだからさ」

得意げな屏風のぞきを見て、佐助が半眼になる。とにかく話してみろと促され、炬燵の脇《わき》に座った二人は、本当に驚くような話を語り出した。

「あたしと金次さんは、栄吉さんの見合い相手、おせつさんの事を調べる事にしたんだ。で、今日、通い番頭になっている父親、権三郎さんの家へ行ったんだよ」

まずは屛風のぞきが口を開く。権三郎は大店《おおだな》の番頭故《ゆえ》、余裕があるらしい。借りている家は、日本橋《にほんばし》の北を、ちょいと東に行った先、二階のある広めの長屋であった。

「おせつさんてぇのは、綺麗《きれい》な娘さんだったね。そりゃ優しげな顔をしていたが、あいう娘こそ、芯《しん》は強いのかもしれん」

おせつを見張っていたら、出かける様子なので、屛風のぞき達は跡を付いていった。すると！　おせつは習い事に行くでも、使いに行くでもなく、少しばかり歩いた後、堀川《ほりかわ》沿いの道に品物を広げている、辻商《つじしょう》をぶらぶら見始めた。そして程なく、そこへやってきた男と、実に楽しそうに話し出したのだ。

身を隠しつつ、二人を追っていた屛風のぞきと金次は、顔を見合わせた。

「金次さん、こりゃ二人は、待ち合わせてたみたいだね」

「見合い相手である栄吉さん以外の男と、会ってる訳か。おお、男とぴったり添ってるぞ。おせつさん、やるねえ」

あんな振る舞いをしていたら、じき、近所の誰かに見られてしまう。そして身持ちが悪いと噂《うわさ》の的になるだろう。

「やれ、その内栄吉さんの耳にも、入っちまいそうだな」

金次は首を横に振る。その後、おせつと男はいつまでも喋《しゃべ》って動かないので、飽きた二人は長崎屋へ帰ってきたのだ。

しかし。ここで守狐達がそっちのおせつは、人違いだと言ってきた。

「我らは栄吉さんの顔を、ちゃんと確かめた。栄吉さんと会ってたんだから、今し方、稲荷神社にいた人が、おせつさんだよ」

栄吉は、その若いおなごから平手打ちにされたが、それでも怒らなかった。相手は見合い相手のおせつ以外、あり得ないと守狐は言う。

しかし、屛風のぞきは納得しない。

「勝手に話を作るな。あたしと金次さんは、権三郎さんの家を確かめた上で、娘が中から出てくるのを見たんだよ」

だからその娘が、おせつに違いないのだ。おせつには妹がいるが、まだ十四で、好いた相手はいない。この話は金次が、おせつが出てくる前に井戸端にいた長屋のかみさん達から、聞き出したものだった。

「ひゃひゃっ。近所のかみさん達ってのは、それはよく、娘っこの事を承知してるもんさ」

「でも、確かな話じゃないだろうに。神社にいたのが、おせつさんだ！」

「堀川縁《べり》にいたのが、おせつさんだよ！」

狐達と、屏風のぞき、金次が顰《しか》め面《つら》を向け合う。若だんなは兄《にい》や達と、顔を見合わせた。

「同じ頃、違う場所に、おせつさんが現れるなんて。本物のおせつさんは、どっちなんだろう？」

離れの皆が、顔を見合わせる。

「屏風のぞきは間抜けだ。だから、勘違いしたんだ」

「そう言う狐は意地が悪い。そっちが間違えたと分かってて、引かないんだろ！」

言い合いが始まり、睨《にら》み合いになる。若だんなは事を収めようと、慌《あわ》てて団子を出したのだが、守狐と屏風のぞきは急ぎ団子を頬張《ほおば》ると、残ったその串《くし》で、今にも戦いを始めそうになってしまった。

仁吉が若だんなへ目を向ける。

「若だんな、若だんなが気に入った方を、おせつさんとしましょう。すぱっと決めちゃって下さい」

どちらでも構わないと言われ、若だんなは両の眉尻《まゆじり》を下げた。

「私の好みで、決まる事じゃないんだけど。しかしどっちがおせつさんであっても、栄吉にとっちゃ、平穏無事とはいかない話だ」

相手から殴られるのと、相手に男がいるのと、どちらがましか。若だんなが溜息《ためいき》をつくと、「ひゃひゃひゃひゃ」と金次が笑い出す。

するとこの時、新たな声がまた離れへ近づいてきたのだ。

「ぎゅんべ」「きゅんい」「ぎゅわ」

明るい声が沢山帰ってくると、直《す》ぐに団子の前に並んだ鳴家達が、揃って言った。

「一番、鳴家が一番」

「確かに鳴家達は、一番遅く帰ってきたな」

屛風のぞきが嗤《わら》うように言うと、鳴家の一匹が睨み返す。

「鳴家が一番恐《こわ》い話、持ってきたの。だから、一番」

「恐いって、何がだい？」

若だんなが、串から団子を外して鳴家へ渡しつつ、優しく問う。鳴家達はてんでに一つ抱えると、嬉《うれ》しそうに言った。

「おせつさん、今、親に叱《しか》られてる。おとっつぁんの権三郎、恐い」

恐いのが苦手な鳴家は、首をすくめている。おせつは先程長屋の大家に、若い男と連れだっている所を見つかってしまった。それで、親に問い詰められているというのだ。

「男の人と、一緒にいた方の娘さんだね。さっそく見られちまったんだ」

若だんなは、おせつと一緒にいたのは栄吉なのか、知らない男なのか、鳴家へ問う。鳴家の答えは、はっきりしていた。

「長屋にいた女の人、おせつさんて呼ばれてた。一人で叱られてた」

「おや」

どうやら連れの男は、逃げてしまったらしい。鳴家が、おせつは長屋で、若い娘にも叱られていたと言ったので、若だんなが頷《うなず》く。

「権三郎さんと一緒に、おせつさんを叱ってるんだ。つまり、妹のお千夜さんだね」

姉に怒っているというのだから、お千夜は気が強いに違いない。そして姉妹のお千夜なら、姉の見合い相手、栄吉を知っているだろう。若だんなは皆へ顔を向けた。

「栄吉の頬を打《ぶ》ったっていうおなごは、お千夜さんじゃないかな。つまりおせつさんは、堀川端にいた方のお人だ」

「なるほど」

一つ事がはっきりして、皆は得心顔《とくしんがお》で、大いに頷いた。すると金次が団子を食べつつ、恐いような笑みを浮かべる。

「ひゃひゃひゃ、こりゃ、これからが大変だ。つまりさ、おせつさんには、他に男がいるってことだよな？」

堀川端で、一緒に辻商を見ていた男だ。栄吉の隠し事を探ったところ、おせつが二人居るという疑問に化け、それは更に、おせつに男が二人居るという話に変わってしまった。

「まだ婚礼も上げてないのに、相手に間男が現れたときたもんだ」

「きょんわーっ」

金次も妖達も、今や大いに事を楽しんでいる。若だんなは皆へ渋い顔を向け……しかし、直ぐに困ったような表情で言った。

「おせつさん、一体誰といたのかな」

若だんなの小声を聞き、屏風のぞきや鈴彦姫が首を傾げる。二人はしかし、謎《なぞ》は他にもあるとも言い出した。

「妹のお千夜さんは、どうして栄吉さんを打ったのかね？」

「おせつさん、恋しい相手が他にいたのよね。なら何故、見合いなんかしたのかな」

栄吉に感じた不安は今、どんどんと別の疑問に化け、数を増やしていく。

「何だか不安な縁談だね。栄吉、大丈夫かな」

若だんなは団子に手も付けず、ただ大きく息を吐く。だがその内、すっくと立ち上がると、兄や達を見た。

「皆に調べてもらって、溜息をついてばかりじゃ情けない」

多分今回の騒ぎは、栄吉にとって、それは大きな岐路になる気がするのだ。そして若だんなは、栄吉の一番の友であった。

「だから私も調べる。まずはおせつさんと一緒にいた、男の事を調べてみる」

今回の縁談に、何か揉《も》め事がくっついているとすれば、その男が絡《から》んでいるに違いない。男の名が分かれば、素性も、おせつとの関わりも知れる。お千夜がどうして栄吉を打ったのか、その事情も分かるだろうと考えたのだ。

「止めたって無駄だからね。栄吉は、そろそろ嫁を貰《もら》うっていうんだ。私だって、似た年なんだから……うわっ」

気がついた時には、仁吉からいつものように、搔《か》い巻《ま》きでくるまれ、上から帯で結ばれて、若だんなは動く事も出来なくなっていた。そこに面白がった妖達の、明るい声が聞こえてくる。誰が一番に男の名前を摑むか、残った団子を賭《か》けていた。

「勿論《もちろん》、我ら狐が、また一番です」

「阿呆《あほう》、そうはいくか」

「きゅい、団子、鳴家が全部食べる！」

笑い声と共に、妖達が再び、離れから散っていくのが分かった。

その明るい調子はいつもの事で、妖はそんなものだと、若だんなは承知している。それが人ならぬ者達は二十年やそこいらで、一生の事を決める時を迎えたりしない。それが妖で、縁談に対する気持ちは当然違うだろう。

そして若だんながこうして、掻い巻きにくるまれるのも、いつもの事であった。

なのに。

(今日は……いや、今回は、このまま大人しくしていちゃ、いけない気がする)

どうしてだろうか。何が今までとは違うのか。違うとしたら、それは栄吉だろうか。それとも自分が変わってきているのか。

(離れの毎日は、変わらず、ずっとずっと続いていくと思ってた。でも、そうでもないのかな)

それは嬉しいことなのか。寂しいことなのか。若だんなは身を包む掻い巻きの中で、寸《すん》の間《ま》目を瞑《つぶ》り、唇を噛《か》みしめていた。

3

妖《あやかし》達は長崎屋の離れから、おせつが今、親と揉《も》めている筈《はず》の、二階建ての長屋へ出かけた。

おせつの男の名を摑《つか》むには、おせつ自身から教えてもらうのが、手っ取り早い。見張っていれば、その内男と会うだろうと、皆は揃《そろ》って、通町を北へと向かった。

「きゅい、早く帰りたい。お菓子食べて、ご飯も沢山食べる」

「今日は宴会だと、他の守狐《もりぎつね》達も話してました。仁吉さんが良い酒を出してくれるでしょう。さくりと男の名を摑んで、後は騒ぎたいですね」

「この屏風《びょうぶ》のぞきが早く帰らないと、残されちまった若だんなが、退屈するからな。うん、急ごう」

ところが。

日本橋を渡り、長屋の側まで行った時、妖達はおせつが外出した事を知った。二階長屋の近く、井戸端にいたおかみさん達が、先だって話した金次の顔を覚えていて、話しかけてきたのだ。

「おや、お前さん、また来たのかい？　今度もおせつさんに、用があったのかね？」

だけど今し方出かけてしまい、いないと教えてくれたのだ。すると、居ないならば、当人の事を話すのに好都合とばかり、金次はあっという間に話の輪に加わった。そしてやりとりは、直《す》ぐに盛り上がる。

「いやぁ、おかみさん方、今日も若いねえ。先だってはおせつさんや、お千夜さんの事を教えてくれてありがとうよ。おかげで仲人《なこうど》へ、良い報告が出来たわな」

良い女は優しいねと言ったものだから、茶碗《ちゃわん》を洗っていたおかみ達の舌は、滑《なめ》らかになった。

「あらぁ、お前さん、やっぱり縁談がらみで、あれこれ調べてたんだね。おせつさんに、他にも縁談が来たんじゃないかって、そんな気がしてたんだよ」

ここでおかみ達は目を輝かせると、縁談について、矢継ぎ早に問うてきた。

「で、縁談相手の名前は？」

「年は幾つ？　釣り合ってんの？」

「仕事は？」

「裕福なんだろうね。さもなきゃ権三郎さんが、話を進めないよ」

「丈夫なの？　男は体が強くなきゃね」

短い間に驚く程、問いが続く。しかも皆は、手元の鍋《なべ》も皿も、素早く洗い上げていた。

「こりゃ凄《すご》い。みんな、岡《おか》っ引《ぴ》きになれそうだな」

少し離れた井戸の手前、稲荷《いなり》の近くから、金次達を見ていた屛風のぞきが、思わずつぶやいた。隣で他の妖達も、真剣に頷《うなず》いている。

そして金次の受け答えがまた、見事なものであった。ちゃんと、話が途切れぬように答えつつ、実は見合い相手のことを、お店《たな》の若だんなだと言ったものの、はっきり、どこの店の跡取りだか伝えてはいない。それはいっそ、見事なくらいのやり取りだったのだ。

「凄いや。貧乏神って、おかみさん達との話が、得意なんだねえ」

「いえ、貧乏神だから得意って訳じゃ、ないと思いますが……ひえっ」

今日は若い男に化けた守狐が、横を見た途端、魂消《たまげ》たような声を出す。すると皆の目が、守狐のいる方を向き、金次が短くうめく事になった。

「うっ……若だんな、来てたのかい」

どうやってここにと言いかけて、妖達は黙る。かみさん達が揃って、それは嬉《うれ》しそうな顔になり、若だんなへ声を掛けたからだ。

「あら若だんなって、いい男じゃないか。あんたが、おせっつさんの新しい縁談相手かい？」

皆が、わっと若だんなへ寄ろうとしたのを見て、金次が後ろから慌《あわ》てて違うと声を掛けた。

「ええと、今回の縁談、その若だんなのおとっつぁまが、仲人をするかもしれねぇんだよ。で、若だんなはここに様子を見に来たというか……」

「やだ、つまんない」

おかみ達は、場が盛り上がらないと知り、酷《ひど》く残念がった。しかし、ちょいと若だんなの顔を覗《のぞ》き込むと、確かにねえと言ったのだ。

「あんた、随分若いし、おせっつさんは止《や》めときな。ろくでもない男が関わってるからね」

妖達が、首を傾《かし》げた。

「あの、……どういう事だい？」

「あら、言っちゃったよう。でもそうなんだよ。お兄さんより先に、おせっつさんに来た縁談の相手って、とんでもない男でね」

一人がそう口にすると、他も揃って頷く。不思議な事にその話を始めると、井戸端を囲んでいた、おかみ達の輪が縮まった。声までが潜められる。

「その男には、おせつさんの他にも、女がいたんだよ！」

「女？」

今度は妖達の輪と声が、小さくなる。おかみさん達の口調は厳しかった。

「娘へ縁談が来たって、権三郎さんが話して、三日目だったかな。この長屋にね、来たんだよ」

「来た？　何がです？」

「若い女よ。前掛けを掛けて、地味な格好してた。けど艶《つや》っぽい、さっと目がいく面立ちだったね」

するとと、横にいたおかみが頷く。

「あのなり、女髪結いだよ、きっと」

そしてその女は、おせつを捕まえると、自分はおせつの縁談相手と、濃い縁があると言ったのだ。その上男に、金子《きんす》を随分貸してあると続けた。先々一緒になるだろうと思い、ならばと亭主を支えるような気で、金を融通してきたらしい。

「なのにそいつ、おせつさんと添おうって訳だろ？　そりゃ女髪結いも怒るわね」

それで男に金を返せと言ったのだが、無いと突っぱねられた。よって、おせつの所へ取りに来たらしい。

「きっとその縁談相手の男、ずっと女髪結いに、貢《みつ》がせてたんだね。女髪結いは、男は他でも金を借りてるって話してたから、きっとその女の稼ぎだけじゃ足りなくなったんだよ」

それで大店《おおだな》の番頭の娘に、乗り換えたんじゃないのかと、言う。

「おせつさんの方が、若いしねえ」

このお江戸の堅い商いで、おなごがぐっと稼げる仕事といったら、すぐ思い浮かぶのは、産婆《さんば》と女髪結いだ。そのせいか世間では、金目当ての男が取り付く事も多いと、女髪結いのことを噂《うわさ》している。

「女髪結いは、いい加減、愛想が尽きたんだろうね。言ってたよ。金を返さないんなら、権三郎さんに話すって。そっちから返してもらうってさ」

権三郎は店へ行っていて留守であったが、妹お千夜は事の次第を聞いていた。

「きっとその内、親にも分かっちまうよ」

黙って話を聞いていた若だんなが、隣にいる屏風のぞきへ、小声でつぶやいた。

「あのさ、おせつさんの縁談相手は、栄吉だ。でも、どこかの女髪結いと、縁があったとは思えないんだけど」

「おかみさん達が話してる、おせつさんの縁談相手の男ってぇのは、栄吉さんの事じゃなかろうさ。あの不器用な栄吉さんが、二人のおなごと上手《うま》くやってたなんて、信じられねえ。借金抱えた色男は、多分あたしと金次さんが見た、あいつだよ。堀川端で、おせつさんと会ってた男だ」

栄吉が金を、おなごから借りたとも思えない。それくらいなら若だんなに頭を下げ、借りるだろうと。守狐や鳴家《やなり》達が言う。

ここで金次が皆へ、その女髪結いの名を問うたが、はかばかしい返事がなかった。女髪結いは、おせつと揉めてはいたものの、肝心な事を口にしなかったらしい。

「つまんないわよねえ。どこの家を回ってる女髪結いなのか、振り売りにでも聞いてみたかったのに」

これ以上話を聞き出せないと分かると、金次がかみさん達へ大仰《おおぎょう》に礼を言い、皆、一緒に長屋から離れた。そして小さな木戸をくぐり、八百屋や乾物屋が並ぶ表長屋の前へ出ると、妖達は若だんなを取り囲み、どうして突然現れたのかと、口々に問うたのだ。

「若だんな！　掻《か》い巻《ま》きの巻き寿司《ずし》になって、炬燵《こたつ》と仲良くしてた筈じゃなかったんで？」

若だんなは一旦《いったん》「うん」と言った後、のんびりと返事を続ける。

「でも兄《にい》や達に巻かれるのには、いい加減慣れたもの。抜けて出られるようになった」

何事も慣れだねえと言い、通りを歩みつつ若だんなが笑う。

「帰ったら叱《しか》られるかもね」

すると金次が、「ひひひ」と笑い口元を歪《ゆが》める。

「まあ、いつまでも守って貰《もら》ってばかりじゃ、嫌な年だよなぁ、若だんなも」

何しろ幼なじみである栄吉は、今、おなごの事で揉めているのだ。片や幼子のように、ただただ、離れで寝ていろと言われたのでは、面白くないに違いない。

「後で叱られる事にして、今日は無茶をすりゃいいさ。ただ、あたしはその時、さっさと逃げるからね」

「……一緒に離れへ、帰っちゃくれないの？」

「ひゃひゃ、若だんな。一人で兄やさんに立ち向かえないんじゃ、嫁さんは来ないよ」

「金次は色々、人の事が分かってる気がする。でも、兄や達が恐《こわ》くて、逃げてるだけなのかも」

若だんながそう言うと、貧乏神がにやりと笑う。

「あたしゃ、人に祟《たた》る者だからね。そりゃ色々、承知しているのさ」

その時横で、守狐と何やら話していた鳴家達が、近くの店の屋根へと上り始めた。見ている間に、表長屋の板葺《いたぶ》き屋根を駆けていくので、どこへ向かったのかを狐に問う。すると、人探しに出たとの返事があった。

「鳴家達は数が多いんで、例の女髪結いを、探して貰う事にしました」

地味な格好をしており、けれど艶っぽい女髪結いだ。さっと目がいくというから、多分、はっきりした面立ちなのだろう。

「おまけに、好いた相手へ大枚貢いだんだから、腕は良い筈。そして、おせっさんより少し年上です」

そういうおなごがいたら知らせてくれるよう、小鬼は、他家の鳴家へ頼みにいったのだ。その女髪結いならば、おせつの相手の名を承知している。

「男の名前を一つ摑むのも、大変だよねえ」

若だんながそうぼやくと、妖達も揃って頷いた。そして皆、とにかく時が掛かるだろうと、一休みする事にした。通りに茶屋を見つけ、我先にと床机《しょうぎ》に座り、好きな茶を貰う。こういうとき、財布が膨らんでいる若だんなと一緒にいると、払いの心配が要《い》らずにありがたい。

ところが。

江戸の軋《きし》む家々は鳴家達で満ちており、女髪結いの名は思いの外、早くに分かった。

「きゅい、お富《とみ》さん」

「〝いやさ、おとみぃ。きゅわ、久しぶりだなぁ〟」

「三つ先の町にいる」

「綺麗《きれい》な姉さん」

「恐い姉さんは、お富さん」

とにかくお富の住まいは分かった。鳴家達は自分達も床机で休み団子を食べたがったが、若だんな達はさっそく、その長屋へ向かう。

そして……直ぐに、お富を探すのではなかったと、後悔することになった。

4

お富の住まいは、日本橋の北、神田も近い辺りにあった。贔屓筋《ひいきすじ》は、大店《おおだな》のおかみ達が多いとの話だ。仕事が早い上に、新しい髪型を結うのも得意で、話も上手《うま》い。お富は人気の女髪結いだったのだ。

しかし一人で暮らしている為《ため》か、妖《あやかし》達と若だんなが向かった先は並の長屋で、特別店賃《たなちん》が高そうな所ではない。ただ、棟割《むねわ》りではなく、戸の向かい側には、障子戸の入った窓があるのが分かった。

そして。

そこは確かに女髪結いの住まいであったが、しかし長屋にいたのはお富ではなかったのだ。金次が表から声を掛け、簡単な引き戸を少し開けると、そこにいたのは何と、若い男であった。若だんなが思わず声をあげる。

「えっ……栄吉？」

そして更に驚いた事に、部屋にはもう一人、大層若いおなごまでいた。二人は女髪結いの住まいで向き合って座り、表からの声も気づかず、喧嘩《けんか》をしていたのだ。

「栄吉さん、いい加減にして下さい。姉さんも栄吉さんも、夫婦《めおと》になる気はないんでしょう？　ならば栄吉さんが、きっぱり、断って下さいな」

しかし栄吉は、おせっに頼まれるまま、はっきり縁談を断らないでいるらしい。

「姉さんを、助けているつもりかもしれません。けどそれは、姉さんの隠し事に手を貸してるだけ。事の解決にはなってませんから」

その事で、さっき、ぶちましたよね、まだわからないのですかと若いおなごが言い、栄吉は顔を赤らめて立ち上がった。

「俺は、義理で断れない縁談が来たから、おせつさんと会った。とにかく今婚礼は無理だと、説明に行ったんだ」

するとその時おせつに、暫《しばら》く縁談の返事をしないでおいてと、頼まれた訳だ。事情があるというから、構わないよと言った。

「あの見合いの日、お千夜さんも一緒にいたじゃないか」

一旦《いったん》、男がそう返事をしたのだから、おせつが頼んで来たのは、恋しい相手がいる故《ゆえ》と分かっても、約束を守っている。それだけだ。

「なのにお千夜さんは、そいつが気にくわないからって、俺をぶったね。酷《ひど》いじゃないか」

「だって！　栄吉さんが力を貸さなきゃ、姉さんはどうしようもなくなって、おとっつぁんと話し合いをした筈《はず》なのよ」

なのに栄吉の力添えを得て、事は先延ばしにされている。おまけに。

「栄吉さんたら今回、姉さんの為に、お金まで貸したみたいじゃないっ。随分なお金を」

お千夜と呼ばれた娘の声が、高くなる。若だんなは娘が誰だか分かって、目を見張った。

一つ事がはっきりしたのはいいが、二人の喧嘩は止《や》まない。どうみても栄吉は押されており、居たたまれないのか、狭い部屋をぐるぐる歩き回っていた。

「だってさ、女髪結いのお富さんが絡《から》んできたから。お富さん、正之助《しょうのすけ》さんへ貸したお金を直《す》ぐに返さないと、おせつさんのことを、あちこちで話すって言ったんだぞ」

人の男を寝取る、性悪女。そんなことを話して回られては、消えない噂《うわさ》が残ってしまいそうだ。少なくとも何年かの間、縁談に差し障《さわ》りかねないと、栄吉は顔を顰《しか》める。

「そうなったら、お千夜さん、妹のお前さんだって、縁談の時、困るよ」

姉の芳《かんば》しからぬ噂は、年の近い妹の良縁を、阻《はば》みかねないのだ。

「それでその、俺は……」

「だからって栄吉さんが、正之助さんの借金を払う必要はないわ。修業に必要だからって、正之助さんはお金を全部、櫛《くし》を買うのに使っちまったの。返すお金、持ってないのよ」

先程、父親と話している時、栄吉がお富の長屋へ金子を持って行ったと、おせつが話したのだ。お千夜は慌《あわ》てて、止めに来たが、金は既にお富へ渡った後であった。そしてお富が、一旦戻って来た金子を、返す筈もなかった。後は栄吉とお千夜の間で話をしろと言い置いて、お富は長屋から逃げ出してしまった。

「せっせと貯《た》めたお金を、ろくに関わりのないおなごのために、そっくり使うなんて。栄吉さん、そんなんじゃ、お嫁さんなんて貰《もら》えないからっ」

「俺はまだ、嫁取りはしないよ」

栄吉はお千夜へ、優しいおなごが、そういう口をきくものではないと言い返す。

「馬鹿《ばか》っ、何が優しいよっ」

「だってさ、そう思うから……」

二人が更にぽんぽん言い合っているのを、長屋の戸口から目にしつつ、若だんなと妖達は、そっと顔を見合わせる事になった。

「あのね、屛風《びょうぶ》のぞき。私は栄吉が、見合いでおせっさんに、一目で惚《ほ》れたんだと思ってた。だから、あれこれ手を貸しているんだって」

「ああ、この屛風のぞきも、そう考えてたな」

だが。

「どうも、惚れた相手が違うってぇ気が、してきた所だ」

「あの、あの、守狐《もりぎつね》もそう思いますね」

「きゅんい？　なに？」

栄吉とお千夜の話は、姉のおせつと、その相手、正之助という男の事から、どんどんと離れてゆく。だがどうも互いにそれを、分かってはいないようであった。

（栄吉とお千夜さん、二人は相手しか、見えていない気がする）

その内、一寸《ちょっと》だけ声が途切れたと思ったら、表から見えない戸の陰で、「いてっ」と栄吉の声がした。直ぐにかさりと、何かが転がった軽い音が続く。

「お千夜さんとやら、栄吉さんに、笊《ざる》でも投げたかな」

屏風のぞきが、大きく首を横に振ったその時、長屋の戸が開いて、中からふくれた顔のお千夜が出てくる。栄吉が後に続き、その背へ声を掛けようとして……魂消《たまげ》たように目を見開いた。

「一太郎！　何でこんな所にいるんだっ」

「えっ、だって……」

栄吉が心配だったから。そう言おうとしたものの、こうなると、何とも余計なお世話という気がしてきて、若だんなは黙り込む。

（男とおなごの話だ。横から幼なじみに首を突っ込まれちゃ、嫌だよね）

危うくても、心配でも、放っておかなくてはいけない。不意にそう思い至って、言葉を失ったのだ。

するとお千夜が足を止め、二人の方へ顔を向けてくる。そのせいか、栄吉は長屋の戸口に立つと、強い口調で若だんなへ話してきた。

「また心配を掛けちまったようだな。おや今日は、兄《にい》やさん達の姿がないね。で、離れによく来ている知り合いに、付いてきてもらったのかい？」

妖達は人のなりをしているし、鳴家《やなり》は目に映らない。屏風のぞきや金次は、離れで碁を打っている事が多いから、栄吉は顔を覚えていたらしい。

「でも今度ばかりは、頼むから構わないでくれないか。お節介だ！」

きっぱりそう言われて、若だんなは顔を赤くした。しかし友を心配しただけで、ここまでぽんぽん言われるとは、思ってもみなかった。

「済まないね。余分な事をしたみたいだ」

それでもとにかく謝ったのに、栄吉ときたら、お千夜さんの前で気恥ずかしいのか、ぷいと横を向いてしまう。その気持ちは分かったし、多分後で、お節介だったとか、言い過ぎたりしたと、互いに謝ると思う。若だんなにはそうと、察しがついていた。

しかし。

何故《なぜ》だか収まらない気持ちがあって、言葉がころりと、若だんなの口からこぼれ落ちてしまったのだ。

「栄吉ったら、おなごの前だと、態度が変わるんだから」

途端。ぱん、と音がして、若だんなは頬を押さえ、きょとんとしてしまった。気がついたらひっぱたかれていたのだ。

しかも打《ぶ》ったのは栄吉ではなく……恐《こわ》い顔をした、お千夜であった。

「ひ、ひえっ」

ひきつった声を出したのは守狐で、こんな事が兄や達に知れたら、後でどんな騒ぎになるか分からない。鳴家達は何故だか慌てて、若だんなの袖内《そでうち》へ潜り込み、屏風のぞきは若だんなの腕を掴《つか》むと、二度目はご免だとばかり、大急ぎでその場から離れようとした。長屋の出入り口、小さな木戸は直ぐ側だ。

「さあ、帰ろう。もの凄《すご》く急いで帰ろう」

とにかく、おせつの男の名前は、正之助だと分かったのだ。長崎屋へ帰り、離れで鍋《なべ》の支度をして、卵焼きと饅頭《まんじゅう》を食べて、平手打ちの事は忘れちまおうと屏風のぞきは早口に言う。

若だんなは吃驚《びっくり》した表情のまま、引っ張られるに任せて歩いている。横で金次がつぶやいた。

「大丈夫だ、きっと多分、願わくば、ばれずに済むさ。若だんなは、ぶたれた事で、熱が出たり寝こんだりはしねえさ、兄や方が、あたしらに癇癪《かんしゃく》を起こす事もねえ……多分」

ところが。間の悪い事に若だんな達は、直ぐには表の道へ出られなかった。五人ばかりの大男が、丁度長屋へ入ってきたのだ。細い路地が人で塞《ふさ》がれ、皆は仕方なく、一旦長屋の戸口近くへ身を寄せ、男達がどこかの家へ行くのを待った。栄吉はお富の家から出ず、お千夜はそっぽを向いている。すると。

不思議な事に男達は、お富の長屋の前で揃《そろ》って止まったのだ。男が女髪結いに、髪を結ってもらうことはない。若だんなが思わず目を向けると、おなごの短い悲鳴が来訪の訳を告げた。

男の一人が、お千夜の腕を摑んでいた。

「お前ら、何をするんだっ」

栄吉が長屋から飛び出て、お千夜を男から引きはがす。すると男らの中で一番背の低い者が、にやにやとした笑みを浮かべつつ前へ出ると、竹蔵《たけぞう》と名乗った。

「いやあ済まねえな。急なことで悪いが、ちょいとお前さん方に、用があってね」

「用？　あたしはお前さんなど、知らないが」

栄吉の知り人でないとすると、誰なのか、若だんなにはとんと分からない。すると男は己の事を、回りくどい言い方で述べてきた。

「あっしらは、櫛の職人、正之助さんの知り合いだ。どういう間柄かっていうと、金を借りている男と、金貸しの下《した》っ端《ぱ》という縁だ」

「あ……」

頬の痛みも忘れ、若だんなは男らを見つめた。

(そういえば、おせつさんが好いている男は、お富さん以外からも、金子を借りてた筈だ。確か長屋のおかみ達が、そんなこと話してた……)

大男揃いの竹蔵らが恐いのか、騒ぎになったというのに、長屋の者達は誰も外へ出てこない。おまけに竹蔵は、何故だか若だんなら逃げ出せぬよう、木戸口を仲間で塞いでから、もの柔らかに話し続けた。

「俺たちゃ、正之助さんからなかなか金を返して貰えず、困ってんだ」

以前ならばお富が正之助の代わりに、金を払ってくれた。なのに今は、もう縁が切れたと突っぱねられてしまう。取り立て方が甘いと、金貸しには殴られるし、竹蔵は、己も誰かを殴りたいほど、うんざりしているのだ。

「ところがさ、さっきとんでもねえ話をお富から聞いちまったんだ。正之助へ貸した金、お富だけは、返して貰ったっていうじゃないか」

金を作ったのは、正之助の女であるおせつの、縁談相手だそうだ。正之助、おせつ、お富の関係に、もう一人加わった訳だ。

「いやあ、男が二人に女が二人。一体どういう間柄なのやら、俺にゃとんと分からねえが」

だが、まあ、そいつはどうでもいい。

「とにかく、誰が返そうが、金が湧《わ》いて出りゃいいのさ。お富へ誰が、金を渡したんだ？　こっちにも正之助さんの借金、返しちゃくれないか」

竹蔵はいい加減、待てなくなっているのだ。だが話が途切れると、ここで屏風のぞきが竹蔵へ文句を言った。

「おい、借金の話なら、あたし達は、関係無いんだがね」

若だんな達は、正之助とは縁がないのだ。

「木戸を通してくれ。あたしらはこの場から、早く立ち去りたいんだ」

ところが。ここで自称下っ端竹蔵は、何とも人好きのしない笑みを浮かべた。

「言っただろう、誰が正之助の金を返しても、いいんだって。借金は積もりに積もって、利子が付いて、おまけに俺たちの手当まで入っちまったから、膨らんでる。全部で二十八両ってとこか」

　まあ、今日の酒代も要るから、三十両に負けておいてやろうかと、竹蔵は勝手な事を言い始める。

「ならばこの場で、一番裕福そうななりの男を、去らせる訳にはいかないねえ」

　そう言うと剣呑《けんのん》な五人は、袖をまくり上げ、太い腕を見せつけて、皆をお富の長屋前、狭い土間と戸口の辺りへ追い詰めてくる。誠に分かりやすいやり方で、つまりは痛い目に遭いたくなければ、男の借金を払えと言っているのだ。

「なあ、金、出しちまいなよ。誰でもいいから」

　皆の目が、若だんなへ集まった。

5

　事はここから、ななめに転がり落ちて行ったかのように、若だんなには感じられた。

　まずは栄吉が、長屋の土間で足を踏ん張った。そして顔を赤くすると、若だんなへきっぱり言ったのだ。

「今回の件、一太郎には金を払う理由がない。出すなよ」

すると、口を歪《ゆが》めた竹蔵など気にもせず、若だんなが栄吉の目を見た。そして友に負けぬ、はっきりした調子で言い切った。

「勿論《もちろん》、借りてもいない相手へ、金を渡したりしないよ。そんなことをしたら、おとっつぁんに後から、長ーく説教される」

ろくでもない連中に、脅せば金を取れる相手だと目を付けられたら、先々まで絡《から》まれるからだ。

「だから、私は出さない」

「おんやぁ、払わずに済ませる気かい？　正之助さん困るよ」

竹蔵が絡みつくような声を出したが、若だんなは、頑固に首を振った。

（私が脅されたと分かれば、兄《にい》や達は怒る。鳴家《やなり》達が面白がる。守狐《もりぎつね》も突っ走る。金貸し達、お前さん達は、とんでもない目に遭いかねないんだぞ）

妖《あやかし》達というのは、日の光や川の流れ、風など、この世の理《ことわり》に似ていると、若だんなは最近思うようになっていた。心地よい時は、本当に嬉《うれ》しい仲間だ。しかし、とんでもないものと化す事が、たまにある。そんな時思い出すのは、大嵐《おおあらし》や出水《でみず》の災難だ。

つまり妖が災いをひき起こすと、とんでもない事になる場合があるのだ。

（金貸しだって、くわばら、くわばらって言葉くらい、知ってるだろうに）

世の中、逃げなきゃいけない時もある。

ただ。若だんなはここで隣へ目をやった。

「栄吉、でも、誰も払えないとなると、この借金、どうなるのかしらん？」

懲《こ》りずに、未《いま》だ重ねているらしい正之助の借金を、栄吉がこれからも肩代わりするなど、勿論、無理な話だ。栄吉は並の奉公人であり、なけなしの蓄えを既にそっくり、お富へ差し出してしまっているようなのだ。

「いくらお千夜さんに惹《ひ》かれてるからって、栄吉も、無茶したもんだ」

途端、側に居たお千夜が、「えっ」と、短い声を上げた。頬が赤い。

「惹かれてるって……でも栄吉さんは、姉さんとお見合いしたのに」

「お、おい、一太郎。何、言い出すんだっ」

傍目《はため》からみると、これ以上ないほど隠し切れていない、二人の気持ちであった。なのに当人達は、若だんなの言葉に狼狽《うろた》え、慌《あわ》てて目をそらしてしまう。竹蔵が、いい加減うんざりしたような声を出した。

「おいおい、何、可愛《かわい》いことを真面目《まじめ》にやってんだ。な、今は金の事、考えようや」

だがここで、お千夜が目を向けたのは、勿論栄吉であった。

「でも、栄吉さんは今、姉さんの為《ため》に頑張っているのよね？」

「それはその、その……だから」

「きゅんい？」

「栄吉さん、喋《しゃべ》るのが、あんなに不得意でしたかね？」

守狐が真剣にそう言い、鳴家達はよく分からないまま、栄吉が戸惑うのを面白がっている。

「つまり……おせつさんは、お千夜さんの姉さんだから。それにおせつさんは、もう好いた人が他にいるって言ってたし」

「あ、あのね。姉さんは、あちこちに目が行く人じゃ、ないのよ」

ここでお千夜が、何故《なぜ》だか弁解するように、おせつのことを話し始めた。おせつは、女髪結いが現れる以前から正之助を好いており、二人は先々のことを約束していたのだ。

妖達が興味津々《しんしん》、身を乗り出す。

「へえ、そうだったんだ」

「おい、金を払うのは、栄吉さん、お前さんでもいいんだぞっ」

しかし竹蔵の声には誰も耳を貸さず、お千夜の話は続く。

「でもね、問題があって」

正之助は櫛《くし》職人で、筋も良いとされ、結構高価な品を作るようになっていた。そして出来れば上方《かみがた》へ修業に出たいと、親方へそう言い出したのだ。

「親方も承知して、修業先を世話して下さるって話になってたの。で、姉さんは付いていきたいと言った」

正之助の場合、いつ戻って来られるか分からない。夫婦として一緒に行く事を選ばなかったら、縁が切れてしまいそうであった。

「でも、おとっつぁんは……嫁ぐんなら、江戸に住んでる人じゃないと駄目だって」

案の定、権三郎は反対し、一旦《いったん》は正之助の方が上方行きを諦《あきら》めた。このまま江戸で、働いていくと言ったのだ。すると正之助は櫛作りの参考にすると言って、高価な櫛を買い求め始めた。借金も、その辺りで始まった。

そして、そんな頃正之助は、懐《ふところ》の暖いお富と出会ってしまったのだ。

「そうさ、正之助さんは、金を借りたんだ。だから返しておくんな。当たり前だろ」

「姉さん、自分が上方行きを止めた形になったんで、櫛まで買うなとは言えなかったみたい」

そして二人の縁組みに、問題は無くなった筈《はず》なのに、その後、話は進まなかった。もしおせつと夫婦になったら、本当に二度と上方へはいけない。修業に未練があるのか、正之助はおせつを嫁にと、言って来なくなったのだ。

「それで……他の縁談に目を向けろと、おせつさんは親から言われたわけか」

栄吉は苦笑した。おせつが、見合い相手に自分を選んだ訳は分かる。栄吉は菓子屋へ奉公中で、多分直《す》ぐには祝言《しゅうげん》にならないと、言われたのだろう。

「おせつさん、今も正之助さんの事、好いているんだね」

「でも、この先、どうしたらいいのかしら」

栄吉とお千夜、二人の話はおせつの事に移っていき、若だんなさえ、もうやり取りに加わってはいなかった。金の話には、全くならない。おかげで、長屋の木戸を塞《ふさ》いでいた大男達は退屈した表情を浮かべ、竹蔵の顔色ときたら、赤黒くなっている。

「おい、いつまでも、若造や娘っこの戯言《ざれごと》に、付き合っちゃいられねえんだ。やい、はっきりしな。この中の誰が、借金を払うんだい？」

すると若だんなの横から、「ひゃひゃひゃ」と、それは軽い笑い声が聞こえたのだ。

「今、可愛い娘っこが、もつれた恋の話を語ってるところじゃないか。止めるなんざ、無粋だよぉ。野暮だ」

面白みの無い男じゃ、粋《いき》な兄さんとは言われないよと、金次が言った途端、いい加減うんざりしていたらしい竹蔵が、目をつり上げた。何しろ金次はみすぼらしい格好で、若くもない上、痩《や》せこけている。この男相手なら、憂《う》さ晴らしが出来るとでも踏んだのか、ここで竹蔵は思い切り、無茶な事をしたのだ。

「ひっ、ひゃーっ」

長屋中に悲鳴が響いたと思ったら、何と竹蔵が金次の胸倉を摑《つか》み、腕一本で、高々と掲げていた。

「金次っ。止《や》めて下さいっ、危ないよっ」

若だんなが顔色を変えて止めたが、竹蔵はその〝危ない〟という言葉の意味を、取り違えているようであった。

若だんなは手下達に退《ど》かされ、止めて欲しければ借金を払えと言われてしまう。すると何故だか、すうっと目を半眼にした金次が、あっさり己で断ったのだ。

「若だんな、金なぞこいつに、やっちゃあ駄目だよ。なに、あたしのことは、心配要らないからね」

いや己は結構、この騒ぎを面白がっていると、金次は掲げられたまま言い出した。その表情を見て、守狐や屛風《びょうぶ》のぞきが顔を引きつらせる。皆、慌てて表にいた鳴家達を、袖《そで》の内へ落とし込み、若だんなも二匹ばかり袂《たもと》へ入れると、急いで栄吉に言った。

「栄吉、お千夜さんは、栄吉が守るんだよ。その事は、いいね？」

「えっ？　急に、どうかしたのかい？」

「ここは、騒ぎになるかもしれない。だから」

若だんなは大層声を潜め、栄吉に囁《ささや》いた。

「今だと言ったら、お千夜さんの手を引っ張って、逃げるんだ」

自分達も駆けるからと言うと、栄吉がとにかく頷《うなず》く。

「一太郎が走るなんて、どういうことだい？　何が……」

「今だよっ」

金次の目が、糸のように細くなってしまった。それを見た若だんなは一声上げると、皆と大急ぎで長屋から逃げ出す。驚いた大男達が、咄嗟《とっさ》に木戸の所で止めようとしたものの、癇癪《かんしゃく》を起こした貧乏神の不運は、あっという間に男達を襲ったのだ。

「わあっ、地震かっ」

一時、足下が揺れて悲鳴が上がったが、揺れ自体は大したものではなかった。

なのにこの時！　大男達の頭の上には、何故だか屋根板が落ちてきたのだ。

「ひっ」

慌てている男らの横をすり抜け、若だんな達は表へ駆け出る。とにかく長屋から離れようと言い、全員で日本橋の北から南へ向け、必死に駆けていった。

栄吉はしっかり、お千夜の手を握っていた。

6

江戸の妖《あやかし》達の間に、噂話《うわさばなし》が巡った。数多《あまた》の妖達はここ暫《しばら》く、ちょいと用心して暮らしているというのだ。

それは、貧乏神が癇癪《かんしゃく》を起こしたからだとも、祟《たた》るのを、大いに楽しんだせいだとも言われている。とにかく半月程の間、お江戸は奇妙に危うい場所と化してしまったのだ。

いきなり看板が屋根から落ちてくるなど、まだ可愛《かわい》い災難だった。どこかの金貸しの手下達など、大して大きくもなかった地震で、家に潰《つぶ》され、危うく死にそうになった。

のんびり道を歩いていたところ、そのまま猫又《ねこまた》が、賽《さい》の河原へうっかり迷い込みそうになったという噂もあった。

橋を渡った先が、唐の国だったという話もある。厠《かわや》の戸を開けたら、百年前の知り人に会い、色々妙な話を聞く事になった狐《きつね》までいた。

もっとも、大本が貧乏神だから、多かった噂話は、ちょいとした不運に関する事であった。奮発して目刺しの大きいのを買ったら、出汁《だし》を取るような、小さな煮干しに化けていたという話が多々聞こえ、切ないことこの上ない。

そして長崎屋の離れでも、最近何とも悲しいような毎日が続いていた。

まず、若だんなが勝手に抜け出ていた間中、妖の皆といたことが、兄《にい》や達に分かってしまった。離れに戻った皆が、どれ程凄《すご》い騒ぎがあったか、得々と喋《しゃべ》ったからだ。

だが今回、あっさり若だんなに逃げられた兄や達は、驚く程小言を言わなかった。

ただし。若だんなが寝付いている間中、二人は一かけも甘いものを、離れへ持って来なかった。

「若だんなは今、食べられません。だから勿論《もちろん》、要らないですよね」

仁吉の声が、余りにも低かったものだから、誰も菓子を食べたいとは言えず、もう半月もの間、長崎屋では菓子抜きの日々が続いていた。

「きゅんいーっ」

鳴家《やなり》の声にも心なしか、力がこもらない。

そしてようよう、若だんなが床から身を起こせるようになったある日、栄吉が長崎屋を訪ねてきた。木箱三つに、己で作った菓子を持ってきてくれた。

その菓子の内一箱は、離れの影の内へと引っ張り込まれると、あっという間に食べられてしまった。そして栄吉は知らなかったが、今までに作った菓子の中では一番に美味《おい》しいと、妖達は、大いに褒めていたのだ。

「きゅい、きゅい」「きゅわ、きゅわ」随分と離れが軋《きし》む。栄吉は若だんなの枕元《まくらもと》へ座ると、まず一番に頭を下げてきた。先の件では済まなかったと、若だんなに謝ったのだ。

「いつものように、一太郎に心配してもらった。なのに、済まない。どうも、おれの方が妙に構えちまって」

訳の分からない喧嘩《けんか》をしてしまったというので、若だんなは笑った。今回は喧嘩した事を栄吉へ謝ったりせず、二人の馬鹿《ばか》を、一緒に笑えたらいいなと思っていたので、笑った。するとここで、栄吉が頭を掻《か》く。

「多分……生まれて初めて、本気で好いた相手が出来た。で、どうにも調子が分からなくて、要らぬ事を言った」

照れくさそうに、嬉《うれ》しそうに告げてくる。

「正直に言うと、見合いをした後、お千夜さんの方に惚《ほ》れた事だって、自分でもはっきりしてなかったんだよ」

縁談相手はおせつだったから、下手をしたら栄吉は己を誤解したまま、縁談を進めかねなかった。だがおせつには既に好いた相手がおり、借金の話が絡《から》んだことで、縁談は簡単には進まなかった。

そして揉《も》めたおかげで、栄吉とお千夜は何度も会う事になり、その内互いの気持ちに、気がつく事が出来たのだ。

「でね、知らせがあるんだ。正之助さんの借金のこと、何とかなった。おれの金も、返ってきたんだ」

「けほっ、じゃあ思い切って、正之助さんが集めた櫛《くし》を、手放したんだね」

栄吉が頷《うなず》く。

今回の借金の元は、正之助が修業と称して、高くて細工の見事な櫛を集めて回ったことであった。だから、借金の件に片を付けたければ、とにかく正之助の買い物を止めねばならない。お富の長屋から揃《そろ》って逃げた後、若だんなは離れへ戻る前に、栄吉へそう告げたのだ。

「栄吉、正之助さんの櫛、全部売っちまいな。そうすれば借金は返せるだろ。もう、借りが増える事もない。安心できる」

「でも、上手《うま》くなりたい、参考にしたいから、先達の立派な品を買って手本にしてるんだ。そいつを止めろというのは、大変だよ」

同じ職人である栄吉には、正之助の気持ちが分かるのだろう。だがそれでも、栄吉が止めなきゃいけないと、若だんなはあの時言ったのだ。

「多分、私はこの後また、寝こむかも。きっと今日を最後に、栄吉には力を貸せなくなるよ。勝手に抜け出してしまったから、兄や達も怒ってる。二人も栄吉に助力はしない」

お千夜に、ずっと心配をさせ続けたくなければ、栄吉がこの後、頑張るしかないのだ。若だんなの話は、そこで終わっていた。その後、どう話して実際に何をするかは、栄吉が考えて仕切った訳だ。

若だんなが黙って話の先を待っていると、栄吉が、おせつとお千夜の三人で、決めた事があると話してくれた。

「まず、おせつさんだけど、正之助さんと添う事にしたんだ」

放っておくと、恐ろしく心配な人だから。おせつはそう言って、押しかけ女房になってでも共にいたいと、正之助へ言ったのだ。父親の権三郎へも、ちゃんと話した。

「で、二人だけど……京へ行く事になった」

「おやっ、江戸を出る事になったんだ」

父親の権三郎は、娘に、絶対に江戸の男と添って欲しいと、望んでいた筈《はず》であった。その気持ちをどうやって緩めたのか、若だんなは知りたくて、栄吉の目を見る。天井がまた、きゅわきゅわと鳴った。

するとと栄吉が少し、照れくさそうに言ったのだ。

「先々、おれがお千夜さんと一緒になって、江戸に居る。そう言ったんだ」

そして権三郎夫婦に、隠居をする年になったら、三春屋の側に住んではどうかとも伝えてみた。親戚《しんせき》となる三春屋が近くにいれば、権三郎達も何かと心強いだろう。子が出来れば、三春屋と一緒に孫の守も出来る。そう話を持っていった訳だ。

「権三郎さん、何とか納得してくれたよ」

おせつと正之助は、程なく祝言《しゅうげん》をあげ、上方へ旅だって行く事になっている。櫛は売り払われ、借金はきれいになった。

「まあ、おれはいまだ奉公の途中だし、お千夜さんはまだ若い。縁組みは何年か先の話になるだろうけど」

若だんなは起き上がった床の上で、またにこりと笑うと、真《ま》っ直《す》ぐに長年の友を見た。

「栄吉。嫁さんを決めたんだね」

「うん。お千夜さんと、いつかこの近所で暮らす事になる。よろしくお願いします」

「おめでとうございます」

何となく、かしこまった言葉が口を突き、栄吉がきちんと頭を下げたところへ、茶を運んできた仁吉が現れ、こちらも祝いの言葉を口にする。

嬉しい気持ちと、先を越されたという諦《あきら》めがある。しっかり者の嫁さんだから良かったという、友人としての思いが続く。

(ああ、こうして時が重なっていく、来年が来て、また次の年がきて)

そうしていつか、栄吉はお千夜を嫁に貰《もら》い、長崎屋の妖達はまた、あれこれ噂話をして楽しむのだろう。

若だんなは温かい茶をもらうと、少し眩《まぶ》しげに友の顔を見た。

寛朝の明日

1

江戸の名刹《めいさつ》広徳寺《こうとくじ》は、加賀《かが》前田《まえだ》家百万石を始め、数多《あまた》の大名家の菩提寺《ぼだいじ》であった。広大な敷地を誇り、人々が集う故《ゆえ》に、門前には多くの店が出ている。

そして広徳寺では檀家《だんか》以外にも、人に知られている事があった。寺の高僧寛朝《かんちょう》は、東叡山寛永寺《とうえいざんかんえいじ》の名僧寿真《じゅしん》と並び、妖《あやかし》封じで高名であったのだ。

もっとも寛朝が妖に恐れられているかというと、そうだとも言えるし、否《いな》とも言えた。

寛朝は確かに、広徳寺へ持ち込まれた妖がらみの困り事を、長年片付けている。だが一方、広徳寺にある直歳寮《しっすいりょう》の一角では、何故《なぜ》だか幽霊が働き、家を軋《きし》ませる妖鳴家《やなり》が、寛朝の僧衣で遊んでいた。

「まあ、人でも妖でも、他の者を困らせれば怒りを買う。だが何もせぬ者を、妖だからと追いはしない。そういうことだ」

高僧はその柔らかな考えで、数多《あまた》の者達を救っている。ついでに確かな寄進集めの腕で、寺の金櫃《かねびつ》を支えてもいた。

だから大人しい妖だけでなく、寄進をしてくれる者にも愛想がよい。廻船問屋《かいせんどんや》兼薬《やく》種《しゅ》問屋、長崎屋《ながさきや》の若だんななど、よく広徳寺へ寄進をする故に、いつも真っ先に会ってもらえる。今日も兄《にい》や達を連れ寺へ顔を出すと、先客があったにも拘《かか》わらず、若だんなは直《す》ぐに直歳寮へ招き入れられたのだ。

「寛朝様、お久しぶりでございます」

若だんなは仁吉《にきち》、佐助《さすけ》と共に、まずは深々と頭を下げた。それから、寛朝の横に座る僧へ目を向け、にこりと笑う。

「寿真様がおみえでしたか。これは、ご無沙汰《ぶさた》しております」

「おお、長崎屋の若だんな、久しいですな。少しは調子も良さそうで、何よりです」

寛朝と並び、その法力で知られる寿真だが、二人の見た目は随分と違った。東叡山寛永寺、徳川家の菩提寺でその名を知られる僧は、背が高く思慮深い表情をしている。元気に満ちあふれ、大商人のように見えなくもない寛朝と違い、見るからに名僧であったのだ。

「お二方がお揃《そろ》いとは、良い時に来る事が出来ました」
若だんなはそう言うと、兄や達に持ってきてもらった、角樽《つのだる》を差し出した。それから
すっと声を潜《ひそ》め、二人ならば話しても構わぬからと、酒についてとんでもない説明
をする。
「実は昨日、付き合いのある信濃《しなの》山《さん》の天狗《てんぐ》、六鬼坊《ろっきぼう》さんのお使いが長崎屋へ来まして。
酒を届けてくれたのです」
人ならぬ者が江戸の大店《おおだな》へ来たことを、若だんなはこともなげに語った。何しろ長
崎屋の先代の妻は、齢《よわい》三千年の大妖《たいよう》であったから、その血を引く若だんなは妖と縁が
深い。
「先だって、天狗達が大勢怪我《けが》をした時、長崎屋と寛朝様が手当をしましたでしょ
う？　ほら、六鬼坊方が勿論《もちろん》大勝利を収めたと言った、天狗同士の喧嘩《けんか》の時です」
威勢の良い六鬼坊の言葉とは裏腹に、何と、人の胆《きも》が関わっていたという争いは、
随分と大変なものであったらしい。天狗同士、互いの手の内は分かっており、しかも
力も拮抗《きっこう》していたからだ。大怪我をした天狗の中には医者が必要な者もいたが、まさ
か人に、天狗を診てくれとは言えない。よって若だんなや仁吉が手当をしたのだが、
何とか治って、六鬼坊の仲間達が飛べるようになったときは、ほっとしたものであっ

た。

「こんな大怪我をするなんて、一体何があったんですか」

佐助が問うたが、同族の恥になるからと、天狗達は詳しい訳を口にしなかった。とにかく仲間の具合が良くなると、勝利した天狗達は祝い酒を飲もうと、王子稲荷《いなり》神社にいる飲み友達、管狐《くだぎつね》黄唐《がら》の所へ、天狗酒の大樽を幾つも運んだ。そして薬を作った長崎屋と、怪我快癒の御札を渡した寛朝にも、お礼に酒を分けてくれたのだ。

「この酒、王子の化け狐達が、〝黄唐久松〟と名付けた程の、銘酒だそうで」

長く生き、数多の名酒を知る妖黄唐が、久しく待つ程の酒。そういう意味らしい。

「確かに、本当に美味《おい》しゅうございます」

酒は王子の化け狐が言付かり、昨日まとめて長崎屋へ持ってきた。

「それで、大角樽を二つ持参しました」

「おお、珍かな般若湯《はんにゃとう》とは！　これは嬉《うれ》しい事だ」

寛朝は酒をさっそく徳利に移し、まずは般若湯として御仏《みほとけ》へお供えした。そして残りは……寺に巣くう妖達に飲まれてはいけない。よって昼ではあるが、早々に味を確かめる事にした。

すると、そういう話になると心得ていたのか、佐助がさっと肴《さかな》を酒の横へ差し出す。

「何と、焼き味噌《みそ》に芋《いも》の煮転ばしまで持参とは。若だんな、気が利《き》くのぉ」

秋英《しゅうえい》が直ぐ、寛朝が好きだという炒《い》り豆と、皆の杯を持って現れ、部屋に銘酒の芳香が漂う。若だんなは酔う前にと、先に広徳寺へ置いてもらった幽霊月丸《つきまる》の様子を、寛朝へ問うた。江戸の地に居場所のなかった月丸を、広徳寺は引き取ってくれたのだ。

「ああ月丸か。うん、鳴家と組んで、至って元気に働いておるぞ。つまり昼間の今、幽霊のあ奴《やつ》は、ぐうぐう寝ておる」

「それは、よかったです。ちゃんと仕事をこなしているんですね」

若だんなはほっとした声を出し、安心して酒を口に含む。すると横で話を聞いた寿真が、杯を片手にからからと笑った。

「おや寛朝殿は、幽霊を預かっておいでか」

「月丸は今、私が書くべき文の代筆を、多く抱えてくれてましてな。しかし、幽霊であれば物が持てぬ故、言われた通り紙へ書くのは鳴家達だ。広徳寺は今、妙な者達だらけですわ」

ぐっと杯を干した寛朝が、わざとらしくも困った事だと言う。するとここで、寿真は羨《うらや》ましそうにつぶやいた。

「いや広徳寺へは多く、能のある者が集まっており、良いですね。こちらには秋英さんという、立派なお弟子もおられるし」

「おお、秋英。寿真殿に立派だと言われたぞ」

「か、寛朝様！　からかわないで下さいまし」

秋英が赤くなって師を睨《にら》むと、それを見た寿真が笑っている。

「良いですねえ。出来るならば私も、早く弟子が欲しいのですが」

しかし、だ。寛朝同様、妖封じで知られる寿真の所へは、当然、奇妙な悩み事が集まる。妖を見ることすら出来ない者を弟子にしても、対処が出来ないのだ。

「だが妖に関われる者は、思うたよりも少のうございますな」

そして希《まれ》な者達が、得度《とくど》するとは限らない。よって寿真は未《いま》だに、弟子に恵まれていないのだ。すると寛朝は、若だんなをちらと見た。

「そうだ若だんな、お主なら妖の事は得意だ。修行は控えめにしてもらう程に、寛永寺の僧にならないか？　出世間違い無しだぞ」

だが仁吉が横から直ぐ、ぴしりとその誘いを蹴飛《けと》ばしてしまう。

「寛朝様、若だんなは長崎屋の跡取り。妙な事を言わないで下さいまし」

続いた佐助の声は、ぐっと冷たかった。

「いや店の事がなくとも、若だんなを僧には出来ません。寺は寒すぎます」

寺に置かれている火鉢《ひばち》は小さすぎるとか、炬燵《こたつ》が無いとか言いだした。

「おまけに若だんな、寺じゃ甘酒も餅《もち》も、好きな時に食べられません。大事です！」

すると袖《そで》の中から、きゅい、きゅわ、そんな菓子の少ない所へ行っては嫌だと声が湧《わ》く。寿真がまた笑い出し、若だんなはぺこりと頭を下げて、名僧の手の杯へ般若湯をなみなみと注いだ。

すると、その時。

鳴家達が急に揃って袖から顔を出し、障子の方を向いた。直歳寮の部屋に、突然表から、聞き慣れぬ声が掛かったのだ。

「おや良き香がする。般若湯ですかな」

「はて、この声は」

その一言を聞き、真っ先に立ち上がったのは、仁吉であった。さっと障子の所へゆくと膝《ひざ》を突き、躊躇《ためら》わずに障子戸を開ける。

途端皆の顔が、ぐっと上を向く事になった。

「お、大きい……」

直歳寮の外廊下に立っていたのは、背の高い長崎屋の兄や達よりも、更に一回りは大きい者であった。赤ら顔に高い鼻が目立つ上、羽団扇《はうちわ》を手にしている。修験者《しゅげんじゃ》のようなりだったから、直ぐに天狗だと知れた。

するとと天狗は、酒を王子へ運んできた、六鬼坊の連れだと言ってきたのだ。

「この身は黒羽坊《くろはぼう》と申す」

「おや、何か忘れた事でもあって、江戸へ戻って来たんですか？」

仁吉が落ち着いて問うと、天狗はまず腰を落としてから語り出す。揃って深山《しんざん》へ帰る途中、天狗と縁ある修験者に出会い、困りごとの相談を受けた。よって黒羽坊が江戸へ、舞い戻る事になったと告げたのだ。

「実はな、修験者が良く知る寺の僧達が、とんでもない目に遭ったらしい」

だがそれは天狗も驚くような、奇妙な出来事であったのだ。

「奇妙、とは？」

寛朝が問うと、天狗はその赤ら顔を、高僧へ近づけてきた。それから耳にした凶報を、押し殺した声で告げる。

「東海道を西へ上った先、小田原《おだわら》宿の外れに、西石垣寺《にしいしがきでら》という、小さな寺があってな」

そこに、怪異が現れたという。

「怪異？」

「僧が二人、喰《く》われたとか」

「は？　何に、どうして喰われたのだ？」

部屋内にいた皆が、揃って目を見開く。人を喰うからには、並の怪異ではあるまい。どういう者が、何故暴れたのかと寛朝が問うたが、黒羽坊は首を横に振るばかりであった。

「何しろ寺にいたのは僧二人。どちらも喰われてしまい、子細を知る者がおらぬのだ」

前日までは元気であったのに、突然骨になった姿が二つ、寺に残されていた。しかし病や事故で死んでも、一日で骨になるはずもないのだ。

「どう見ても、怪異の仕業《しわざ》に違いない」

小田原の他の寺は、大騒ぎになっている。己《おのれ》も明日喰われてしまうかと、僧達は震え上がっているらしい。だが。

「彼《か》の地には、怪異を鎮《しず》めるような高僧はおらぬ。一に力が強かったのが、亡《な》くなった二人だったとか」

そんな中、僧の一人が修験者に縋《すが》り、事はその修験者から天狗へ伝わった。

「我らはその修験者に借りがあってな、頼みを放っておきたくはない。しかし小田原の人喰いに関わることを、躊躇っておる」

天狗とて、人とは違う者なのだ。下手をすれば、人喰いの罪を被《かぶ》せられかねない。

「さて、困り果てた」

そんなとき天狗達は、以前、天狗の酒が長崎屋へ行き、その後、寺へも分けられた事を思い出した。〝黄唐久松〟が届いた先は、妖封じの高僧がいる寺なのだ。

「御《ご》坊《ぼう》、小田原の僧達を助けてやってくれ」

突然の言葉に、高僧と名僧は顔を見合わせる事になった。

「頼みは分かったが、簡単な話ではないぞ。何しろ事は、東海道の途中で起きておる」

二人の僧は江戸で日々、多くの仕事に追われている。凶事が起きたからといって、簡単に旅に出られる立場ではなかった。

だが、黒羽坊は必死に食い下がった。

「御坊方は、同じ僧達を見捨てるのか。困っている者に、知らぬ顔をするのか。般若湯を飲んだのであろう。酒の礼だ、助けてくれ」

諾《だく》と言ってくれるまで、何日でもこの寺に留まると、天狗が言いつのる。

「強く言われても、そうですかとは言えぬよ」

「ならばこの天狗は、修験者に申し訳が立たぬ故、寺の門前で首でも吊《つ》ろう。怪異の死体がそんな所にあったら、大騒ぎだろうが」

「……脅す気か」

そこから更に半時程も言い合った後、寿真はそっぽを向き、寛朝はついに溜息《ためいき》を漏《も》らす事になった。眉間《みけん》に皺《しわ》を刻みつつも、助けに行くと約束してしまったのだ。

「人を喰う怪異では、放ってもおけぬか」

「寛朝様、小田原へなど行けるのですか？」

若だんなが心配する横で、秋英が顔を強《こわ》ばらせている。若だんなは兄や達に、怪異の心当たりがあるかと問うたが、しかし仁吉さえ首を横に振り、事はさっぱり見えてこない。

（ああ、大丈夫かしら）

天狗はさっそく、小田原の寺の場所を告げると、仲間へ良き知らせを教えてくると言い、広徳寺から消えていった。

2

「寛朝様、寛朝様、寛朝様！　本当に小田原へ、直《す》ぐに行かれるおつもりですか？」

翌日の昼過ぎ。狼狽《うろた》える秋英の脇《わき》で、寛朝はさっさと荷造りを始めていた。朝方から、何人もの僧達へ話を通し、早、旅にゆく算段をつけたのだ。

「秋英、仕方がなかろう。僧を喰う怪異が本当に出たのなら、急がねばなるまい」

もし、この先また人が喰われたら、街道沿い故《ゆえ》に、怪異の話は江戸へ伝わるだろう。事を承知していたのに、寛朝が何もしなかったと言われたら、後々広徳寺が困るのだ。

「寛朝様、そうおっしゃって、他の御坊方を承知させたのですね」

「急な話故、多くの相談事を置いて行く事になる。秋英、お前が後を引き継げよ」

「はあ？　私をお供に、連れて行っては下さらないのですか？　人喰いが関わる恐ろしい話ですのに、一人で行かれるおつもりですか」

「私がおらぬ間に、江戸で大事が起きるやもしれん。せめて秋英は、広徳寺におらねば」

「私は、寛朝様の唯一《ゆいいつ》の弟子です。他の誰を、お供にするおつもりですか！」

秋英が何時《いつ》になく声を大きくした、その時。お邪魔いたしますと直歳寮《しっすいりょう》の庭から、馴染《なじ》みの声がかかった。

「きゅんべ」「きゅわ」「きょんい」

鳴家《やなり》達の元気な声が続き、若だんなが兄《にい》やを連れ、今日も顔を出したと分かる。

「これは若だんなと佐助さん。珍しいですね。二日続けておいでとは」

秋英は慌《あわ》てて縁側へ出ると、一寸《ちょっと》足を止めた。若だんなが、見知らぬ若者を伴っていたからだ。

「おや、そのお人は？」

すると若者が、うふふと笑う。

「あら秋英さん、嫌ですねえ。ちょいと別の姿に化けたら、もう、あたしが分からないんですか？」

「これは何と……猫又《ねこまた》の、おしろか！」

化けるのが得意な猫又は、今日は男の姿になっていた。おしろは、若だんな達と一緒に直歳寮へ上がり込むと、まずは寛朝へ挨拶《あいさつ》をして、それからひょいと旅の支度、振り分け荷物を見せたのだ。

「若だんなから、寛朝様が旅に出る事、そしてその訳をお聞きしました。怪異がらみで、行き先は小田原とか。なら、あたしが一緒に行った方がいいって思ったんですよ」

「は？　何で猫又が？」

驚く秋英を、寛朝が目で黙らせる。おしろは若者の声で、訳を語り始めた。

「東海道を江戸から上方《かみがた》へ。男の足であれば、小田原は二日目に泊まる宿でしょうかね」

旅人が最初に泊まるのは、日本橋《にほんばし》から十里程のところ、保土ヶ谷《ほどがや》宿か戸塚《とつか》宿だ。

「でね、戸塚の宿には昔っから、猫又が大勢いるんですよ。ええ、あたしら……おれ達の間じゃ、有名な土地です」

何でも、戸塚の猫又達は手拭《てぬぐ》いを被《かぶ》り、村はずれへ集って、〝猫じゃ猫じゃ〟を歌い踊るという。

「おれの知り合いである虎《とら》殿も戸塚にいるんで、確かな話です」

つまりだ、もし旅人達が次の日泊まる宿で怪異が起こっていたら、きっと戸塚の猫又たちは、話をあれこれ摑《つか》んでいるに違いない。

「あたし……おれがお供をして、戸塚宿へ行けば、色々話してもらえるでしょう。ならば同道してくれないかって、若だんなのお頼みなんですよ」

僧と一緒に旅をするなら、男の方がいい。それでおしろは今日、男に化けたのだ。

「名前も、若だんなに付けて頂きました。四郎《しろう》と言います」

初めての旅だと言い、何やら嬉《うれ》しそうな四郎の横から、若だんなが話に加わった。

「本当は、私も一緒に行きたいって言ったんですが。だって広徳寺へ、天狗《てんぐ》の酒を持って来ちゃったのは、私だし」

だがこの言葉は、「駄目です」という佐助の一言で、ばっさり切り捨てられる。

「若だんなに、責はありません。それに寛朝様と旅に出たら、若だんなは一日歩かぬ内に、十回ほど倒れます」

「……分かってるよ。でも、小田原で寛朝様までが襲われないか、心配なんだもの」

ここで佐助が、話を引き継いだ。

「若だんなが、気に病むのはいけません。よって我らは寛朝様に、もう一人、供を付ける事にいたしました」

旅をする当人の意向は気にせず、佐助が言い切った。すると部屋の影の内から、明るい声が湧《わ》いてくる。

「おお寛朝様、お久しぶりです。寄席《よせ》に出ていたので、遅くなって申し訳ない」

「おや、貘《ばく》か！」

「へい、本島亭場久《ほんとうていばきゅう》、噺家《はなしか》でございます」

そう言って、寺の一間へひょいと姿を現したのは、怪談を語る場久、実は悪夢を食べる妖《あやかし》、貘であった。佐助が頷《うなず》く。

「場久なら起きている時でも、己の夢の内をうろつけますからね。こちらが寝て場久の夢へ行けば、江戸に居ながら小田原の子細を知る事が出来ます」

夢の方が、文を飛脚《ひきゃく》に届けさせるより早い。若だんなも安心できるという訳だ。

「この場久、夢の内ならどこまでも行きますが、おしろ殿同様、旅は初めてでございます。いや、楽しみで」

笑う妖に、寛朝は困り顔だ。

「やれ、長崎屋の兄やが考えるのは、結局は若だんなの事か」

「寛朝様、これは皆の分の路銀《ろぎん》でございます。寛朝様が持っていてくださいまし」

佐助が差し出したのは金子《きんす》で、どうみても三人分より随分と多かった。寛朝はにこりと笑うと、深く頷く。

「これは気遣い、申し訳ない。うん、二人はこの寛朝が引き受けた」

確かに四郎と場久がいれば、寛朝は旅先で、大いに助かるに違いない。では一刻も早く旅立とうという話になり、若だんなは場久に、矢立《やたて》から甘味まで、旅に必要だと思う品を詰めた荷を渡す。四郎の振り分け荷物には、猫又達への土産、手拭いを沢山入れておいた。

「戸塚宿の虎さん達に、よろしく」

すると、しばし黙っていた秋英が、ここで寛朝の方を向いた。やはり自分も行きたいと言ったので、師はもう一度、弟子と向き合い話をする。何時になく真面目《まじめ》な顔であった。

「秋英、先に寿真殿も言っていたろう。妖と渡り合える僧は、今この江戸に三人きりだ」

そして寛朝と寿真は、秋英よりも大分年上なのだ。だから。

「このまま他の弟子が見つからなんだら、お主が唯一、妖を封じる僧となる。一人になることを恐れておったのでは、皆が頼れぬではないか」

今回師としばし離れるのは、秋英にとって良い体験に違いない。寛朝からそう言われて、秋英は珍しくも、泣きそうな表情を浮かべてしまった。

「私は……いつか一人きりで、妖封じをせねばならないのですか？」

「秋英、ありがたい事に江戸には、若だんながおる。妖の話は出来ようほどに」

妖達は寺に山ほどおり、秋英が孤独を恐れる事はないのだ。だが、いつも物わかりの良い弟子が、今日ばかりは黙らない。

「早く寿真様の弟子を見つけて下さい。寛朝様も、もっと沢山弟子を取って下さい！」

寛朝は苦笑を浮かべた。

「やれ僧たる者が、これでは情けない」

そう言うと、ごつんと一つ、弟子に拳固《げんこ》をくれた。

「秋英、仕事をせっせとこなしておれ。直ぐに帰ってこようほどに」

弟子のことは寛朝達にも、どうしようもないのだ。

「良き者がおれば、とっくに側に置いておる。唯一の弟子、諦《あきら》めて働けよ」

言葉は厳しかったが、弟子の珍しき泣きべそは応《こた》えたとみえ、寛朝は土産を約束すると、早々に広徳寺を出立した。鼻の頭を赤くした秋英は、それでも門の所まで師を見送りに来ると、一言「ご無事で」と言い、供の二人へ師のことを頼んだ。

一行は上野の寺を歩み出《い》で堀川《ほりかわ》へ向かい、その後は、長崎屋のある京橋近くまで、若だんな達と共に舟で進んだ。そして店近くの大通りに立つと、寛朝達は心配げな若だんならに見送られ、人喰いの待つ小田原へと歩き始めた。

3

長崎屋へ帰り、遅い昼餉《ひるげ》を食べ終わった後、若だんなは頑張って昼寝をしてみた。すると待っていてくれたからか、場久の夢は存外簡単に若だんなを包み、三人の旅路を伝えてきたのだ。

どういう次第になっているのか、場久が見ていると思《おぼ》しき風景が、夢の中で、若だんなの目の前に広がった。

「若だんな、上手《うま》く夢を見ておいでのようだ。場久です。声、聞こえてますね？」

宿場なのか、両側に大きな家並みが見える道で、場久の明るいつぶやきが聞こえてくる。道には多くの人達が行き交い、荷を引く馬や、飛脚の姿も見えた。すると先をゆく僧が振り返り、場久に向き合ってくる。

「おお、若だんなが夢に入ったとな。ならば、知らせねばならん。ほれ見てくれ。鳴家《やなり》が二匹、付いてきてしまった」

途端、「きゅい」「きゅわ」、明るい声がして、袖《そで》の内から鳴家達が顔を出す。更に、「米饅頭《よねまんじゅう》」「米饅頭」と、何故《なぜ》だか嬉《うれ》しげに騒ぐ声が続いた。

「ああ今、川崎宿《かわさき》へ来ておるのだ。先程奈良茶飯《ならちゃめし》を食べたというのに、小鬼達ときたら川崎宿名物の、饅頭を欲しがっておってな」

寛朝の声は聞こえるものの、夢の内にいるからか、場久以外とは直《じか》に話せないらしい。奈良茶飯と聞き、若だんなが「いいな」とつぶやくと、場久が笑って、連れの二人へその言葉を伝えた。

「若だんな、奈良茶飯は茶飯に豆腐汁、煮染《にし》めが付いた膳《ぜん》でした」

猫又の四郎が、もう少し鰹節《かつおぶし》をきかせて欲しかったと言っている。街道にはまだ怪異の影も無く、三人は旅を楽しんでいるのだ。

ただ若だんなは少し、首を傾《かし》げた。

「僧が二人も、訳の分からぬ何かに喰われたんですよね。旅人にとっても恐ろしい相手だ。噂《うわさ》が街道を、風のように早く伝わるかと思っていたのですが」

場久が見ている宿場町は落ち着いており、何かに怯《おび》えている様子はない。馬子《まご》達は笑い、子供も走り回っている。旅人達は次の宿をめざし、街道を足早に歩いていた。

「川崎宿と小田原宿は、随分離れているのでしょうか」

「さて、どういうことかの」

寛朝は眉根《まゆね》を寄せると、見えて来た川の手前で、横手にあった店へ寄り、鳴家達が欲しがっていた米饅頭を買い求める。ついでという感じで、最近何か変わった噂を聞かないか問うたが、店番の娘は手を横に振った。

「きゅい、娘さん、何にも知らないって」

(どうしてなんだろう?)

何故、噂が伝わるのが遅いのだろうか。寛朝が、渡っている橋は鶴見《つるみ》橋だと言ってから、東海道へ目を向けた。

「今日はこの先、戸塚宿まで行く故《ゆえ》、噂には気を付けていよう。街道のどの辺りまで、怪異の話が伝わっておるか、知りたいでな」

その時であった。若だんなはぽんと顔を叩《たた》かれ、不意に目を覚ましてしまった。いつもの長崎屋の天井が見えた。追いかけっこをしていた鳴家が一匹、寝ている若だんなの顔に落ちてしまったらしい。

「ぎょぺ……ごめんなさい」

昼寝だったから眠気は消し飛び、目をつぶっても、もう場久の声は聞こえてこなかった。若だんなは起き上がると、鳴家の頭を撫《な》でてから、今見た夢を兄《にい》や達へ語る事にした。

すっかり暮れた、夜五つ。長崎屋での夕餉《ゆうげ》の後、若だんなは大急ぎで寝てみた。すると、夢で繋《つな》がった場久の目の前には、思いも掛けない光景が広がっていた。

「えっ……猫?」

当然と言うか、戸塚宿も夜であった。既に今日泊まる宿へ入っている刻限だが、三人は表に出たようだ。蒼《あお》く見える程の夜空に、足下に影を作る程の、明るい月が輝いている。

場久は小さなお社《やしろ》の庭におり、そこには驚いた事に、数多《あまた》の猫たちが集っていた。いやそれだけでなく、輪を描いて踊っているのだ。頭に手拭《てぬぐ》いを載せた猫たちの柔らかい歌声が、夜空を渡ってゆく。

「猫じゃ猫じゃと、みゃん、おしゃますがぁー」

「小粋《こいき》なぁ絞りのー浴衣《ゆかた》にゃあ」

「みゃあ、みゃあ、どりゃどりゃ」

「ちょーちょに、とんぼぉ」

「下戸《げこ》だぁ下戸だぁとぉ、にゃん、言わりゃすがぁ」

「山でぇ踊る、飲んべえわぁ」

「みゃあ、にゃん、どりゃどりゃ」

「おっちょこちょいの、みゃーん」

猫たちは手拭いをなびかせ、輪を広げ、縮め、手振り身振りも鮮やかに踊ってゆく。寸《すん》の間《ま》、呆然《ぼうぜん》とその踊りを見つめていたら、場久が、夢に若だんなが来たと気づいたようで、直《す》ぐに声を掛けてきた。

「おや若だんな。今日は早々に寝たんですね。ああ、踊りに吃驚《びっくり》してますね。猫又達ですよ」

場久達は夕刻、戸塚宿へ着いたと話す。

「この踊りが、先に四郎がお話しした〝猫じゃ猫じゃ〟だそうです。歌と踊りの型は、今戸塚で流行《はや》りのものだとか」

四郎も今夜ばかりは、猫又おしろの姿に戻って、一緒に踊っているという。場久の目が、豆絞りの江戸手拭いを頭に引っかけ、両の手を振り上げて小粋に舞う、真っ白い猫を見た。若だんなが上手い踊りだとうなっている間に、場久が寛朝へ若だんなの訪れを告げる。高僧は頷《うなず》くと、呆《あき》れたような顔を猫又達へ向けた。

「いやはや、こんなにも猫又が集う地があろうとは。驚いた」

よく、宿の者達が気づかないものだと言うと、隣から、みゃみゃみゃと猫の笑い声がする。虎猫《とらねこ》の猫又が虎だと名のり、寛朝を見上げて言った。

「いや、人達は我らのことを、結構分かっておるようだぞ。手拭いを失敬しようとして、宿屋の主《あるじ》に知られてしまった阿呆《あほう》がいたしな。おかげで最近はどこの家でも、手拭いをしまい込んでしまい困っておる」

何しろ〝猫じゃ猫じゃ〟には、手拭いが必要だからと虎は踊り手達を指す。その時、おしろが輪から離れて戻ってくると、虎は重々しく言った。

「おしろ殿、この度は小粋な江戸の手拭いを、十本も土産に頂き、嬉しき事であった」

これで余裕が出来、たまたま手拭いが手に入らなかった猫又も、踊りに加わる事が出来る。手拭いは猫又にとって、それはそれは重要な品なのだ。

「よって今宵《こよい》我らは、人連れのおしろ殿達を歓迎し、特別に庭へお招き申した」

おしろは身を折るようにして、ありがたい事だと返礼をする。

「しかしこの寛朝様は、妖《あやかし》とは縁深き御仁《ごじん》。招きましても、我らに難儀が掛かる事はございません。何しろ御坊は寺に幽霊を置き、旅に我と貘《ばく》、鳴家を連れております」

すると呼ばれたと思ったのか、鳴家達が「きゅい」と言って、寛朝の袖口から顔を出す。虎は一寸《ちょっと》目を見張った後、にやりと笑った。

「人にしては、上々吉《じょうじょうきち》な御仁のようだ。ならば楽しんでいかれよ」

「感謝いたします」

話が終わり、虎は己も踊りたいのか、輪の方へ歩み出す。夢の内で話を聞いていた若だんなが、ここで慌《あわ》てて場久へ言った。

「場久、ほら聞かなきゃ。怪異の噂、猫又なら何か知っているんじゃないの？」

「おお、そうでした」

〝猫じゃ猫じゃ〟を見てすっかり忘れていたようで、場久が慌てて、虎を呼び止める。

「虎殿。実は江戸で天狗《てんぐ》から、この先の小田原宿で僧が二人、怪異に喰われたと聞きました。御身方も、何か耳にしておいでですか？」

途端、虎がくるりと振り返り、場久たちを見てきた。気がつくと踊る猫又達の目も、三人へ集まっており、庭にいるわけでない若だんなも、何故だか総身に緊張が走る。

すると。

「我はそんな噂、知らんなぁ」

虎が断言した。途端、今までとはちょいと違う歌声が、踊りの輪から湧《わ》き立ってくる。

「猫じゃ猫じゃと、みゃん、おしゃますがぁー」

「僧がぁいないとぉ、いう噂ぁ」

「みゃあ、みゃあ、どりゃどりゃ」

「だあれも、聞かぬぅ」

「怪異だぁ怪異だぁとぉ、にゃん、言わりゃすがぁ」

「恐《こわ》いぃ噂を、する者もぉ」

「みゃあ、にゃん、どりゃどりゃ」

「おりゃせんの、みゃーん」

寛朝が、目を見開いてつぶやく。

「小田原までは、この戸塚宿から歩いて一日の隔《へだ》たりだ。なのに戸塚の妖に、怪異の噂が届いておらぬとな」

ひらひらと舞う猫たちを見つめつつ、寛朝が考え込む。すると踊り出した虎が、口が裂けるかと思う程の笑みを浮かべた。

「おや、御坊が戸惑っておるようだの。確かに、小田原の僧が喰われたのなら、我らが知らぬ筈《はず》はない。奇妙な話だ」

「怪異は、いなかった。そういうことか」

寛朝が猫又の目を見つめる。すると虎の笑いは、一層恐ろしきものになった。

「おいおい、そんな事は言うておらぬぞ。怪異はおるようではないか。高僧を名のる者が、それも分からぬのか？」

「は？」

「恐いなぁ。御身らは、明日の朝には戸塚宿を旅立つのだろう。暮れ六つ前には、小田原へ着くよな？　恐いなぁ」

「おい、何が恐いのだ？」

しかし。

「みゃあ、みゃあ、どりゃどりゃ、恐いなぁ」

虎は歌いながら踊り、もう返答などしてくれない。猫又達の歌は、天に上るほど高まって行き、輪の踊りも速く激しくなってゆく。

「教えてくれぬか。何が恐いんだ？」

寛朝が必死に声を掛けた、その途端。

突然月を、厚い雲が隠してしまったのだ。辺り一帯が闇《やみ》へ沈む。同時に、猫又達の歌声も途切れてしまった。

「きゅべっ」

　周囲は一瞬の内に、鳴家の怯えた声が響く程、静けさに包まれた。星明かりすら見えなくなり、真っ黒い闇が庭も道も包んでしまう。おしろが慌てて寛朝の手を取った。

「寛朝様、あたしの引っ張る方へ来て下さい。人の目じゃ、この暗さの中、歩くのは無理でしょう」

　これでは宿へ戻るのも、難儀しそうであった。ここで場久が、若だんなへ告げる。

「あたしたち三人は、戸塚宿の平旅籠《ひらはたご》、亀屋《かめや》に落ち着いているんです」

　おなごの色気抜き、飯盛女もいない小さな宿だ。だからちょいと金子を渡すと、夜の出入りも楽であったが、こうも暗いと、戻る道を辿《たど》るのも心許《こころもと》ない。

「のう四郎。あの猫又達とは、また会えるだろうか？　聞きたい事が残っておるぞ」

「寛朝様、それはもう無理ですね。明日は早くに、宿を立つのでしょう？」

　おしろが寛朝を誘い、場久は闇の内でも困らぬ様子で跡をついてゆく。だが夢の中までが真っ暗になって、若だんなはただ首を傾げていた。

（さっきの猫又の言葉、あれは何なんだ？　何が恐いっていうんだろう？）

　闇は更に深くなり、じき、前にいる寛朝達の姿さえ霞《かす》んで見えなくなる。その内若だんなは深い眠りにでも捕らわれたのか、夢を見続けている事すら出来なくなっていった。

4

翌日の昼、場久の夢に若だんなが現れた時、三人は街道を進み、平塚《ひらつか》宿の手前、松原近くの店で床机《しょうぎ》に座っていた。

「おや若だんな、今日もおいでなさいまし」

場久の声を聞き、四郎と寛朝が向かいで明るく笑う。若だんながさっそく、あれからどうしたのかを問うと、場久がざっと口にする。

「あたし達は戸塚宿の亀屋へ、無事戻りました。四郎さんが言っていたように、あの後、戸塚の猫又達とは会っていません」

今朝三人は、まだ明けきっていない刻限に出立した。四郎によると、旅人というのは早出をし、早めに旅籠《はたご》へ入るものなのだそうだ。

ずっと天気が良いのはありがたく、一行は二里離れた藤沢《ふじさわ》宿を、一時ほどで抜けた。そこから更に四里近く遠い平塚宿を目指し、ほてほてと街道沿いを行けば、昼時、疲れて腹も空《す》いてくる。

「でね、先程この店を見つけたんです。ここは猫又達が美味《うま》いと言ってた店だって、四郎さんが言うんで」

昼餉《ひるげ》を食べる為《ため》、床机に座っていたのだ。

「場久は何を頼んだの？　へえ、鰯《いわし》料理が名物なんだ」

いいなと若だんなが羨《うらや》ましがると、寛朝の袖《そで》から鳴家《やなり》達が顔を出した。己達も話したいと、二匹は旅の初日、昨日の事を口にする。

「きゅい、鳴家は神奈川宿で、海、見た」

「白い帆。船も、見た」

「保土ヶ谷ー。坂、下るの大変だった。四郎、場久、愚痴一杯」

「留《と》め女の顔、真っ白。きゅわ、白塗りお雛《ひな》さんの親戚《しんせき》、一杯いた」

それから、保土ヶ谷の先にある茶屋で、ぼた餅《もち》を食べたとか、坂を一杯下った先で、焼餅を食べたとか、のんびりした旅の話ばかりが続く。若だんなは大きく頷《うなず》くと、今まで旅がどんな様子だったか得心《とくしん》した。

「要するに、道中はずっと平穏だったんだね。ねえ場久、こちらから訪ねていった猫又さん達は別にして、妖《あやかし》にすら出会ってないんじゃないかい？」

「実は、そうなんですよね」

怪異が起こったという小田原宿は、戸塚宿から十里と少し、一日歩いた先にある。なのに、あと半分程で着くという今に至っても、茶屋などで話した旅人達から、怪異の噂話《うわさばなし》一つ拾えていないのだ。三人はそろそろ、奇妙な心持ちに包まれていた。床机の上で茶を片手にした寛朝は、口をへの字にしている。

「昨夜、戸塚の猫又虎殿は、怪異はおるようだと言っておった。しかも小田原へ行く事は、恐《こわ》いとも言った」

〃猫じゃ猫じゃ〃を踊りつつ、猫又達は一体何を怖がっていたのか。寛朝達には分からぬのに、どうやって月下で踊りつつ、怪異を察したのか。

「昨夜から考えておるのだが、答えが分からぬ。若だんな、お主は何か思いついたかな？」

若だんなは夢の内で、一寸《ちょっと》言葉に詰まった。実は皆へ、言うか言わぬか迷っている言葉があったのだ。しかし言い出せぬまま、まずは別の事を、場久から寛朝へ伝えてもらう。

「いえ。実は朝餉のとき、兄《にい》や達にも考えを聞いたんです。ですが、さあと言うばかりで」

今回、若だんなは寛朝の旅に付いていっていない。よって猫又が口にした謎《なぞ》など、十万億土の彼方《かなた》の話と同じらしく、兄や達はとんと興味を示さなかった。

「うーむ、二人の助力は得られぬか」

寛朝が苦笑を浮かべている。若だんなはまた迷い……今度は考えを口にしてしまった。

「あの、小田原宿までは、この先どれ程で着くのですか」

「あと少し行くと平塚宿に着きます。それから一里も行かぬ先に、大磯《おおいそ》宿がありまして」

これは、わざわざ寛朝へ伝えるまでもないと、場久がさっさと答えた。その大磯宿から四里ほど先が、小田原宿なのだ。若だんなは頷くと、皆へある考えを話した。

「あの、佐助が、旅は一日十里歩くと言ってました。つまりこのまま進むと、多分今日は暮れる前に、小田原宿へ着くと思います」

僧達が喰われた宿だ。怪異を鎮《しず》める為、早く行った方が良い事は分かっている。だが、しかし。

「昨夜、猫又達の歌を聞いてから、何か落ち着かないんです」

怪異の事が、どうも妙に思われてならない。いや寛朝達が江戸をたってから、実は少しずつ不安が募ってきていた。だから。

「寛朝様、今日は小田原まで行かず、平塚か大磯で宿を取ってもらえませんか」

「何と、わざと到着を遅らせよというのか」

若だんなは腹をくくり、更に言いつのった。

「連れの具合が悪くなったとか、足を捻《ひね》ったとか、遅れる言い訳は何とでもなります」

旅に、不慮の出来事はつきものなのだ。すると寛朝が、場久の目を覗《のぞ》き込んでくる。

「若だんな、どうしてそうまで言うのかな」

「黒羽坊殿は、人喰いが現れたと言ったのに、旅人達も各宿の人達も何も知らない。おまけに猫又達は、僧が怪異に喰われた話は知らないが、怪異はいると言ってました」

高僧が、江戸から東海道を下る程の大事だというのに、この食い違いは何なのだろう。若だんなの不安は刻々増していた。

「本心を言うと……寛朝様には一旦《いったん》、江戸へ帰っていただきたいくらいで」

「何と、そんな事まで考えておったか」

寛朝が、床机に座ったまま表情を硬くし、二人の妖と目を見合わせる。元々、人を喰うという怪異と対峙《たいじ》するため、出かけた旅であった。はいそうですかと、あっさり寛朝が踵《きびす》を返すとも思えない。ただ若だんなは言わずにはおられなかったのだ。

寸の間考えた後、寛朝は眉尻《まゆじり》を下げた。

「確かに妙な件だな。しかし、ならば小田原へ乗り込み、事に向き合えばいい。嫌でもあれこれ見えてくると、私は思っていたのだ」

だが、しかし。

「今回の旅の連れは妖達、若だんなの友だからな」

三人で突っ走って、難儀に見舞われた時の事を思い、江戸に居て手を貸せない若だんなは、不安なのだろう。寛朝が頭を掻《か》き、待っている者がいる故《ゆえ》、戻る事は出来ないときっぱり言った。しかし。

「若だんなの為にも、急がぬ方が良いかもしれぬなぁ」

小田原に怪異は出たのか、出なかったのか。猫又達の言葉には、どういう意味があったのか。一日ゆっくり考える事が出来る。

「ならば今宵《こよい》は、手前の宿へ泊まろうか」

寛朝が連れ達へ問うた、その時であった。場久が一寸びくりと身を震わせ、若だんなは慌《あわ》てて黙り込む。思わぬ方から三人へ、声が掛かったのだ。

「これはこれは寛朝殿。約束通り、我らを救いに来て下さったのですな。御礼の申し上げようもござらぬ」

巨漢の山伏《やまぶし》姿が、突然店に現れていた。その顔を見て、寛朝が目を見張る。

「黒羽坊殿！　何故《なぜ》ここに……」

「そろそろおいでと、思っておりました。で、旅の途中、名物を売るこちらの店へ寄っているかもしれぬと、中をのぞいたのです」

天狗《てんぐ》はにっと笑みを浮かべると、連れの四郎と場久へ目を向ける。

「おや、お供は二人とも妖ですね。残念、妖を見るあのお弟子は、来なかったのですか」

「ああ、紹介しておこう。猫又の四郎と、貘《ばく》の場久だ」

二人は頭を下げたが、黒羽坊は妖に興味がないようで、ろくに挨拶《あいさつ》も返さない。その後もひたすら、寛朝だけと話し続けた。

「ここの鰯は、美味《おい》しゅうございますよ。頼まれましたか」

そこへ膳《ぜん》が運ばれてきて、評判の料理を前に、一旦会話が途切れる。皆が何故だか黙々と食べ始めた中、若だんなは夢の内で場久と、こっそり話を続けた。

（ねえ、場久。さっきの相談、黒羽坊殿に聞かれただろうか）

（あたし達へは酷《ひど》く無愛想ですし、もしかしたら到着を遅らせる気かと、むっとした

のかもしれません)

(でも黒羽坊殿は何で、こんな所まで来たのかしら。小田原からだと何里か離れてるよね)

場久も頷くと、ちょいと黙ってから笑みを浮かべ、天狗へ語りかける。

「しかし黒羽坊殿、ここでお会いするとは、意外でした。寛朝様から、小田原宿へ帰られたと伺っておりましたので」

もしや小田原でまた大事が起き、天狗は宿場を出ねばならなくなったのか。それともひょっとして寛朝達が着く前に、怪異の件は思いがけなくも解決したのか。

「ならば必要のなくなった我らの旅を、急ぎ止めに来たのも分かりますが」

黒羽坊は、困ったように笑った。

「いやその、小田原の件、実はあれから何一つ解決していなくてな」

それ故黒羽坊は、早く寛朝が来てくれぬものかと気が急《せ》き、こうして街道へ見に来てしまったという。

「出会えて、ただただ感謝でござる。ああ、昼餉の邪魔をしてしまいましたな。食事くらい、ゆるりと食べてくだされ」

我も団子などいただこうと言い、黒羽坊は皆の側へ、腰を下ろしてしまった。つまり三人が食べ終わったら、小田原まで同道する気に違いなく、手前の宿で一晩泊まる事など、到底無理な話になってしまう。

場久が夢の内で、愚痴を並べ始めた。

(やれやれ。天狗にあれこれ仕切られそうだ。気楽な旅は一旦終わりですかねえ)

溜息《ためいき》をついた場久を慰《なぐさ》めようとして……しかし、ふとその言葉を飲み込むと、若だんなは代わりに頼み事をした。

(ねえ場久。夢の内で私と話していること、黒羽坊殿へ、まだ伝えてないよね？)

ならば自分の事は、当分話さずにいてくれぬかと言うと、場久はあっさり「承知」という。ただ内密にするなら、四郎や寛朝にも、他言無用と頼んでおかねばならない。

(寛朝様に、何故隠すと聞かれたら、何と返事をしましょうね？)

若だんなは少し迷ってから、答えた。

(そうだね、話が広がらないようにしたいからかな)

(広がるって……誰にです？)

(だって天狗に話してしまうと、小田原で誰に伝わるか、分からないじゃないか)

本当に怪異が宿にいたら、そいつに聞かれてしまうかもしれない。若だんなへ事を知らせない為に、場久が狙《ねら》われる事もあり得る。

え　ず　え　す

（江戸にいる私に、三人の話を伝えられても、何ができるのか分からない。けどそれでも、とにかく貘とはいつでも、話せるようにしておきたいんだ）

（承知しました）

程なく三人の昼餉が終わり、そろそろ参りましょうという黒羽坊の声が聞こえた所で、若だんなは目を覚ました。今日は、若だんなが寝てばかりいるのに退屈した鳴家達に、小さな手で額を叩《たた》かれたのだ。

「若だんな、きゅい、遊んで」

若だんなは苦笑と共に、離れの寝床から起き上がり鳴家を見て……大きく首を捻る事になった。周りに集まっている鳴家達も真似《まね》をして、首を捻っている。

「あれ？　何だか変だな」

場久達は先程、猫又が美味しいと太鼓判を押した、名物料理を食べていた。だが思い返すと昼餉は、妙に静かであったのだ。

「あの時、いつも食事時に現れる鳴家達が、床机に現れなかったよね？」

美味しいものと、遊んでもらうのが大好きな、鳴家達が。

「何でだろ？」

「きゅんわ？」

離れにいる鳴家達に聞いても、答えが分かる筈《はず》もない。若だんなは訳を聞きたかったが、また寝るのは無理と諦《あきら》め、眉を顰《ひそ》めた。

5

夜、早寝をした若だんなは、何故《なぜ》だか場久の夢に入れず、せっせと妖《あやかし》を呼び続けた。するとと三十回ほど呼んだところで寝ぼけたような声が聞こえ、ぼんやり夢が開けてくる。

「場久、場久、ねえ、どうしたの、夢にいけないよ、場久！」

「場久、寝てたの？　あれ、寝てたら夢を見ている筈《はず》だよね？」

ここで一気に夢がはっきりとして、場久のいる部屋が若だんなにも見えた。途端、若だんなは「えっ？」と短く声を上げる。

「場久、ここはどこ。土間に見えるんだけど」

既に夜であれば、寛朝達は小田原へ着いている筈であった。つまり今は宿屋か、天狗《てんぐ》達の住まいでゆっくり休んでいる頃だと、若だんなは思っていたのだ。

なのに場久の目の前に広がったのは、寒々しい光景だった。古い板壁に囲まれた土間には農具などが置かれ、どう見ても人が寝る場所ではない。場久の頓狂《とんきょう》な声が夢内に響く。

「ありゃ、ここはどこだ？」

「場久、自分の居場所が分からないの？　寛朝様は？　四郎はどこ？」

「四郎は……ああ、側に転がってる。寛朝様は……寛朝様は……」

　場久の声が途切れ、夢が大きく揺れると、「ひいっ」と短い悲鳴が続く。場久は四郎に飛びつき起こしつつ、若だんなへ答えた。

「あたし達、殴られたんです。小田原へ着いた後、黒羽坊殿に、怪異が起きたという寺へ案内されました」

　するとそこには、驚く程年老いた僧二人が待っていたのだ。二人は人のなりをしていたが、どうみても天狗であった。

「あ、あれ？」

　場久は寸の間、戸惑った。この寺の僧達は、喰われたと聞いていたのに、ちゃんといるではないか。しかも彼らは、実は天狗であったのか。

「もしやお二人は余りに長命なので疑われ、寺を逃げ出したのかと思ったんです。しかし僧が二人一度に消えたので、怪異に喰われたと噂《うわさ》が出て、却《かえ》って拙《まず》い事になったのかと」

それで天狗は高僧寛朝を呼び、事を穏便に済ませる力添えを願ったのかと、場久は考えた。だが、そんな話では、わざわざ江戸から高僧を呼べぬ。だから、僧が喰われたと嘘《うそ》をついた気がしたのだ。

「やれ、そういう事であったのかと、四郎と目を見合わせました。そして、疑いもせずに近づいたのですが」

ところが。

「我らは、いきなり頭を殴られたんです！」

「誰に？」

「背中の方から殴られ、何も見ていません」

多分寛朝も襲われた筈だが、どうなったのか全く分からない。

しかし、しかししかし。ここで目を覚ました猫又四郎が、もの凄《すご》く機嫌の悪そうな顔で、話に加わった。

「部屋には黒羽坊殿達、天狗しかおらなんだわ。つまり我らは、あ奴《やつ》らに襲われたんだ」

困りごとを助けに行った者を何故襲ったのか、四郎にはとんと訳が分からない。若だんなは身を震わせ、恐《こわ》い表情を浮かべた。

「ひょっとして……場久達が行った寺で、以前本当に僧が二人、襲われたんだろうか」

寺にいた老天狗二人は、かつて僧二人を喰って、入れ替わった者なのか。しかし外見が老いていたということは、今、力を失っているのかもしれない。

「また喰う必要に迫られたのか？　でも小田原にはもう高僧がいなくて……手下の黒羽坊が、わざわざ江戸まで探しに来たんだろうか」

そして選ばれたのが、寛朝という訳だ。古来怪異に襲われる僧とは、強く、常ならぬ者と対峙《たいじ》できる程の者、つまり高僧だと相場が決まっている。そう考えると、戸塚宿で猫又達が言った言葉も、意味が分かる。

若だんな達は慣れていて、怪異だとは思わなかった。だが広徳寺で会った天狗だって、人ならぬものであった。

「小田原に天狗という怪異はいる。でも人を喰ったとしても、露見していないんだろう」

場久達二人が捕らわれもせず、放り出された訳は分かる。どちらも影の内へ入り込む事が出来るから、縛っても閉じ込めても無駄と、遠い場所へ転がしておいたのだ。

若だんなは焦《あせ》った。

「早く寛朝様を、探さなきゃ」

でないと寛朝は本当に怪異、つまり天狗達に喰われてしまうかもしれない。困っている者の為《ため》、わざわざ小田原まで来たというのに、それでは余りではないか。四郎が真剣に頷《うなず》いた。

「寛朝様にもしもの事があったら、秋英さんはお供の我らを、許さないでしょうね」

やっと広徳寺に居場所を見つけた、幽霊の月丸にも、申し訳が立たない。広徳寺の鳴家《やなり》達は、何で主《あるじ》が戻ってこないのか分からず、金平糖《こんぺいとう》が欲しいと待ち続けてしまうだろう。

「申し訳なくて、自分と場久は長崎屋へ行けなくなりそうです」

でも二人には、どうすればいいのか、とんと分からない。いや、己達のいるこの古びた建物がどこにあるのかすら、見当もつかないと、どちらも言う。何しろこの小田原の地は、妖二人が馴染《なじ》んだ場所ではないのだ。

「若だんな、どうすればいいんでしょう?」

泣きそうな声で言われ、若だんなは顔を強《こわ》ばらせる。こうなったら二人へ力を貸せるのは己だけだと思うのに、この身は遥《はる》か江戸にいるのだ。

焦って寝言でも言おうものなら、鳴家達に起こされてしまいそうで恐い。もし起きてしまい、心配で眠れなくなったら、二人と話が出来なくなってしまう。

「とにかく明けるまでに、寛朝様を取り戻さなきゃ」

朝、若だんなが起こされる前に。救うのが遅くなると、僧が喰われたというあの話を、嫌でも思い出す事になる。

「どうすれば、寛朝様の居場所を突き止められる？　いや、それだけじゃない。難儀から救い出さなくては」

若だんなは直《じか》に手を出せない。今度は兄《にい》や達に頼む訳にもいかない。四郎と場久だけでは、天狗達に立ち向かえない。天狗らはずっと数が多く、しかも強い。

時がない。

味方がいない。

やれる事が分からない。

若だんなは夢の内で頭を抱えてしまった。

「出来る事は……何なんだ？」

何も思いつかないと、役立たずであった己を、後々まで責めてしまいそうであった。

「困った……」

その時。

古そうな土間の天井が軋《きし》み、場久がふと、上を向いたのだ。この屋に巣くっているのか、小田原の鳴家達が何匹か、こちらを見下ろしているのが分かった。

「あ……鳴家」

そういえば旅に付いていった二匹は、黒羽坊が現れると、恐いと思ったのか、姿を見せなくなっている。だが寛朝の袖《そで》の内に入っていたのだから、今も共に居る筈だ。

(鳴家達なら、他の鳴家の居場所が分かるかしら)

もし分からずとも、鳴家は数が多いから、人探しの力になる筈だ。若だんなは夢の内で、急《せ》いた声を出す。

「場久、四郎、殴られた後、旅の荷物はどうしたかな? まだ持ってる?」

「さあ……どこにあるのやら」

慌《あわ》てて場久が四郎と、土間を探す。じき四郎が竹籠《たけかご》の陰から、二人の振り分け荷物を探し出してきた。

「なんと、変なところで律儀《りちぎ》な怪異だ。我らを殴って寛朝様を連れ去ったのに、荷をちゃんと、この土間に置いておくなんて」

中を確かめると、旅の手形まで入っていたようで、四郎は首を傾《かし》げている。

「寛朝様を攫《さら》ったあの僧形の天狗達は、いつもは真面目《まじめ》に僧として働いていたんでしようか。やることが妙に堅いというか」

若だんなは夢の内から場久へ、荷物の中に自分が入れた甘味が入っているか、調べておくれと言った。

「四郎の手《て》拭《ぬぐ》いは、もう全部、土産として渡してしまったよね？」

「えっ？　ええ、そうです」

「確か、凄く喜んでくれたと思ったけど」

頷いた四郎の横で、場久が顔を上げる。

「若だんな、甘味はありました。その、半分食べちまいましたが、金平糖は残ってます」

場久が、荷を取り出し高い声を出す。若だんなは直《す》ぐに、天井を向いた。

6

いきなり殴られたのは、覚えていた。そして今し方目を覚ましたところ、寛朝は見知らぬ寺で数多《あまた》の天狗《てんぐ》達に囲まれ、板間《いたま》に転がっていたのだ。

縛られてはいなかったものの、どう考えても、自由でいるとは言いがたい。板間の内には蠟燭《ろうそく》が点《とも》っていたが、それでも部屋の隅は随分暗かったから、もうとっぷり暮れていると分かる。これでは一か八か外へ出ても、天狗から逃げられるとも思えない。寛朝は今、身動きが取れずにいるのだ。

直《す》ぐ横には先に会った、随分と老いた天狗が二人いて、じっと寛朝を見下ろしている。とにかく余りに恐《こわ》い表情であった為《ため》か、彼らが更に近寄ってきた途端、袖内《そでうち》の鳴家《やなり》達が飛び出て天井へ逃げ出してしまった。

すると。

「きゅいきゅい」「きょわきょわ……」

天井が急に軋《きし》んだので、寛朝は思わず顔を上げ、その暗がりを見つめる。直ぐに、片眉《かたまゆ》を上げた。

「おや」

結構な数の鳴家が、寛朝を見下ろしていたのだ。そして驚いた事に、その鳴家達は手に手に、小さな金平糖を持っていた。

(この建物の鳴家か？　何で菓子を持っているのだ)

思わずしばし鳴家を見つめていると、横から馴染《なじ》みの声が聞こえてきた。

「おい寛朝殿、先刻は突然頭を殴って悪かった。だが我らはこの寺の場所や、ここに天狗がいることを、他に知られぬようにしているのだ」

連れの猫又などに知られたら、噂《うわさ》は一気に、街道沿いの妖《あやかし》達へ伝わるに違いない。よって三人にはちょいと気を失ってもらったと言ったのは、天狗黒羽坊だ。

「その、頭は大丈夫か？　通力は落ちていないか？」

「まだ死んではおらん」

寛朝がそっけなく返すと、黒羽坊は嬉《うれ》しげな表情を浮かべた。

「良かった。ならば怒りを収めてくれ」

「殴った方が、勝手を言うものだ。供の二人は無事なのだろうな？」

「おお無事だとも。四郎殿と場久殿は今、離れた場所に転がっている。荷物もちゃんと、側に置いておいたぞ。大層親切であろう？」

よってその親切に免じ、黒羽坊は寛朝に、頼みたい事があると言ってくる。寛朝は短くうめき、その言葉は何か変だと顔を顰《しか》めたが、黒羽坊は構わず体を回すと、己の背中を見せてきた。

「先に天狗同士の諍《いさか》いがあり、傷ついた」

寛朝の目が、一瞬大きく見開く。

「おや、その羽根……驚いたな」

今まで、人に化けていて分からなかったが、黒羽坊の黒い羽根の左側は、見事な程ざっくり切り落とされていたのだ。

「それでは、飛ぶことも叶《かな》わぬだろう」

寛朝の言葉に、黒羽坊は大きく頷《うなず》く。

「天狗は深山に住まう者だが、飛べぬのでは、水一つ汲《く》みに行けぬ。食い物を取る事も叶わぬ。生きてゆけぬのだ」

黒羽坊はこっそり人の医者に診せ、薬もあれこれ飲んだらしい。だが、羽根は生えなかった。

「ならば妖に効く護符か何かで、治してもらうしかあるまい。喧嘩《けんか》相手の六鬼坊達は、御身の通力で怪我《けが》を治したと聞いたぞ」

ならば己もと願ったが、敵方の知り人だ。呼んでも、はいそうですかと小田原へ来るとも思えない。それで黒羽坊は六鬼坊の連れだと言い、興味を引く法螺《ほら》を話し、高僧をここまで呼び寄せたのだ。

「寛朝殿、さあ早く羽根を治してくれ」

天狗は大真面目《おおまじめ》に頼んでくる。蠟燭の明かりの中、寛朝は寸の間、片方になってしまった羽根をじっと見た。

だが、しかし。じき黒羽坊へ目を戻すと、首を横に振った。

「やれ、一見齟齬《そご》のない話に聞こえるが……しかし黒羽坊殿、その話、納得いかぬよ」

「な、何が妙だったというのだ」

黒羽坊や、周りを囲む天狗達の影が、動揺したかのように揺れる。寛朝は開き直ると、黒羽坊の羽根を指し示した。

「その羽根を治したいだけなら、広徳寺へ来た時、疾《と》く頼んでおっただろう。あの場には、薬種問屋長崎屋の若だんなもおった。わざわざ嘘《うそ》を並べ、小田原へ私を呼ぶ必要などなかったのだ」

つまり黒羽坊には、どうしても寛朝を小田原まで連れてこなければならない訳が、別にあったに違いない。

「それを隠したまま、私に怪我を治せとは、図々《ずうずう》しい願いだな。おまけに、だ」

寛朝は少し、困ったように続ける。

「私は確かに、六鬼坊殿らの怪我を癒《い》やす為、護符を渡した。でもあれは、傷の痛みを和らげるくらいの品で、大して効かん」

自分の護符の事を、寛朝はあっさりそう言い捨てたのだ。

「護符で天狗の羽根を治すなど、無理だ。きっぱり無理だ」

黒羽坊の赤い顔が、青黒くなった。

するとこの時横から「嘘をつけ！」と、鋭い声が上がったのだ。そして老天狗二人が、怒りを露《あら》わにずいと前に進み出た。

「こ奴《やつ》は、これから己がどうなるか、分かっておるのだ。だから敵である黒羽坊の羽根など、治す気はないのだろうよ」

すると寛朝は、がっかりしたような表情を浮かべ、天狗達を見る。

「おやぁ……わざわざ坊主《ぼうず》を攫《さら》って、人気の無い寺へ連れてきたのだ。嫌ぁな感じはしておったがな」

何しろ黒羽坊は、小田原で僧が喰われたという話をしていた。古《いにしえ》より高僧の胆《きも》は妖《よう》力《りょく》の元と、妙な事を思い込む者はいる。つまり。

「お前さん達は……私の胆を食べる気かね」

殺す気の相手に怪我を治せなどと、よく言えたものだと言ったところ、黒羽坊は言葉も無く下を向いている。寛朝は一つ思いついた。

「六鬼坊達とお主らの争いの元は、高僧の胆を喰おうとした事だな、きっと」

六鬼坊らは天狗の恥と言い、戦った相手の名や、その訳は話さなかった。同じ天狗であるのに、随分な差だと言ってみると、老天狗達が目をつり上げる。

「あの六鬼坊の若造が！　我ら古老の危機だというに、人を庇《かば》い我らと争うたのだ！」

天狗は昔から古老を敬ってきたのにと、二人は癇癪《かんしゃく》で身を震わせている。長く生き延びているということは、妖力が強い証《あかし》だという。だが寛朝は、唇を歪《ゆが》めた。

「おい、人を喰っちまった奴が、何を威張っておる！」

途端、からからと乾いた笑い声が上がった。

「これが江戸の高僧なのか。阿呆《あほう》ではないか。小田原では僧が居なくなったが、我らが食べたのではない。何しろその二人の僧とは、我ら自身のことだからな」

老天狗二人は人の姿を取り、長くこの小田原で、僧として暮らしてきたのだ。尊敬され、慕われていた。そうなると、土地の者達の役に立ってやりたくなる。すると益々《ますます》慕われる。二人は見事、この地に馴染んでいた訳だ。

「我らはこの先も小田原の地で、長く暮らしていきたいのだ」

今の毎日を、手放したくはない。だが。

「この春先からのことだ。どうにも……人としての姿を、取れなくなってきてな」

段々、背中の羽根を隠せなくなってきた。高い鼻が目に付く。とても人には、見えなくなっていたのだ。

「成る程、それで突然寺から僧が二人、姿を消した訳か」

「骨が残っていたというのは、黒羽坊がこしらえた話だ。まだ我らの姿が見えぬと、小田原の者達が心配しているだけに過ぎない」

「そうか、猫又達が、何の噂も聞かなんだ訳だ」

寛朝は頷く。二人の老天狗は焦《あせ》っていた。寺へ戻れなくなる前に、何としても元の力を取り戻さねばならなかった。

「だから」ここで言葉が切れたが、後の話は聞かずとも寛朝には分かる。

「数多の薬を試しても、効かずに困り果てたのだな。それでいよいよ人を襲い、外道《げどう》をなす気になった訳か」

その話を六鬼坊達が知り、天狗同士の争いになったのだろう。だが、しかし。寛朝は板間に座ったまま、天狗達に、べろりと舌を出して見せたのだ。

「きゅわ?」

「ふんっ、大事な夕飯の田楽を賭《か》けてもいいぞ。この身の胆を喰おうがどうしようが、老天狗、お前さん達の力は戻らんよ」

天狗達の毛が逆立つ。

「そ、そんな筈《はず》はないっ。お前は命惜しさに、嘘を言っているだけだっ」

「あのなぁ、お主達は私を、わざわざ江戸からおびき寄せたのだ。ここで何を言おうと、お主らが私を諦《あきら》める筈はないことくらい、分かっておる」

しかし高僧を喰ったからといって、本当に、何がどうなる訳ではない。寛朝はそのことを生きている内に、己を喰う相手へ教えておいてやろうと思うのだ。

「何しろ殺されてしまった後では、お前さん達ががっかりする顔を、見られぬからな。今、不安に包まれた様子を見るだけで、我慢せねばならん」

「何と！　とんでもない事をぬかす僧だな。慈悲の心はどうした。相手が悪人であっても、坊主は善人でいるべきではないのか？」

嚙《か》みついてきたのは黒羽坊で、この言葉に寛朝は苦笑を浮かべる。何故《なぜ》だかここで、「きゅいきゅい」と天井が軋んだ。

「そりゃ、高僧に対する思いを砕いて悪かった。しかし夢を見すぎだ。大寺院で高位に上り詰める僧など、世慣れた者ばかりだわ」

己のように、たまたま妖が見えることを使い、寺への寄進をたっぷり集められる僧とか。今の広徳寺の貫主のように、驚く程人付き合いが上手《うま》く、閥を作るのに長《た》けている者とか。元々生まれが大層良く、身内の引きがある御仁もいるし、正直な話、運が良かっただけと思う僧も、いなかった訳ではない。

「だがなぁ、ひたすら慈悲深く、徳の塊《かたまり》だった高僧などいたかな？　私は会った事がないが」

「きゅべ？」

名僧と名高い寛永寺の寿真など、立派な人柄に見える。だがそんな寿真でも、寺で勝手に権力争いを仕掛けてきた馬鹿《ばか》な僧には、容赦がなかったと聞く。寛朝は、恐いような笑みを浮かべた。

「要するに僧は、世の凡百《ぼんぴゃく》と大して変わりないのだろうよ。まあ、その方が相手の気持ちが分かるというものだ」

ただ、人から高僧と言われても、それは否定しないと、寛朝は笑った。人は亡《な》くなる時や弱ったときなど、誰か立派で縋《すが》れる者に居て欲しいものだと、承知している。寛朝は頼られても大丈夫なように、出来るだけ頑張っている。高僧と言われてもその程度だが、それが頼ってくる人に安らかな時をもたらすのであれば、構わないではないか。

だが、そこまで話した所で、老天狗二人がわめき始めた。

「偽りだ。死にたくなくて、こっちを謀《はか》っておるのだっ」

「きゅいきゅい」

寛朝は仕方なく、大変っ」

「きゅんわーっ、人が悪そうな顔で謝る。

「済まぬな、黒羽坊殿も老天狗方も、がっかりさせてしまった」

黒羽坊の顔が、段々泣きそうになってくる。老天狗達の干からびた顔は、赤土のような色に変わってゆく。板間で寛朝を囲んでいた他の天狗達だけが、まだいきり立っていた。

「その言葉が本当な訳がない。とにかく、試してみれば良いのだっ」

「御老《ごろう》お二人に、こ奴の胆を食べていただけば、真実かどうか分かるだろうよ」

「きゅっべーっ、寛朝様、寛朝様っ」

寛朝が口の端を引き上げた時、部屋が一際《ひときわ》大きく軋む。それから天狗達が何を話す間もなく、更に軋みは続いた。

「きゅんわーっ、来たーっ」

「みゃんみゃん、どりゃどりゃ、きたーっ」

「は？　何が来たのだ？」

さすがの寛朝にも、その答えは分からない。ここで天狗達がさっと振り向き、部屋の戸を開ける。縁側が見え、その先に暗い庭が広がっていた。そして。

星明かりの空から、不思議な歌が聞こえてきたのだ。

7

「猫じゃ猫じゃと、みゃん、おしゃますがぁー」

「賑《にぎ》わぅ宿のぉー小田原にゃあ」

「みゃあ、みゃあ、どりゃどりゃ」

「天狗《てんぐ》に、妖《あやかし》ぃ」

「御坊だぁ御坊だぁとぉ、にゃん、言わりゃすがぁ」

「寺でぇ経読む、二人ぃとはぁ」

「みゃあ、にゃん、どりゃどりゃ」

「人じゃない、みゃーん」

声は驚く程大きく響き、小田原宿の夜空に木霊《こだま》してゆく。そして声の主達はじきに、寛朝の眼前にある夜の庭へ姿を現してきた。実に大勢おり、皆、手拭《てぬぐ》いを頭に載せている。寛朝が目を見開いた。

「おおっ、これは戸塚宿の猫又方ではないか」

「みゃあ、にゃん、どりゃどりゃ、その通り」

今日も件《くだん》の虎《とら》が前に進み出ると、寛朝の姿を見て大きく頷《うなず》く。

「おや御坊、まだ喰われていなかったか。それは目出度《めでた》い」

ここで、目を剝《む》き眉《まゆ》をつり上げた老天狗達が、猫又達の前に出てくる。

「お主達、先程の歌は何だ！　あんなものを大声で歌われては……我ら坊主《ぼうず》が疑われてしまうではないかっ」

すると虎は、深く頷いたのだ。

「そりゃ、そうだろうなぁ。その為《ため》に、言葉を替えた歌を歌って欲しいと、我らは頼まれたのだから」

「た……頼まれた？」

天狗達は月光の届く縁側で、遥《はる》かに身丈の小さな猫又達を前に、呆然《ぼうぜん》としている。

「だ、誰がそんなことを頼んだのだ？」

黒羽坊が詰め寄り、二人の老天狗が黙ってしまったその時、夜の庭へ更に二人、駆け込んで来た者達がいた。はあはあ息を切らしているのは、四郎と場久だ。

「やっと追いついた。ああ寛朝様、ご無事で」

ほっとした声を出した四郎の横で、場久が天狗達の方を向く。そして若だんなが夢内で伝えてきた事を、きっぱりと言った。

「天狗方、猫又方の歌声は、宿中に響き渡りました。もう小田原の宿に、僧のなりをした天狗の居場所はありません」

そもそも寛朝の胆《きも》を食べても、老いはどうにもならず、羽根も元には戻らない。薬種問屋として言うが、確かな事であった。

「だから、疾《と》く深山へお帰り下さいと……」

「と？」

「若だんながおっしゃってます」

「若だんなとは、江戸に居た、薬種問屋の若だんなのことか？　何で小田原の事を知っている。どうやって猫又達に……」

言いさして、黒羽坊が途中で黙る。以前寛朝から、眼前にいる場久は貘《ばく》だと言われた事を、思い出したらしい。

「悪夢を喰う貘は、夢をあやつるのか。それで若だんなはあれこれ承知し、猫又と謀《はか》ったのだな？」

そんな常ならぬ力を使えるのなら、誰か我らを助けてくれても良いではないかと、黒羽坊が嘆く。

老天狗達は、小田原で皆と居たかっただけだ。黒羽坊は飛べぬと、生きていられないのだ。何としても、何に代えても、老いや羽根を何とかせねばならなかった。だから……。

しかしそれ以上言葉もなく、天狗は黙り込んでしまう。ここで老天狗の一人が猫又の虎へ、何故《なぜ》人に力を貸したのかと問うた。

「みゃあみゃあ、そりゃそりゃ、若だんなが我らの事を、分かってくれたからだな」

虎はあっさりと言う。

「猫じゃ猫じゃを踊るには、手拭いが必要だ。そして我らは長年、手拭いを手に入れる事に難儀してきた。一度、仲間が持ち出しに失敗して以来、人は用心深くなったのだ」

今回、若だんなは四郎に、十本の江戸手拭いを土産に持たせ、それを虎たちは大層喜んだ。すると若だんなは優しい事に、これからも毎年、十年の間、手拭いを戸塚へ贈ると約束してくれた。先の歌を歌う前に、そう約束した。何もせずとも贈ると言ったのだ。

「あっぱれな心意気であった。猫又はそれに感謝し、返礼の歌と踊りを小田原で見せたわけだ」

勿論《もちろん》何と歌うかは、若だんなと話し合った。虎はそう言うと、じろりと天狗達を睨《にら》む。

「宿場の真ん中で人を殺め胆《あや》を喰うなど、とんでもない。人が街道で妖狩りでも始めたら、何とするのだ？　他の妖達を困らせる気か」

やりたいのなら、僧を山奥まで攫《さら》っていき、妖の領でやれと言ったものだから、部屋内で寛朝が苦笑を浮かべる。そしてやんわりと、周りにいた天狗らへ言った。

「誰も嘘《うそ》は言っておらん。馬鹿《ばか》をしても、命も羽根も手には入らぬ。これ以上猫又達の歌が続かぬ内に、皆、さっさと山へ戻れ」

老天狗達が人に化けられなくなったのなら、それはもう、小田原宿に居る時ではないという事なのだ。

「生き続ける人などおらん。人に化けた天狗も、いつかは宿から消えねばならんのだ」

そして。

「黒羽坊の方は……さて、どうしようかの」

深山では生きてゆけぬから、馬鹿をした天狗であった。怪我《けが》の為困り果て、老天狗達の勝手な考えに、乗ってしまったというところだろう。

寛朝が眉間《みけん》に皺《しわ》を刻み、黙ってしまったその時、場久がまた口を開いた。そして黒羽坊をどうするか、若だんなの思いつきを皆へと語る。

「おやおやおや……」

寛朝は驚きの声を出し、何故だか天狗達が真っ先に頷いた。そして猫又達がまた猫じゃ猫じゃを歌い出すと、天狗達は慌《あわ》てた様子で、次々と月光が明るい天へ飛び上がって行く。そしてその時、老天狗二人も連れて去った。

後に一人、黒羽坊だけが残った。

「何と、それは驚きの体験をしたものだ。寛朝殿、話を聞いた秋英さんが、心を痛めたであろうな」

後日のこと。江戸へ戻った寛朝は、日を置かず、東叡山寛永寺へ顔を出した。そして寿真へ、小田原での出来事を話してゆく。

「いや無茶をしたと、もの凄《すご》く怒られたぞ。考えてみれば、私は今回、妙な事などしてはおらん。なのに秋英ときたら、小田原へ行った事が悪いと言って、怒ること怒ること」

当分、弟子に叱《しか》られ通しだと言って、寛朝は笑っている。

「実は長崎屋の若だんなも今、兄《にい》や達に叱られておってな。ほれ、夢の内で我らの為に働いておる内に、疲れてしまったようで」

今回もきっちり体調を崩したものだから、寝ていても病になるのかと、仁吉や佐助の涙と溜息《ためいき》を誘ったのだ。

「今、場久は若だんなの夢へ入る事を、禁じられておる。若だんなにとっては、寝る事すら大事になったようだ」

勿論、そんな調子であるから、若だんなは当分人の為に働いたり、外へ出たり出来ない。それで今日は寛朝だけが、今回の件を締めくくりにきたと語った。

「はて、この寛永寺に、御身は何の用がおありかな？」

寿真が首を傾《かし》げると、寛朝が廊下へ目を向け声を掛ける。すると見えない辺りに控えていたらしい、大きな姿が現れたのだ。

「お……おお」

寿真が驚いたのも道理で、部屋の端へ座ったのは、つい先日寛朝の胆を取りだそうとした天狗、黒羽坊であった。

「……さて、小田原から連れてきたのか」

確かに飛べず、深山へ帰ること叶《かな》わぬとなれば、行き先がない。それは分かるが、しかし、僧を殺しかけた天狗が、何故寛永寺に現れたのだろうか。

意外と癇癪《かんしゃく》持ちだという名僧が、じっと寛朝へ目を向ける。寛朝はにっと笑うと、この天狗、寿真に頼みたいと言い出した。

「は？　頼むとは何だ？」

「黒羽坊は天狗だ。人に上手《うま》く化けられる。勿論、妖達と渡り合う事も出来るさ」

つまり、だから。

「得度させ、寿真殿が欲しがっていた弟子にすればよい。丁度良かろうと思い連れてきた」

途端、もの凄い目つきで睨みつけられ、寛朝は一瞬顔を引きつらせる。しかし直《す》ぐに笑うと、広徳寺に幽霊や妖がいることを、寿真は羨《うらや》んでいたではないかと言ったのだ。

「黒羽坊には、他にゆくべき場所、成すべき事がないのだ。ならばお主が導き、役に立ててやってはくれぬか」

「何故、広徳寺で引き取らない。幽霊を使う程、忙しいのだろう？」

「寿真殿には弟子がおらぬからな。譲るよ」

二人の高名な僧の視線が、絡《から》む。ぶつかる。火花が四方へ散る程激しい無言のやり取りに、天狗である黒羽坊が首をすくめる。

そして。

しばしの後、寿真が大きく溜息をついた。

「黒羽坊は御身を殺しかけた。その者の先々を心配するとは、寛朝殿にはかなわん」

顔を顰《しか》めると、黒羽坊を見て言ったのだ。

「弟子にするとなると、黒羽坊ではどうにも拙《まず》い。さて、何と言う名にすべきかな」

思いつかぬと言って、また溜息を漏らす。

「何の、ただの〝黒羽〟とすればよいではないか。簡単だ」

寛朝が明るく返し、黒羽坊の僧名はただの黒羽と決まった。弟子にすることを承知してくれたのだと分かり、黒羽が急ぎ深々と頭を下げる。小さく震えるその大柄な身に、師となった寿真が、笑うような声で愚痴を漏らした。

「寛朝殿の命名は、どうも粋《いき》ではない。その内もっと、良き名を考えよう」

「僧の名に、粋が必要なのか？」

あれこれ言い合いが始まりそうであったが、その前に寛朝が、忘れぬ内にと小田原土産を取り出して渡す。話はあっさり旅の事へと移り、じき、黒羽もおずおずと加わっていった。

おたえの、とこしえ

1

江戸は通町《とおりちょう》にある廻船問屋《かいせんどんや》兼薬種問屋《やくしゅ》、長崎屋《ながさきや》の奥座敷に、上方《かみがた》からの客が来ていた。

客の名は赤酢屋《あかずや》七郎右衛門《しちろうえもん》と言い、大坂で米会所《こめかいしょ》の仲買をしている者、つまり相場《そうば》師《し》とのことだ。四十半ばに見え、気の強そうな見てくれをしていた。

先に、初めて長崎屋へ現れてからこっち、赤酢屋は既に何度も店へ顔を見せている。主《あるじ》の藤兵衛《とうべえ》が上方へ商いに行っており、いない事は承知であった。いや、それだからこそ赤酢屋は、おかみのおたえに会いに来ているのだ。

(相手がおなごなら、理不尽を押し通す事が、出来ると思ってるのかしら)

今日も、上から見下すような視線を感じ、おたえはそっと息を吐いた。

(最初にうちへ来たその日から、赤酢屋さんは剣呑《けんのん》な人だった)

あの日、通された六畳間で挨拶《あいさつ》をしたと思ったら、赤酢屋はいきなり、上方で藤兵衛と交わしたという証文を出してきたのだ。そして、それをおたえに突きつけると、とんでもないことを言ってきた。

「長崎屋さんは、商いでしくじりましてな」

上方で頼んだ荷を、期限までに江戸へ運べなかったので、赤酢屋に大変な迷惑を掛けたのだという。よって証文に書いてあるとおりの弁済をしてもらうと、上方の商人《あきんど》は口に出した。

「つまりこの長崎屋は、そっくり赤酢屋のものになると決まりましたんや。せやから早う、店を出て行ってくれまへんか」

「は？」

さすがに、客からこんな事を言われるとは思わず、おたえは言葉を失ってしまった。しかし赤酢屋は大真面目《おおまじめ》であったのだ。

途端、長崎屋の影の内で、人ならぬ姿が走り、手代達が客間に現れると、赤酢屋をとりあえず追い払った。先代の妻が人ならぬ者であったから、長崎屋の暗がりの内には、怪しの者達が巣くっているのだ。

（いきなり赤酢屋さんが来たあの日から、もう半月経《た》ったんだわ。でもうちの人とき

たら、まだ帰ってこないんだもの)
もうとうに、江戸へ戻っていてもよい頃なのに。なのに長崎屋には主がいない故《ゆえ》、おたえがおかみとして、店を守るしかない。だからこうしてまた、赤酢屋と対面しているのだ。
(今日が、赤酢屋さんが決めた期限の日だ)
この後一時の内に、赤酢屋と長崎屋の勝負は決まるだろう。店を寄越せと言い、眼前で薄く笑っている赤酢屋へ、おたえはきっぱりとした眼差《まなざ》しを向けた。そして、僅《わず》か一月の内の事を思い出していた。ふと、空に向け振られる、大きな旗が見えた気がした。

2

ある日番頭の忠七《ちゅうしち》から、客人が客間で待っていると言われて、おたえはどういう事かと、自分の部屋で首を傾《かし》げた。聞けば初めて来られた客人が、おかみとの話を望んでいるというのだ。

主《あるじ》の藤兵衛は、長崎屋の持ち船常磐丸《ときわまる》で西へ行っており、丁度留守であった。久々に、己《おのれ》の目で上方の流行を確かめられると、藤兵衛が楽しみにしていた旅であり、前の月から出かけている。取引のある店はそれを承知していたから、わざわざ、おたえを訪ねてくる店主は、今までいなかった。

「上方のお人ですって？　あらまあ、私に何の用かしらねえ。ええ、お会いしましょう」

すると忠七が出て行った途端、影の内から部屋に、わらわらと現れてきた者達がいた。長崎屋の稲荷《いなり》神社に巣くう妖狐《ようこ》が、おたえを守るべく母屋《おもや》へ姿を現したのだ。

長崎屋は名の知れた大店《おおだな》だが、実は大いに変わった所がある。先代伊三郎《いさぶろう》の妻おぎんは、大層美しい御仁《ごじん》だったが、大妖《たいよう》の名を持つ、齢《よわい》三千年の化け狐《ぎつね》でもあった。

よって一人娘のおたえは、赤子の頃よりずっと、数多《あまた》の守狐《もりぎつね》達に守られていた。大きくなって婿《むこ》の藤兵衛と添うと、守狐達は母屋から庭の稲荷へ移ったが、その後もやはり長崎屋でおたえを守り続けている。

余りしっかり守るものだから、おたえは小さい時から、溜息《ためいき》を漏《も》らす事も多かった。

「守狐達、お客さんがちょいと私と言いあいをしたからって、あの世に送ろうとしちゃ駄目よ」

気に入らぬ客を転ばせたり、堀川《ほりかわ》に叩《たた》き込んだり、化かしてはいけないと言われると、可愛《かわい》いおたえの前では、狐達は素直に頷《うなず》いた。よって相手が気に入らぬ場合は、隠れて悪さをした。

もっとも、おたえに息子一太郎《いちたろう》が生まれ、赤子がはいはいを始めてからは、その悪《いた》戯《ずら》は随分減ったのだ。一太郎は直《す》ぐ、狐達のふさふさの尻尾《しっぽ》を大いに気に入り、一所懸命摑《つか》もうとしたからだ。よって狐達は悪党よりも赤子へ目を向け、揃《そろ》ってせっせと尾を振った。

その内一太郎が離れに住むようになると、守狐達はそこに巣くう妖《あやかし》達とも付き合うようになり、そのおかげか最近は、堀へ人を放り込む事も随分減っていたのだ。

しかし。

何の用があるのか主のいない間に、おたえに怪しい男が会いに来たのだ。となれば、話は別であった。

「我ら守狐が、長崎屋とおたえ様を守らねば」

守狐達は影内に隠れつつ店へ行き、初めての客を剣呑《けんのん》な眼差《まなざ》しで見た。

「上方の商人が、おかみさんの方に用があるというのは、妙ですよ。おたえ様、本当にお話しになるんですか？　今なら、近くの堀川で溺《おぼ》れた事にできますよ」

守狐達は大真面目《おおまじめ》に言ったが、おたえは用件が知りたいと、赤酢屋をさっさと店奥へ通してしまう。すると狐達は、客を通した六畳間の天井へ集った。じき障子戸の外には、他にも多くの気配が集まってくる。おたえの耳には、小声が聞こえてきた。

「ねえ兄《にい》や。赤酢屋って誰なのかな。おっかさんは大丈夫だろうか？」

「きゅい、悪い奴《やつ》なら、鳴家《やなり》がやっつける」

見張られているとは知らぬ赤酢屋は、部屋でおたえに向き合うと、まずは丁寧に挨《あい》拶《さつ》をしてきた。

「店表で名のった通り、わいは大坂の米仲買でおます。実は上方で、ここのご主人藤兵衛はんと、お会いしましてな」

おたえは久々に夫の消息を聞き、にこやかに笑った。

「まあ、藤兵衛は元気にしておりましたでしょうか。そろそろ、江戸へ戻ってきてもいい頃ですが」

すると赤酢屋は、おたえが軽く言った言葉に、渋い表情を返したのだ。

「ええ、まあ。そん時は」

「その時はと言いますと……その後何かが、あったのですか？」

赤酢屋はここで、その言葉を待っていたかのように、ずいと長火鉢《ながひばち》の方へ身を乗り出した。おたえはその顔を見て、人よりは蝦蟇《がま》に似ているのではと思ったものの、口に出さなかった。言ったら赤酢屋と蝦蟇双方に、失礼に当たるのではと思いついたのだ。

（おっかさんは時々びっくりするようなことを話すって、一太郎が言うものね。あの子を驚かせて、熱が出たらいけないから）

優しい母として黙っていると、赤酢屋は一人重々しく頷いてから、事情を語り出す。

赤酢屋は上方で、江戸へ大切な荷を運ぼうとしていた。店と関わりのある大名家の、江戸留守居役から頼まれた荷であった。早めに送りたかったが、その荷で困ってもいた。特別な珍味として赤酢屋が買い集めたのは、味噌《みそ》漬けの牛肉であったからだ。

「端《はな》は手前自身で、江戸へ運ぶ心づもりやった。でも、ついでにあれこれ頼まれたもんやから、荷の量が多うなりましてな。とても無理になって」

船で運んでもらうしかないと思ったものの、大切な肉だ。鼠《ねずみ》の出るような湿気《しけ》った船底に転がされては、傷《いた》んでしまう。藩邸に納めた後、もしその肉が駄目になっていたら、赤酢屋が責を負う事になる。

「どうしたらええんか、困っておったんです」

そんな時赤酢屋は、丁度江戸から大坂に来ているという、廻船問屋の噂《うわさ》を聞いたのだ。

「その廻船問屋の船は、手入れも良いし、沈まんし、不思議と嵐《あらし》などにも遭わんそうで。大坂の港でも、有名な店ということやった」

ならばその船で荷を運びたいものだと、赤酢屋は知り合いの料理屋に、藤兵衛を紹介してもらったのだ。赤酢屋はそこで、藤兵衛が江戸で廻船問屋を営んでおり、船を三隻《せき》も持っている事を知った。その上薬種問屋も営んでおり、しかも長崎屋は江戸店《えどだな》ではなかった。上方とは関係ない、藤兵衛自身の店だったのだ。

「これは、ええ方と知り合いになれたと、そう思いましてな」

藤兵衛に荷を頼むと、五日ほど後に船を出すゆえ、荷はあと十日位で江戸へ運べると言ってくれた。二十日程前の話であった。

「あら、十日と言ったんですか？」

つまり、上方へ行く前に決めた旅程の通り、藤兵衛は戻ってくるつもりだったのだ。だがまだ帰っておらず、おたえは少し驚いた表情を浮かべる。ここで赤酢屋が顔を赤くした。

「手前は昨日、上方から歩いて江戸へ入りましてな」

荷はとうに藩邸へ届いているつもりで、赤酢屋は縁《ゆかり》の大名屋敷へ行ったのだ。すると。

「頼んだ荷は、何一つ着いておりませんでした。われだけ行ったんで、どういうこっちゃと、留守居役様が大層怒らはって」

このままでは、その大名家への出入りが取り消されてしまう。そしてその噂が広がったら、大坂での仲買の商いにも差し障《さわ》るだろう。赤酢屋はあわてて、江戸で廻船問屋長崎屋を探し、こうしてやってきたという訳だ。

「早うお頼みした荷を、渡して下さいまし」

しかし、だ。いきなりそんな事を言われても、おたえはただ驚くだけであった。

「あらまあ、こちらも是非、そうしたいんですが。常磐丸はまだ、江戸へ戻ってきてないんですよ」

その言葉を聞いた途端、赤酢屋は、にわかに立ち上がった。そして芝居がかった大きな声を、部屋中に響き渡らせる。

「荷を失ったら、ほんまに困るんやで。万一店が潰《つぶ》れたら、長崎屋さんのせいでっせ」

自分は亡《な》き親に、何と言ったら良いか分からないと、大きな仕草で頭を抱えた。

「ああ、どないしたらええんや」

「何だ、この大げさな男」

「きゅんい？」

この時、だ。天井からの妙な声に気づくこともなく、赤酢屋は、とにかく落ち着かねばとつぶやいた。それから急におたえに目を向け、また役者のごとき仕草で、懐《ふところ》から書き付けを取り出したのだ。

「そうやった。大変な事になったけど、赤酢屋はのうなったりせんのや。いや、お大名家から見放されたら、わいは大損するかもしれまへん。けどそんときは、これがあるから！」

赤酢屋がさっと畳に広げてみせたのは、一枚の証文であった。

「何しろ大事な品を、初めて商いする店に預けたんや。万が一にも運べんかった場合、弁済は必要や思いましてな」

「弁済？」

おたえは顔を顰《しか》め、証文へ目を向ける。するとおなごには難しかろうから、書かれている事を説明してやると、赤酢屋が偉そうに、書面を読み上げ始めた。

「細かい所は省きまっせ。要するにや。
一、長崎屋藤兵衛は、〇月×日、赤酢屋七郎右衛門からの荷を預かり、〇〇家江戸藩邸まで運ぶ事を約束する。荷は、牛肉の味噌漬け二十、反物五、薬種。

一、その為《ため》の代金は、受領済みである」
　そして次が大事な所だと、赤酢屋はおたえを見て念を押した。

「一、荷を江戸へ運ぶ期限は、赤酢屋主が荷を長崎屋へ預けた後、半月後までとする。
一、この約束を果たせなかった場合、赤酢屋は大いに損害を被《こうむ》ると思われる。よって、長崎屋はそれを弁済する。
一、弁済方法。長崎屋は江戸の店を、そっくり赤酢屋へ譲り渡すこと」
「はあっ？」

　赤酢屋が、とんでもない証文を読み終わった途端、障子戸の外、廊下の辺りから頓《とん》狂《きょう》な声が上がった。そして直ぐに戸が開くと、恐《こわ》い表情を浮かべた番頭の忠七と、手《て》代《だい》の仁《に》吉《きち》、佐《さ》助《すけ》、それに若だんなまでが六畳間へ現れたのだ。

　佐助と仁吉は、既に黒目を糸のように細くしており、赤酢屋を睨《にら》みつける。

「阿《あ》呆《ほう》なことを言うんじゃないっ！　どこの世に、肉の荷と大店を交換する商人がいるというんだ！」

「こっ、これは肉と店の取り替えやおまへん。長崎屋さんのせいで、赤酢屋は江戸留守居役様に迷惑をかけたんや。きっと、仲買の仕事までやれんようになる。せやから代わりに、この長崎屋をもらうという話でおます！」

叫んだ赤酢屋は、仁吉達が拳《こぶし》を見せてもひるまず、逆に睨み返してきたので、その間におたえは、首を傾げつつ証文へ手を伸ばした。そしてもう一度それを見た時、「あら」と小さな声を上げたのだ。

3

「おっかさん、どうかしたんですか？」

若だんなが心配そうに声を掛けてきたので、おたえは証文そっちのけで、大切な一人息子を長火鉢の側へ引き寄せた。

「一太郎はいつも優しい子ね。おっかさんは嬉《うれ》しいですよ。でもね、病がちなのだから、朝ご飯をもう一杯多く食べてくれたら、もっと嬉しいんだけど。無理かしら」

「おっかさん、ご飯の事は頑張りますが、今はその証文の話をしませんか？　早くこの騒ぎを何とかしないと……」

若だんなは溜息《ためいき》と共に、周りへ目を向ける。見れば妖《あやかし》達は皆怒っており、天井裏では守狐《もりぎつね》達が駆け回っている様子だ。このままだと気を高ぶらせた鳴家《やなり》達が、天井から数多《あまた》部屋に降って赤酢屋を潰《つぶ》しかねない。

(あの人がいない時に、騒ぎを起こしちゃ拙《まず》いわよねえ)

おたえは、立派なおかみで居なければと思い立ち、まずは証文を見て訝《いぶか》った訳を、息子へ教えた。藤兵衛の名が書かれている箇所を、若だんなにそっと指し示したのだ。

すると。

「あれ？」

「おや、これは」

「何と……」

若だんなと兄《にい》や達二人が、目を見張り声を揃《そろ》える。三人には、赤酢屋が持ってきた証文の奇妙な点が、分かった様子であった。

「おっかさん。この証文、偽物《にせもの》ですね」

「おや一太郎も、そう思うかい。なら間違いないわね。ええ、そもそも慎重なうちの人が、妙な約束をする筈《はず》がないもの」

ならばこれで赤酢屋の件は終わりだと、おたえは微笑《ほほえ》む。

「良かったわ、あっさり片が付いて。ええ、私でも留守番はちゃんと出来ますって、あの人に言えるわね」

兄や達二人は大きく頷《うなず》くと、それにしても大胆ないかさまであったと言い、まだ赤酢屋が部屋内にいるのに、茶を片付け始めてしまう。途端、訳も分からないまま取り合ってもらえなくなった赤酢屋が、顔を赤黒くして大きな声を出した。

「お、おのれはいかさまなんぞ、してはおりまへん。勝手なこと言うんやないわ！」

肩をそびやかし周りを睨《にら》んだが、長崎屋の面々はもう、赤酢屋に返事もしない。すると、証文のどこに引っかかったのかと、何気ない様子で尋ねてきたものだから、おたえが笑った。

「教える事は出来ませんよ。また妙な証文を仕立てられたら、困るもの」

部屋の皆が揃って「あはは」と笑い出し、赤酢屋は居づらくなったのか、益々《ますます》顔を赤くして立ち上がる。

「何と言われようと、この証文、本物やから。わいは、このまま引っ込みはしまへんよって。いずれ分かりますわ」

この長崎屋はその内、自分のものになると言った途端、影から出てきた狐に拳固《げんこ》を振り下ろされ、赤酢屋は瘤《こぶ》をこしらえた。直《す》ぐに六畳間から逃げ出したが、おたえのいる部屋から離れると、今度は幾つもの手に足を摑《つか》まれ、赤酢屋は廊下に転び額を打ってしまう。

「あら、店表の方で、もの凄《すご》く痛そうな音がしたわ」

番頭の忠七が慌《あわ》てて様子を見に行き、おたえは一寸《ちょっと》、妖の悪さを止めようかとも思った。だが、しかし。

（でも守狐達へ話しかけるのを、忠七や赤酢屋さんに聞かれたら困るわよね）

仕方なく放っておいたら、赤酢屋の足音はすぐ、店から遠ざかっていった。

おたえは、長火鉢に掛かった鉄瓶を手にし、まだ表の方へ目を向けている息子へ、茶を淹《い》れる。ほっと息を吐いた。

「何だか、妙なお人だったわね。とにかく終わって良かったわ」

すると若だんなが、ここでおたえの目の前に座り直した。そして事はまだ、全く終わっていないと言いだしたのだ。

「おっかさん、おとっつぁんが心配です。何か剣呑《けんのん》な事に巻き込まれてなければ、いいんですが」

「えっ、一太郎、どういうこと？」

「先程赤酢屋さんが持ってきた証文に、気になる所がありました」

若だんなに言われて、おたえは首を傾《かし》げる。

「でもあの証文は、確かに偽物だったわよ」

おたえが気になったのは、証文の署名であった。先代伊三郎が主《あるじ》であった頃から、長崎屋の主が証文などを書く時は、署名に花押《かおう》を添えているのだ。伊三郎は西国の出で、商人《あきんど》になる前から花押を使っていた。花押は署名の代わりになるものだから、証文に書くのはそれだけで良さそうだが、分かりにくい。故《ゆえ》に、店主は名と花押、必ず二つを記していたのだ。

奉公人から長崎屋の入り婿《むこ》になった藤兵衛には、義父の署名が大層良きものに見えたらしい。よって藤兵衛も花押を用意し、正式な書面に書く時はいつも名に添えていた。

「あの証文には花押がなかった。字は似ていたけど、うちの人が書いたものじゃないわ」

「ええ、それは私も、そう思います」

若だんなはおたえの言葉に、あっさり頷く。ただし赤酢屋の証文は、偽物として片付けるには少々剣呑なものだと、そう言葉を添えたのだ。

「剣呑？　偽の証文が？」

若だんなが深く頷く。妖達が、側へ集まってきた。

「あの証文には、おとっつぁんが荷を預かってから、半月内に届けられなかった場合、赤酢屋は荷の弁済として長崎屋を受け取る。そういう意味の事が綴《つづ》ってありましたよね」

そして実際、藤兵衛は上方から戻らず、荷は先方へ届かなかった。だから赤酢屋は長崎屋へ、押しかけてきたのだ。

「だけど、考えてみると妙なんです。おとっつぁんが上方から旅程通り戻って来た場合、あの偽証文、役に立たないんですよ」

勿論《もちろん》、江戸へ来てみれば荷が届いていなかったので、そこで赤酢屋に悪心が芽生え、偽証文を作ったという事はあり得る。だが署名は、藤兵衛の字にとても似ていた。そして藤兵衛は今、江戸にいない。つまり赤酢屋は上方で、藤兵衛が書いたものを手に入れ、偽証文を用意したに違いないのだ。

「きゅんわ？　分からない」

「妙ですよね。まるで、おとっつぁんと常磐丸は、江戸へすんなり帰ってくる事はない。赤酢屋さんはそう承知していたみたいだ」

「一太郎……どういうことなのかしら？」

おたえの胸の内に、不安の黒雲が湧《わ》き出てくる。若だんなはおたえを見つめてから、言葉を続けた。

「あの赤酢屋は上方で、長崎屋を乗っ取る気になった。で、期限内に常磐丸が江戸へ戻れないよう、何か仕掛けた上で、あんな証文を作ったのではないでしょうか」

例えば常磐丸の水主《かこ》へこっそり金を渡し、積んだ水へ、質の良くないものを混ぜさせるとか。手斧《ちょうな》で、船底へ亀裂《きれつ》を入れろと指示をするとか。妖達に守られ、いつもは無事な航海をする長崎屋の船へ、災難を見舞ったのではないか。

「常磐丸がまだ江戸へ着いていません。おとっつぁんがどうなったのか、心配です」

若だんなはここで、何時《いつ》になく真剣な表情を浮かべた。そして、きっぱりと言う。

「私は上方へ、おとっつぁんを探しに行きたいと思います。いいでしょう、おっかさん」

途端、横で話を聞いていた仁吉と佐助が、常に用意している綿入れで若だんなを包み、ふかりとした塊《かたまり》にしてしまった。

だがしかし。今日の若だんなは、早々に綿入れから抜け出る事が出来たのだ。「きゅんわ？」おたえが真剣な表情を浮かべると、何時にない返答をしたからであった。

「そうね、確かに心配だわ。一太郎を上方へやった方が、いいのかもしれない」

「は？　おたえ様、何をおっしゃって……」

兄や達が若だんなを抱えたまま、おたえに強《こわ》ばった顔を向けてくる。すると忠七が出て行ったからか、守狐や鳴家達までが堂々と六畳間へ姿を見せ、皆で言いたいことをしゃべり出した。まずは狐達が腕組みをする。

「おたえ様、若だんなを旅へお出しになったら、上方どころか目と鼻の先、品川《しながわ》辺りで倒れてしまいますよ」

勿論日の本中にある稲荷《いなり》神社に数多仕えている狐達が、道中若だんなを守りはする。だがそれでも西へ、十数日掛けての旅は厳しいだろうと思われた。

「いくらなんでも無茶なのでは」

「きゅい若だんな、お土産のお菓子、何？」

だがおたえはここで、皆へ目を向けた。

「赤酢屋さんがもし本当に、長崎屋の船が江戸へ着かないよう細工をしたんだとしたら。今日は帰ったけど、簡単には長崎屋を諦《あきら》めないでしょう」

赤酢屋は蝦蟇《がま》のような見た目より、余程恐《こわ》い者だという事になる。この先様々な手段を重ね、長崎屋を盗《と》ろうとしてくるに違いない。

「そしてね、一太郎が病弱だということは、この辺りの皆が知ってるわ。それを聞いたら赤酢屋さんは、常磐丸だけじゃなく一太郎へも、何かするかもしれない」

勿論おたえや一太郎の事は、守狐や兄や達が、守ってくれるに違いない。しかし、だ。何をされるのか分からぬから、おたえは早くも心配に包まれていた。

「だったら一太郎には、上方に居てもらった方がいいわ。ついでに、あの人を探してもらいましょう」

途端妖達が納得し、一太郎を綿入れから出す。しかし若だんなは反対に、おたえへ心配げな表情を向けた。

「そういう話なら、おっかさんを置いていくのは心配です。一人になったら赤酢屋が、どんな手に出るか分からない」

「私は大丈夫よ。いざとなったら妖達と一緒に、あの赤酢屋と対決しますから」

赤酢屋が店を狙《ねら》っている今、おかみまで長崎屋を放り出す事は出来ないのだ。

「お、おっかさんが、大坂の仲買と戦うんですか？　その、どうやって……」

益々不安になった様子の若だんなに聞かれ、おたえは「さあ」と言い、ゆったり笑った。若だんなは、おたえが戦いだしたら、何故《なぜ》だか江戸の半分くらいが吹っ飛びそうな気がすると言い、妙に恐いと顔を強ばらせる。

「一太郎、私の事は大丈夫だから、上方へ行ってきなさい。おとっつぁんを連れ戻してきて。あの人が江戸に戻れば嘘《うそ》が通らなくなって、赤酢屋さんも引くでしょう」

ただし、歩いて旅をしたら時がかかるし、若だんなは病と仲が良いので、本当に倒れかねない。よって上方へ行くには長崎屋の持ち船を使い、勿論兄や達を連れて行くこと。上方の狐達へは若だんなを頼むと、守狐達から知らせを入れてもらうこと。おたえはそう言葉を続けた。

「上方でも無理はしないのよ。おとっつぁんへ、反対に心配をかけてしまうから。兄や達の言うことをちゃんと聞いて、体をいといながら旅が出来るわよね？」

するとー太郎ではなく、仁吉がしっかりと頷いた。

「おたえ様、勿論大丈夫です。私と佐助が何としても毎日若だんなに、休んでいて頂きますから。何でしたら上方で、温泉へ療養に行ってもよいかと」

「おお、この佐助も、それが良いかと思います。あちらの有馬《ありま》に良き湯があるとか」

「きゅんわ、温泉っ」

何故だか、若だんなの袖《そで》から顔を出した鳴家達までが、皆でお風呂《ふろ》に入って、お八《や》つを食べると請け合っている。

「あのね、上方へは休みに行くんじゃなくて、おとっつぁんを探しに行くんだよ」

若だんなは困った様子であったが、いつの間にやら妖達の間では、誰が旅に同道するか、暢気《のんき》な喧嘩《けんか》が始まっていた。守狐までが争い、妖団子が二つ出来て部屋を転がる。

「ひゃひゃひゃひゃ、旅は楽しいし、あたしも上方へ行こうかな。あっちの店に祟《たた》るのも面白いしねえ」

金次《きんじ》までが勝手を言い出すと、屛風《びょうぶ》のぞきが顔を顰《しか》める。

「神様と名が付くもんが口出しすると、ろくなこたぁねえ。黙って留守番してろ」

「うひゃひゃ、お前さんは本体を動かせないから、一緒に行けないもんなぁ。焼くな」

途端、珍しくも大胆にも、付喪神《つくもがみ》が貧乏神を蹴飛《けと》ばした。二人は取っ組み合い、若だんなが溜息を重ねる事になった。

4

妖《あやかし》達の大騒ぎが続く中、若だんなは急ぎ旅支度を済ませ、江戸から出立した。兄《にい》や達と金次、鳴家《やなり》を連れ、丁度上方へ向かう所であった持ち船、神楽丸《かぐらまる》に乗ったのだ。

「守狐《もりぎつね》、おっかさんと長崎屋の事を頼んだよ」

そして若だんなは、話す時が足りなかったからと、上方でやるつもりのことを、おたえへ書き置いていった。

その書き付けをおたえが部屋で広げると、さっそく妖達が母屋《おもや》に集ってくる。若だんなと兄や達がいない間は、離れへお菓子が運ばれない。だから皆は、おたえの部屋にある菓子鉢のことを、とても気にしているのだ。

「きゅい、お腹空《なかす》いた」

一番に話し出したのは鳴家だが、さっそく花林糖《かりんとう》に手を出し口が一杯になったので、書き付けは屏風《びょうぶ》のぞきが読み上げる。

「おお若だんな、頑張る気なんだな」
一、上方にて、まずは父藤兵衛を探す。上方出身、小乃屋《おのや》の七之助《しちのすけ》より縁者の紹介を受けたので、そこへ泊めてもらう。
一、次に大坂の港で、常磐丸を見つける。船が港を出ていた場合、いつ、どこへ向かったかを調べる。
一、赤酢屋のことを聞いて回る。特に、本当に仲買なのか、問題を抱えていないかを調べる。上方の商人《あきんど》が、いきなり江戸にある長崎屋へ手を伸ばした。奇妙に思える事柄なり。
おたえはその文を読んだ後、横にいた守狐と目を合わせ、嬉《うれ》しそうに微笑《ほほえ》んだ。

「まあ一太郎ったら、随分大人びた事を書くようになったこと」

「あの小さかった坊ちゃまが、何とご立派になられて」

守狐達は毛深い顔の目頭を、そっと手拭《てぬぐ》いで押さえてから、おたえへ付け足した。

「既に若だんなの上方行きを、日の本中の稲荷《いなり》神社へ知らせてあります。他にも思いつく限り、縁の寺社へ助力を願いました。以前ご縁のあった生目神《いきめがみ》様など、若だんなが上方へ行ったと聞いて、驚いておいででしたよ」

おたえは頷《うなず》くと、自分もしっかり役に立ちたいと口にした。店で座っているだけでは、長崎屋のおかみとして、情けない気がするのだ。病がちな若だんなですら、今回は頑張っているのだから。

「あの、おたえ様。赤酢屋へ水を掛けたり、堀へ落としたり、奴《やつ》らの飯をこっそり食べることは、我ら狐がいたしますよ。おたえ様は、ゆっくりなさっていてもよろしいかと」

「私も、何かやりたいんですよ」

すると菓子鉢のあられと花林糖を平らげた妖達が、思いつきを口にする。

「きゅい、栄吉《えいきち》さんのお菓子、赤酢屋へ送る。赤酢屋、食べたらひっくり返って、暫《しばら》く立てない」

鳴家の案を聞き、屏風のぞきと守狐は面白がったが、おたえは困った顔で首を横に振った。そんな事に栄吉の菓子を使ったら、若だんなが後できっと怒るというのだ。

次に口を開いたのは鈴彦姫《すずひこひめ》だ。

「おたえ様、藤兵衛旦那《だんな》さんの無事を祈りに、社寺へお参りをしちゃどうです？」

おたえは若だんなと同様、人ならぬ者を見る事が出来る。参詣《さんけい》の時、運良く神様に行き会ったら、直《じか》に願い事を口に出来るのだ。

「おお、それは良き案だ」

揃《そろ》って妖達が頷く。

「きゅい、おたえ様、焼き大福《だいふく》をお供えして。羊羹《ようかん》も欲しい」

「そうね、一太郎と旦那様の無事を祈りたいわ。その時、沢山お供え物をしましょう」

おたえはさっそく手箱から金子《きんす》を取り出すと、ここ一番という大事な時だから、今回のお供え物は、思い切って豪勢にしたいと言い、皆へ支度を頼んだ。妖達が、さっそくあれこれ調達に走る。

「お米は俵《たわら》で供えた方がいいですかね」

狐が長崎屋の庭に、俵の山を作った。

「まあ、俵って結構嵩張《かさば》るのねえ」

おたえが吃驚《びっくり》していると、今度は猫又のおしろが、大きな桶《おけ》を幾つも用意してきた。

「上等なお供えものといえば、魚です。鯛《たい》です！　あたしも大好きですよ」

ならば新鮮な魚を、河童《かっぱ》に頼んで捕まえてきてもらおうと言い、野寺坊《のでらぼう》が横手の木戸から出て行く。

「おしろ、河童から届いても食べるではないぞ。お供え物だ」

「分かってますよ……多分」

酒も必要だと天狗《てんぐ》へ知らせをやれば、じき、大樽《おおだる》が山と運び込まれる。菓子も要ると、三春屋《みはるや》にあった品をそっくり買う事になった。振り売りから果物の荷を、全部求める。

その内河童から鯛が何匹も届いたが、余りに大きかった上、まだ桶の水の内で生きており、中から睨《にら》んでくる。鳴家が一匹、腰布に噛《か》みつかれ悲鳴を上げた。

「さあ、これを持ってお参りをしましょう」

まずは長崎屋にある稲荷へお供えしたら、米俵や果物で、社《やしろ》が見えなくなってしまった。

「あら、ちょっと大きかったかしら」

確かに、米や酒は酷《ひど》く嵩張ったので、手で運ぶのは無理がある。守狐が廻船問屋の大八車《だいはちぐるま》を、店脇《わき》の潜《くぐ》り戸の外、細めの道に運んできた。直《す》ぐに妖達が、お供えをそっくり積み込む。

「さて、次はどの寺社へ参詣いたしましょうか」

近い所として、京橋《きょうばし》の南にある西本願寺《にしほんがんじ》へ行こうか。それとも江戸に数ある稲荷神社を、順に回るというのはどうか。おたえを囲み、皆は長崎屋脇の道でしばし迷った。

すると。

行き先を決めるきっかけになったのは、何と鳴家達であった。鳴家はこの時、知り合いの神の御使いと、再び出会ったのだ。大八車の荷によじ登っていた何匹もの鳴家が、道の先から来る小さな姿を見つけ、手を振った。

「きゅい、小っちゃな御使い。根棲《ねずみ》だぁ」

以前鳴家が、空から降ってきた青い玉を追っていた時、途中で会った男の連れであった。

「久しぶり。きゅわ、後ろから甘い黒えび大福様も来た」

「あら鳴家、あれが一太郎に話してた、甘い黒えび大福様なの？」

大通りから逸《そ》れ、細い道をこちらへ来る男を見て、おたえは目を見開く。どうみても人ではない御仁は、大きな袋を抱え、しかも鼠《ねずみ》を御使いにしている。

つまり、つまり。

「まあ、大黒天《だいこくてん》様とお会いしちゃったわ」

おたえは勿論《もちろん》、食物や財福を司《つかさど》る神、大黒天様が祀《まつ》られているお社へも、行けたらいいなと思っていた。しかし当の神様が、まさか向こうから長崎屋へ来るとは、思ってもみなかったのだ。

「お供え物が重いんで、あの袋に入れて、運ぶのを手伝う為《ため》に来て下さったのかしら？」

「……さあ、神様がそんなに勤勉だとは、聞いた事がありませんが」

守狐達が首を傾《かし》げた時、根棲が先に大八車の所まで来た。そして鳴家達が乗った車に、沢山の荷が積まれているのを見ると、溜息《ためいき》をつき妙な事を言ってくる。

「ああ、やっぱり長崎屋は、大変な事になったんですね。袖《そで》振り合うも多生の縁と言いますから、噂《うわさ》を聞いて心配していたんです」

「きゅげ、噂？　心配？」

どうやら根棲は、知り合いの鳴家達を案じ、長崎屋まで来てくれたようであった。

しかし、どうしてなのかが分からず、鳴家達は道に立つ根棲の所へ降りてゆく。すると後ろからやってきた大黒天が、大八車の脇にいるおたえ達へ、気の毒そうな眼差《まなざ》しを向けてきた。

「おお、長崎屋は、引っ越し荷物を運び出しているところなのか。店が不運に見舞われたというのは、本当だったのだな」

かつて一時とはいえ、長崎屋の鳴家達は大黒天の願いを聞き入れ、一緒に遊んだ。

「その鳴家が暮らす長崎屋には、もっと気を配り、幸運をもたらしてやれば良かったのぉ。いや、可哀想《かわいそう》なことをした」

「あの、大黒天様。可哀想とは?」

哀れまれ、呆然《ぼうぜん》とする狐達の横から、おたえがやんわり問う。すると大黒天と根棲は、とんでもない事を話しだしたのだ。

「長崎屋は上方との商いに失敗し、店を借金のかたに取られたと聞いたが」

「ちゅい、船も倉の荷も、全部失ったとか」

「主《あるじ》の藤兵衛は、上方で行方知れずになったというし」

「ちゅー、跡取りの若だんなは病が重くなって、温泉へ養生しに行ったんですって?」

「店の者達は離散。店の次の主は、上方から来た商人だとのことだな」

「ちゅいちゅい、そいつは早くも江戸の店主としての、新しい名を決めているとか」

噂は広がっており、大黒天らの耳にまで伝わっていた。

「それで我ら二人は長崎屋へ、様子を見に来たのだ」

長崎屋の面々の顔は、話を聞くにつれ険しくなっていった。そしてじき、守狐達は怒りで顔を赤くし、恐れ多くも神様と顔を突き合わせたのだ。

「大黒天様。あたしらはただの化け狐で、神様へ言い返すなんてとんでもないと、承知してはいますけどね」

だが、しかし、しかし！

「あたし達は、荼枳尼天《だきにてん》様にお仕えするおぎん様より、おたえ様や長崎屋のことを、頼まれておりますんで」

おたえを守る事も出来ず、店を乗っ取られたなどと、嘘《うそ》を言われたくはない。狐達は凄《すご》みのある声でそう言うと、ぱくりと鼻を囓《かじ》れそうな程大黒天へ近づいた。福の神は思わず仰《の》け反《ぞ》り、大八車の荷へ手をつく。すると。

「いっ、痛いーっ」

悲鳴と共に振り上げた大黒天の手に、荷台にいた鯛が噛みついていた。

「あら珍しいこと。鯛って、神様の指を噛んだりするのね」

おたえが側で、のんびり驚いていると、横で御使いの根棲が大いに狼狽《うろた》え、大八車の上を駆け巡る。

「主様、大黒天様っ。何で江戸の道端で、鯛に食いつかれているんですかっ」

「訳は鯛に聞きなさいっ。根棲、早くこの魚を何とかしてくれ」

大黒天の半泣きの声を聞き、屏風のぞきが荷にもたれ掛かりつつ溜息をつく。

「これが福の神なのかねえ。大黒天様、その魚は、神様達へのお供え物の一つだ。つまりお前様のもんなんだから、煮るなり焼くなりして食っちまえばいい。指から離れるんじゃないか？」

「えっ？　お供え物？　おお、こ奴は刺身の元であったか」

大黒天に見つめられた途端、鯛は身の危機を感じたのか、桶へと跳ね戻る。ようよう落ち着いた大黒天は、近くに集ってきた長崎屋の面々から、大荷物を用意した訳を聞いた。

そして、上方の商人に偽《にせ》証文を出され、長崎屋が困っていること。未《いま》だ帰らない藤兵衛と、船で上方へ行った若だんなの無事を願って、お参りに行く途中だったと知ったのだ。

「成る程、成る程」

大黒天が大きく頷いた。

「多分、偽証文を持っている赤酢屋とやらが、店をさっさと我がものにしたいと、変な噂を流したのだな。いや、鬱陶《うっとう》しい相手に見込まれてしまったものだ」

　その赤酢屋は長崎屋へ、正々堂々、勝負を挑んでいるつもりなのだろう。だが実際は、縁も無い相手へしつこく嫌がらせをしている状態で、突然身代《しんだい》を賭《か》けた騒動の的にされた長崎屋は、たまったものではない。

　大黒天はここで、車に山と積まれたお供え物を、じっくり見た。そしてその礼と、馬鹿《ばか》な噂を一時信じてしまった詫《わ》びに、長崎屋へ良い事をもたらそうと言ってくれたのだ。

「この大黒天を祀る寺社は、日の本に数多《あまた》ある。上方にもあるからして、ちょっとあちらに行き、若だんなに力を貸してやろう」

「えっ、今度は福の神様が、首を突っ込んでくるのかい？」

　この時、大八車の横に居た屏風のぞきが、何故《なぜ》だか口を尖《とが》らせた。

「あのさ、神様ってぇ方々は、長崎屋に困りごとを持ち込んでくる事が多いんだよ。生目神様がそうだし、箱根の神様もだし、病の神達だって同じだ」

　長崎屋が、妖達と関わりを持っている為か、皆、気楽に現れては、騒動を引き起こしてゆく。神であるから、どのお方も並外れたその存在で、大騒動になってしまうのだ。

「赤酢屋より神様の方が、とんでもないことをしでかしそうで、恐《こわ》いんだけどねえ」

今、馬鹿をしたら、長崎屋が乗っ取られかねない。上方へ行っている、藤兵衛と若だんなは身が危うくなる。放っておいてくれた方が安心だとまで言ったものだから、守狐が、慌《あわ》てて割って入った。

「屏風のぞきさん、大黒天様に失礼ですよ」

たしなめられ、屏風のぞきはそっぽを向く。だが大黒天は太っ腹にも、気を配りつつ大層役に立ってみせると、笑い飛ばした。

「しかし、赤酢屋が流したと分かっていても、噂は恐い。故《ゆえ》に、江戸の皆は気を付けた方がよいぞ」

「お気遣い、ありがとうございます」

喜んだおたえに、お供え物を差し出されたが、また鯛に噛まれそうになった大黒天は、腰が引けている。それで長崎屋の面々は大黒天を、祀られている神田明神《かんだみょうじん》へ、供え物共々送り届ける事になった。

そしてその帰りに、おたえ達はあちこちの寺社を回った。各寺社で神仏の御前を埋めるほど盛大にお供えをし、若だんなや藤兵衛の無事と、長崎屋への助力を祈ったのだ。

すると。

驚く事に、若だんなを知るという声が、何故だかいくつかの寺社から聞こえてきたのだ。「任せておけ……」という声が二度もして、屏風のぞきの顔がひきつる。

「お参りして、良かったのかねえ」

問われた鳴家達が「きゅいきゅい」と鳴きつつ、首を捻《ひね》った。

5

二日後の事。

長崎屋へ、また赤酢屋がやってきた。前より余程威張った態度で、店を明け渡せと大声で言い、表の土間から出て行かない。よって仕方なく、また奥へと通す事になった。

すると威勢の良いのもどうりで、赤酢屋はおたえが証文を偽物《にせもの》と言った訳を、摑《つか》んでいた。

「長崎屋のおかみはん。うちの証文を偽呼ばわりした訳が、分かったで」

どうやら噂《うわさ》を流しに、あちこちの店へ顔を出した時、赤酢屋は、藤兵衛が花押《かおう》を使っていた事を聞いたらしい。
「花押とは。江戸の地の商人《あきんど》が、意外なものをつこうてはりましたな」
口元を歪《ゆが》めると、証文の署名は一つで十分なのだから、花押が無くとも偽ではない
と言ったのだ。鬼の首でも取ったかのように、赤酢屋は更におたえへまくし立てる。
「もう誤魔化しはきかへんで。そやから早う、店を渡してくれへんかの。わいは忙し
いんや」
主《あるじ》がいないゆえ、余りきつい事も言いかねるが、何としても月の末までには出て行
ってもらうと、赤酢屋は妙に急いだ様子で勝手に期限を切ってくる。ここで、おたえ
の横に陣取っていた番頭忠七が、恐《こわ》い顔を赤酢屋へ向けた。
「こらっ、勝手な事ばかり言ってるんじゃないわ。妙な証文一つ見せられただけで、
はいそうですかと、出て行く訳がなかろうが」
赤酢屋がずっと馬鹿《ばか》を言い続けるのであれば、勿論町名主《もちろんまちなぬし》へ訴え出る。町役人の裁《さい》
定《てい》で赤酢屋が納得しなければ、事は店の金や権利が掛かった裁定、公事出入《くじでいり》になり、
お上の手を煩《わず》らわせることになるのだ。
「お上に詳しく調べられたら、きっと困るのはそっちだろうに」
人を欺《だま》して財産を取り上げようとしたら、随分な罰が待っている筈《はず》という忠七の言

葉に、赤酢屋が一瞬怯《ひる》んだ。しかし、ぐっと身に力を入れ直すと、あがいたりせず月末前に出て行くようにと、また繰り返す。

すると今日は、人には姿の見えない鳴家《やなり》達が、そろそろと赤酢屋へ近づき、着物に悪戯《いたずら》を始めたのだ。勿論おたえには見えていたが、横に忠七がいるので、鳴家を止める為《ため》、声を掛ける訳にもいかない。

「へっ？」

一寸《ちょっと》、妙な顔をした赤酢屋が、裾《すそ》の辺りへ目をやったが、勿論鳴家を見る事は出来ない。それでおたえの方へ向き直ったが、直《す》ぐに「ふへへ」と、妙な笑い声を上げた。

「あの、どうかしましたか？」

忠七に問われ、赤酢屋は直ぐ「いえ、何も」と言った。しかし、また身もだえる。

「ひはははっ」

忠七が、思い切り気味悪そうな顔になったものだから、赤酢屋は顔を赤くし、言い足りない様子のまま急ぎ席を立ってしまった。忠七が送りに行き、ついでに塩を撒《ま》いておくれと、店表で言っているのが聞こえてくる。

おたえはほっとしたが、現れた守狐《もりぎつね》は長火鉢の側で、草臥《くたび》れたように息を吐いた。

「何とまあ、期限を切られてしまいましたね」

頷《うなず》いたおたえが、ちらりと表へ目をやる。

「赤酢屋さん、急いでいたわね。だけど、どうして焦《あせ》るのかしら」

赤酢屋が望んでも、勿論町役人の裁定なしに、家の権利を表す沽券《こけん》が、持ち主の名を変える事はないのだ。大坂だけでなく江戸でも、商売に関わる諸事は、それは大層《おお》入り組んでおり、複雑で細かかった。いくら証文があると言い立てても、あっさり大店《だな》の権利が移ったりしないのだ。商いをしているのだから、赤酢屋もそれくらいは分かっている筈であった。

(でも)

この先、公事出入になるのかと思うと、おたえは不意に藤兵衛の不在が心細くなった。さすがは大店の主といおうか、藤兵衛は数字と話し合いに強い。人付き合いも良く、力を貸してくれる知り合いを多く持っているのだ。

「藤兵衛さぁん、早く帰ってきて下さいな」

ぽつりといってみるが、手妻《てづま》のように亭主が現れる事はない。おたえはちょっとすねたように頰を膨らませた後、溜息《ためいき》を漏らした。

若だんなが旅立って、十日ほど後の事。上方から長崎屋へ、使いがやってきた。船の方が早かろうと、若だんなが便りや荷を大坂の港から送ってきたのだ。昼過ぎ、おたえの部屋に集まった妖《あやかし》達は、興味津々《しんしん》届いた品へ目を向ける。

「きゅんいー、若だんなのお土産だっ」

良い匂《にお》いがする荷がきたので、鳴家達が騒ぐ。だが結構な数の荷には、何故《なぜ》だか守狐宛《あて》の文がくっついていた為、真面目《まじめ》な化け狐達が全部持っていってしまった。

いつも離れに集っている妖達は、仕方なく文へと目を向ける。

「さっそくの知らせだね。この屏風《びょうぶ》のぞきが一緒に行ってないから、寂しいんだろう」

「若だんなは、鈴彦姫の事も書いて下さってるかしら」

「きゅんいー、お菓子」

おたえは長火鉢の横で、息子からの知らせを読み始める。

『おっかさん、それに長崎屋の皆へ』

江戸の店は変わりないだろうか？　上方への船旅は、大過《たいか》のないものだったと続く。

『……仁吉、横で顰《しか》め面《つら》をしなくてもいいじゃないか。少し熱が出たけど、船で寝ていたんだから、困りはしなかったよ』

若だんな達は無事、大坂へ着いたのだ。だが、実はそこからが大変だったという。

『私達はとにかくまず、七之助さんが教えてくれた、唐物屋小乃屋の親戚《しんせき》を訪ねてみる心づもりでした』

大坂に行くのはいいが、知り合いがいないと苦労するに違いない。船出の前、心配した七之助が、縁者への文を持たせてくれたのだ。

『ところが直ぐ、それどころじゃなくなって』

大坂の港には数多《あまた》の船があり、賑《にぎ》わっていた。そこへ着いた後、小舟に乗り換えて杭《くい》の並ぶ桟橋へと向かったところ、何と港へ突き出た船着き場に大黒天様が現れたのだ。仁吉や貧乏神の金次が一緒だったので、直ぐにどなたか分かったという。

「あら、さすがは神様。上方へ行くのが早いこと」

おたえが驚く。

『大黒天様は、長崎屋が災難に巻き込まれていることを、承知なさってました。で、何故だか私どもを救おうとおっしゃって』

大黒天は、見た事も無き程のお供え物をもらったからには、大坂は大国主《おおくにぬし》神社の名にかけて、福をもたらすと言ってきたのだ。

『見た事の無いお供え物って、何でしょう。おっかさん、江戸で何かしたの？』

「何かって……一太郎、神仏へ色々お供えをしただけですよ」

おたえがにこにことつぶやくと、横で守狐や屏風のぞきが、一寸文から目を逸《そ》らした。

「まあその……ちょいとない程の量だったな」

苦笑を浮かべる妖達の目の前で、若だんなの文は更に、妙ななりゆきを告げた。

『私と兄《にい》や達は大黒天様に、福を下さるなら、おとっつぁんの行方を教えて頂きたいとお願いしたんです。でも大黒天様は、人捜しは苦手だそうで』

だから、福の神としてとても真っ当な事をすると、言ってきたらしい。

『長崎屋へ、大枚をもたらすとおっしゃって』

商人の困りごとは大概金子で何とかなると、神様は口にした。そして大坂は商人の町。大黒天様ならあっという間に、儲《もう》けることが出来る。任せておけと言ったのだ。

『おっかさん、私は、商売は自分でしますって、ちゃんと言ったんですよ。でも神様は、酷《ひど》く張り切っていらして』

そうしている間に、次の驚きが港へ表れてきた。大坂は、驚きに満ちていたのだ。

「今度は何が？」

妖達が文の方へ身を乗り出す。すると、若だんな達と大黒天が話している所に、なんと七福神の内の二柱、弁財天《べんざいてん》と寿老人《じゅろうじん》が姿を見せたと記してあった。

「弁財天様と寿老人様？　先日お参りした神社に、おわしたかしら」

おたえと守狐達が、顔を見合わせる。

若だんなは、どうして次々と神様が現れたのか分からず、呆然《ぼうぜん》としたようだ。すると弁財天達は、生目神に頼まれたと言ってきた。

『若だんなは生目神様と、知り合いだとか。生目神様は、長崎屋に以前迷惑を掛けた故《ゆえ》、助けてやってくれと言われたのだ』

だが若だんなは文に、どうしてだか生目神様と関わるのは剣呑《けんのん》な感じがすると、書いていた。そして何故そんな風に思うのかじっくり考える間も無く、港での困りごとは、妙な方へ転がってゆく。三柱の神へ、何と貧乏神の金次が、正面から断りを入れたのだ。

『金次ったら、福の神様の助太刀など要らないと言い出したんです。赤酢屋は貧乏神金次が、さっさと破産させる。だから心配ご無用だって』

しかし福の神たる者が、大人しく貧乏神の言うことに従う筈もなかった。つまり大坂の港で、福の神と貧乏神が、お互い、己の方が上手《うま》くやれると言い張ったのだ。一応双方人に見えるが妙に迫力があり、船着き場の辺りからは人が逃げ出した。

『しかし三対一です。金次は分が悪かった』

すると金次は若だんなの背を押し、赤酢屋の事を聞きに行こうと言って、その場を離れようとした。金次は上方へ来た事があるらしく、迷う事無く舟へ声を掛けると、若だんな達を急《せ》かして乗り込む。

だがしかし。大坂は福の神達の地元でもあり、三柱は遅れる事なく、その舟に乗ってしまったのだ。

『おっかさん、お三方と金次の言い合いが聞こえたのですが、金次は堂島《どうじま》の米会所へ行くつもりだったのです。米会所とは米の現物や、先物取引をする場所のようです』

長崎屋へ難儀をふっかけてきた赤酢屋は、その米会所の仲買人だと言っていた。そして米の相場では、それは大きな金が動くということを、神達は知っていた。

『金次は相場に手を出し、赤酢屋を貧乏に引きずり込む気だろうと、福の神様方は言われました』

すると金次は、長崎屋の為に金を作る気ならば、福の神も勿論、相場をやるつもりだろうと、舟の中で言ったのだ。途端兄や達が、顔を強《こわ》ばらせた。

『長崎屋の為に、貧乏神と福の神が手を出したら、相場が大いに荒れかねません』

若だんなは、頭を抱えてしまった。大坂へは藤兵衛を探しに来たのだ。だから一に、父親と船の為に動きたいのだが……こうなると、神達を放ってはおけない。今日は大坂が、とんでもない事になりそうであった。

『何でこんな事になったんでしょう』

仕方ない。とにかく自分と兄や達は、これから福の神、貧乏神と共に、堂島にあるという米会所へゆくとあった。

金次によると、米市は賑やかな場所で、近くに川が流れているので、船遊びをしながら仲買人を介し、取引をする者もいるそうだ。その様子を見て楽しむ者、舟で客らへ食べ物を売る者なども、数多集まるらしい。

一度見ておくのがいい。興味があるなら、若だんなもやってみれば良かろうと、金次が言ったという。

『金次の馴染《なじ》みの店、仲買店があるとかで、舟で直ぐ近くまで行けるし、市場の見えるその店では、ゆっくり休めるとのことです。金次は今日、そこから仲買人へ注文をし、売り買いするつもりとの事でした』

しかし貧乏神に、馴染みの仲買人がいるというのも、何か恐い話であった。

(金次ったら、何人を破産させてきたのかしら)

とにかく今日の売買がどうなるかは、若だんなにもまだ見当すらつかない。文は最後に、そう結んであった。

「あらまあ。一太郎ったら、おとっつぁんを探しに行ったのに、米相場をやる事になったのね」

お金を十分持っていたかしらと、文を読み終えたおたえは、眉尻《まゆじり》を少し下げている。

妖達は文の周りへ集まり、わいわい、きゅわきゅわ、勝手を言い始めた。

「貧乏神と福の神が、角突き合わせてるなんてなぁ。神様って暇なのかね？」

「ぎゅい、仲買店？　そこ、お八つ出る？」

ここで獺《かわうそ》が、急ににやりと笑った。そしておたえの六畳間で立ち上がると、仲間の妖達に向け手をひらひら振り、こう言い出したのだ。

「金次さんは貧乏神とはいえ、神様の一人です。それに貧乏って、他の貧乏を呼び込むことも多々あり、強いですよね」

しかし、対する福の神は三柱いる。

「貧乏が勝つか、福が勝つか。どっちの神様が、相場で勝つと思いますか？」

上方へ行った若だんなは、きっとお土産を買ってきてくれる。つまり獺は、どちらの神が勝つか、そのお土産を賭《か》けないかと、妖らを誘ったのだ。

「きゅい、貧乏神！」

「いやいや、この屏風のぞきは、福の神が勝つと思うぞ」

「鈴彦姫は……貧乏神さんです。お友達だし」

「守狐三匹、福の神とします」

どっと声が上がって、獺は大急ぎでそれを、紙に書き留めてゆく。すると騒ぎの中で、おたえはのんびりと言った。

「あら、私は一太郎が勝つと思うけど」

「おたえ様、守狐は皆、若だんなが大切ではあります。ですが、福の神様方や貧乏神には、勝てないと思うのですが」

鳴家達は半分に分かれ、野寺坊と獺も、意見を異にした。だが、妖達が部屋で二手に陣取った所で、若だんなの荷を持ち、外へ出ていた狐達が戻って来た。化け狐は騒ぐ仲間を尻尾《しっぽ》でひっぱたき、まずは騒ぎを静める。

それから、若だんなに頼まれた荷の顛末《てんまつ》を、おたえに話し始めた。

6

三日後のこと。

赤酢屋はまた、長崎屋へやってきた。しかも大層珍しい事に、今日はおたえに呼び出され、店を訪ねて来たのだ。

前にも通された六畳間に、今日は茶と茶菓子が用意してあった。

「長崎屋のおかみはん、今日もお元気そうで。この赤酢屋をわざわざ呼びだしたんや。店を出る日を、決めたんですかいな？」

赤酢屋は大いに余裕をもった態度で、おたえに話しかけてくる。何と話を切り出したらよいか迷っていたので、おたえは先に話し出してくれた赤酢屋へ、柔らかな表情を向けた。

「ええと、今日はご報告が幾つかありまして」

どれから話し始めようかと迷ったが、まずは自分が一番、気にしていた事を告げた。

「あのですね、主《あるじ》の藤兵衛が、無事見つかりました。ご心配をおかけしましたが、当人は元気でおりました。ほっといたしましたわ」

「え……おお、長崎屋のご主人、居場所が分かったんですか」

目を見開いた赤酢屋へ、おたえは頷《うなず》いてみせた。ただ藤兵衛はまだ、江戸へ帰ってきてはいない。

「何しろ、連絡が付かなかったのには、ちゃんと訳がございまして。藤兵衛の乗っていた常磐丸ですが、大坂の港を出て程なく、大変な事になっていたんですよ」

「……大変、ですか」

ようよう文を交わせるようになった藤兵衛によると、常磐丸には災難が続いたのだ。まずは大坂から船出した日の夜、船内では具合を悪くする者が、いきなり多く出た。

「うちは、薬種問屋もいたしておりますので、主は薬をしっかり持っていっておりました」

皆薬を飲み、大事にはならずに済んだものの、水主《かこ》が随分多く寝こんでしまった。よって急ぎ大坂へ戻ろうと決め、船を戻そうとしたのだが、何故《なぜ》だか常磐丸の船底が突然壊れ、水が出てしまったのだ。

「水主が大勢寝こんでいる時に、そんな事になった為《ため》でしょう。積んであった小舟を使い、常磐丸から逃げ出した水主がいたとか」

常磐丸は大きな船なのに、おかげで動かせる水主は、本当に少なくなってしまった。水漏れは続き、もう逃げる為の舟もない。藤兵衛は一時、覚悟をせねばと思ったようなのだ。

「ただ」

「た、ただ？」

その後何があったのかと、赤酢屋はおたえを見つめてくる。おたえは口元に笑みを浮かべると、あっさり、船は大丈夫であったとだけ言った。

「運良く風が、近くの小さな漁村の方へ吹いていたとか。そして着くまで、水漏れは酷《ひど》くならずに済んだそうで」

多分間違いなく、船にいた妖《あやかし》達が頑張って、常磐丸を守ってくれたのだと思う。だがそれを、この六畳間で言う訳にはいかなかった。

しかしその後、藤兵衛は苦労する事になった。病人は何人もいたし、船が行き着いた漁村は小さく、医者もいなかった。その場を離れる事は出来ず、船は壊れている。使いも頼めず、直《す》ぐには江戸への知らせを出せずにいたのだ。

「やっと水主達が治り、船の修理もひとまず終わって、文を寄越せたようです。お騒がせいたしました」

「その……よろしゅうおました。けど、頼んだお届け物の荷は、あかんようになっとるわな。仕方ありませんわ」

ここでおたえは、にこりと笑みを浮かべ、赤酢屋を見た。

「あの、○○家江戸藩邸、留守居役様へお届けする筈《はず》だったのは、味噌《みそ》漬けの牛肉ですわよね？　それと、反物と薬種」

すっと薄い木箱を出すと、おたえが開ける。中には、味噌で漬けた肉が入っており、赤酢屋が目を見開いた。

「これは、味噌漬けの牛肉や。若だんなが、用意しはったんか。よう手に入りましたな」

しかし、もう先方へ届ける期限は過ぎていると言うので、おたえは頷いた。だから長崎屋は勿論《もちろん》、若だんなが上方から送ってきた味噌漬けの牛肉だけを、届ける事はしなかった。

「だけ、というんは……何やろ」

「実は既に肉は、○○家江戸藩邸、留守居役様へお届けしております」

その時長崎屋は、留守居役が肉を届ける先が大層喜ぶ話を、付け足したのだ。出所は日頃の付き合いも深い広徳寺《こうとくじ》で、化け狐《ぎつね》が使いに行った。檀家《だんか》に数多《あまた》の武家を抱える広徳寺の僧達は、内々の噂話《うわさばなし》に通じているのだ。

「留守居役様は、それはそれは喜んで下さいまして。荷が少々遅れた事くらい、気にしないでよろしいと、おっしゃって頂きました。これからも、良き付き合いを頼むとの事で」

江戸留守居役ならば品物よりも、秘密を一つ摑《つか》む方を喜ぶ。仁吉がそう言ったと若だんなが伝えてきたため、寺へ酒と米俵を届けにゆき、目当ての話を持ち帰ってきたのだ。

「うっ……そ、そうでっか。せやけど、その話と証文のことは、別でっせ」

約束は約束。証文に書かれている期限は、変わったりはしないのだ。赤酢屋がそう言うと、おたえが少し悲しそうな目で、赤酢屋を見た。

「やっぱり、そうおっしゃるんですね」

「や、やっぱりとは？　当たり前のことでっしゃろ」

ぐっと眉間《みけん》に皺《しわ》を寄せた赤酢屋が、不機嫌な声で答える。おたえは頷くと、また、新たなものを取り出した。今度は一通の文だ。

「これは、息子がくれたものでして。実は、昨日の大坂の事が、書かれておりますの」

「は？　昨日？」

さすがに飛脚《ひきゃく》でも無理な事で、赤酢屋は片眉《かたまゆ》を引き上げた。

「一太郎は先だって、行方の知れなかった藤兵衛を探しに、上方へ参りました。そこで知り人に会い連れて行かれた先で、驚くようなものを知ったんだそうです」

諸事、ゆったりと時が進むこの江戸の世、大坂から他の地へ、考えもしなかった速さで、伝わってゆく知らせがあったのだ。大坂から京《きょう》や紀伊《きい》へなら、ほんの一服煙草《たばこ》を吸う間に、事が伝わる事を若だんなは知った。遥《はる》か瀬戸内に面した安芸《あき》国へも、大坂の地から四半時で、知らせを伝えていたのだ。一時の半分の、そのまた半分の時だ。「心を揺さぶられるくらい凄《すご》いと、息子は申しておりました。それでこの文は、息子がそのやり方を真似《まね》して、大坂から江戸へ送って来たものなのです」

ここは赤酢屋へは言えないが、初めてやってみた若だんながちゃんと送れたのは、妖達のおかげだった。

堂島米会所は、旗を使い終値を諸方へ送っていた。もちろんきちんと高い場所を確保しており、熟練の旗振りがいて、数字を送っているらしい。

一方、稲荷《いなり》神社の狐達と示し合わせた若だんなは、それを真似、妖達に大きな旗を、高い木の天辺《てっぺん》で振ってもらったのだ。若だんなが送りたいのは、米会所のように数字ではなかったので、いろは一文字ずつに旗の振り方を決めた。

まずは神社近くの一番高い木で旗を振ると、遠くの木の天辺にいる狐がそれを見て、またそっくり旗を振った。そうして次々と伝えていき、それを江戸まで続けた訳だ。

途中、米相場を伝える時と同様に、やはり箱根の山越えがきつかった。だが、天狗《てんぐ》が力を貸してくれたので、若だんなが大坂から朝送った短い文は、無事八つ時には江戸に着いたのだ。

「ああ、旗を使ったんでんな……」

つぶやく赤酢屋の顔色が悪い。ぐっと唇を引き結ぶと、やがて静かにおたえへ問うた。

「若だんなは堂島へ……行ったんか」

「ええ。大層賑《にぎ》やかで面白い場所だったとか」

「面白いか。そやな。端《はた》から見とるだけなら、そりゃ面白いわ。見物もおる」

だが。赤酢屋は言葉を切り、しばし黙ってしまった。おたえもそのまま口を開かずにいると、やがて苦笑を浮かべ、何時《いつ》になく静かな声で問う。

「届いた知らせで、息子はんは大坂から、どういう話を送って来たんやろか」

赤酢屋が若だんなの文を、強い眼差《まなざ》しで見つめる。おたえは臆《おく》することなく知らせを広げ、赤酢屋へ見せた。

『コメカイショ　オオアレ。オオモウケ、サンニン。ハサン、アマタ。アカズヤノハサン　センゲツ』

「は？」

米会所、大荒れ。大儲《おおもう》け、三人。破産、数多。やはりというか、福の神と貧乏神の来訪と共に、荒れに荒れた米会所の様子を、若だんなは送ってきていた。

(儲けた三人というのは、やっぱり福の神様方よね。つまり)

この日の堂島米会所には、大損をした仲買が溢《あふ》れていたに違いないと、おたえは赤酢屋へ告げる。

そして、同じように破産した者が、先月も一人いたのだ。

『赤酢屋の、破産、先月』

畳の方を向いてしまった赤酢屋の顔から、血の気が引いたように思われた。それから……寸《すん》の間《ま》の後、意外にもしゃんとした様子で顔を上げると、おたえを見てくる。

「わてのやったこと、全部分かっておいでのようや。ええ、この赤酢屋は……いや赤酢屋も、相場で店を失った者の一人や」

長崎屋と出会う少し前の事であったと、赤酢屋が告げる。相場の失敗で、店が吹っ飛んでしまった時、以前江戸留守居役に頼まれた件を、やり残したままであった。何もかもなくしたが、最後にその品くらい江戸へ送れないかと、破産を知らない余所《よそ》の廻船問屋を探していた。すると大変景気の良い、江戸者の事を小耳に挟んだのだ。

「そうしたら、博打《ばくち》を打ってみとうなってな。失敗しても、なんも失うものはあらへん。なら偽《にせ》の証文こさえて、江戸者の店、乗っ取ろうと思いついたんや」

遠い江戸の地だ。一介の仲買である赤酢屋の破産を、知っている者などいよう筈もない。だから期限を切った荷を頼んだ上で、水主へなけなしの金をやり、藤兵衛が江戸へ戻れぬよう謀《はか》ったのだ。

「なに死なせる必要はない。暫《しばら》く江戸へ戻れへんようにすりゃええと言ったら、金が必要な水主がおってな。簡単に乗ってきよった」

その上でおたえに、店の譲り渡しを強《し》いたのだ。だが、長崎屋のおかみは手強《てごわ》く、なかなか事は運ばない。そして思っていたよりも随分早く、見事に己の破産が露見してしまったわけだ。

「はは。破産した男が書いた妙な証文を、町役人が認める訳がおまへんな。わては江戸でも勝負に負けてしもた」

この東の地でなら、もう一度店主になれるかもと、思い描いていたのだが。

「何が、負けた原因やったんやろうか」

すると、この答えは藤兵衛に聞くまでもなく、おたえの頭に思い浮かんだ。だから亭主をとんだ目に遭わせた男ではあったが、その訳だけは告げる事にする。

藤兵衛は無事であったし。

赤酢屋は、酷く辛《つら》そうであったから。そして明日からも当分、元仲買には、大変な毎日が待っていると思われたからだ。

「ここが江戸だから、東の地にある田舎だからと思ってしまったのが、間違いの元だったと思いますが」

「……は？　ここは江戸やろうが」

「確かに歩けば、大坂から半月程はかかります。でも、仲買をしていた赤酢屋さんなら、分かっていたでしょうに」

大坂と江戸は、以前と変わらず遠いようでいて、随分と近くなっているのだ。

「長崎屋は確かに、上方の大店《おおだな》が出した、出店ではありません。上方者の赤酢屋さんは、顔見知りの店と縁の無い店が、欲しかったのかもしれませんが」

しかし京や紀伊であれば、煙草をふかす間に、大坂で決まった数字が伝わる世の中であった。箱根を越える江戸でも、何時かの後には知る事が出来る。金さえ積めば、飛脚は飛ぶように東海道を走るし、船は上方と江戸を盛んに行き来している。参勤交代の大名が江戸へ来て、また帰る。大坂を通る。

近すぎたのだ。

「江戸を東と呼んで、上方から逃げてゆく先に選んだのは、拙《まず》かったですね」

已の身を誤魔化したまま、店の乗っ取りをする気なら、もっと遥か遠くでなければいけなかった。今、日の本は以前と変わらないようでいて、不思議な程小さくもなっているからだ。だから若だんなが上方へ向かうと、事は直ぐ露見してしまった。

赤酢屋が、疲れたように息を吐いた。

「そうかぁ……日の本は縮んでおったんか」

そんなことも見えていない状態だったから、己は相場を読み切れなかったに違いない。赤酢屋は小さく笑った。

「あかんなぁ」

多分、江戸を東と言いつつ見下しても、賑やかな土地だと承知していたから行きたかったのだ。失敗して何もなくなった男がやり直すのなら、繁華な地の方がやりやすい。

「なのに……あかんわ」

赤酢屋はここで立ち上がると、頭を一つ下げ、これにて幕引き、もう己を心配する必要はないと言ってから、帰っていった。おたえには、数多の妖達がその男の背を見ていると分かったが、今日は誰も赤酢屋へ手をだしはしなかった。

「赤酢屋さん、日の本は小さくなりました。そしてね、他にも変わった事はあります。大坂や京、江戸以外にも、沢山繁華な地は出来ているんですよ」

おたえが不意に言うと、赤酢屋が振り返る。そして、もう一度だけ深々と頭を下げると、長崎屋を出て行った。

7

「きゅい、お土産、お菓子、お菓子」

部屋に数多《あまた》の菓子が積まれ、鳴家《やなり》達が機嫌の良い声を出している。若だんなと藤兵衛がほぼ同じ頃に、長崎屋へ帰ってきたのだ。

もっとも藤兵衛は船の戻りが遅れた為《ため》、諸事の始末が必要で、早くも店から出かけている。一方若だんなは久方ぶりに、夜着と見まごうばかりの綿入れを着せられ、山ほど鳴家達を膝《ひざ》に載せていた。

「きゅんわ、若だんな、お菓子、黄色」

おたえが離れへ顔を出すと、鳴家達が真っ黄色で、素麺《そうめん》を固めたような菓子を小皿にもらっていた。それを少し剝《は》がしては、不思議そうに見てから、ぱくりと食べている。若だんな達は堂島米会所から遠からぬ所に、虎屋伊織《とらやいおり》という老舗《しにせ》の菓子店を見つけ、そこで日持ちがしそうな品を沢山買ってきたのだ。

「おっかさん、丁度良かった。鶏卵素麵《けいらんそうめん》を出したんです。一緒に食べませんか」

「あら、黄色いそれ、お菓子なの」

「素麺、きゅい、甘いよ」

鳴家達は気に入ったらしく、嬉《うれ》しげな顔だ。おたえは長火鉢の横に座ると、綿入れで丸くなっている息子の額に手を当て、頷《うなず》いた。すると若だんなは、江戸とは趣の違う、何とも綺麗《きれい》な打ち菓子を手に取りつつ、戻る前にいなくなっていた赤酢屋の事を、おたえに問うてきたのだ。

「きゅんわ、消えた」

鳴家が一言いい、おたえもそれが本当だと答える。おたえに破産を見抜かれ、長崎屋から出て行った赤酢屋は、その後、とんと姿を見かけなくなってしまったのだ。話すら伝わって来なかった。

「あの、破産していたと聞いたんですが、大丈夫でしょうか」

長崎屋を乗っ取ろうとした相手ではあるが、一人金も無く、行方も知れずだ。気になるらしい若だんなへ、おたえは笑いかけた。

「今、どこにいるのか分からないけれど。あのお人なら、何とかやっていると思うわ」

何故《なぜ》なら赤酢屋は、破産して文無しになったはずなのに、その後長崎屋へ荷を頼み、代金を払っている。おまけに江戸まで旅をしてきたし、身なりも貧しくはなかったからだ。

「きっと少しはまとまった金子《きんす》を、余所《よそ》に置いておいたのね。内緒のお宝でも隠してあったとか」

商人《あきんど》はしぶといからと言うと、若だんなが頷いている。ここでおたえが首を回し、貧乏神の金次は来ていないのねと言う。すると、兄《にい》や達が笑みを浮かべた。

「金次は暫《しばら》く、来ないかもしれません。米会所で福の神様達と、相場の勝負をしまして……ええ、良い勝負だったんですが」

相手が三人だったせいか、要するに金次は負けてしまったのだ。よって大変不機嫌になり、大坂に残ってしまったという。

「今日も米会所で腹いせに、誰かに貧乏を押しつけているのかも」

「あら、まあ」

「おっ、ということは、賭《かけ》はあたしらが勝ったのかな？　菓子勝負だよ」

そう言ったのは屛風《びょうぶ》のぞきで、いきなり鳴家から、鶏卵素麺を取り上げる。

「きゅんわーっ」

怒った鳴家が噛《か》みついたが、賭は賭だと言って譲らない。すると帰宅後、若だんなと共に賭の話を聞いていた佐助が、何故だか屏風のぞきの手から菓子の皿を取り上げる。そしてそれを、おたえの前に置いたのだ。

「賭に勝ったのは、おたえ様ですね」

「は？　福の神方が、金次に勝ったんじゃなかったのか？」

仁吉が笑って頷いた。しかし福の神達が米会所で盛大に儲《もう》けた、その後。余りに集め過ぎた額に眉《まゆ》を顰《ひそ》めた若だんなが、恐れ多くも神様方に対し、いつもの大技を使ったのだ。

「福の神様が人のお金を引きはがし、金儲けに走ってはいけないでしょう。下さい、全部」

正面から手を出され、福の神達はそっくり儲けを差し出してしまった。若だんながその金の多くを、乱れた相場のせいで、明日へ越す金の無くなった何人もの相場師へ貸した。すると、商人として様々な決まり事がある中、ただで渡すのは無理だったのに、大いに感謝された。

おまけにその相場師達から、赤酢屋が破産した事、そしてその時期をつかめたのだ。

「あら、そういう話になっていたの」

「おっかさん、お金の残りは、常磐丸をきちんと直すのに使ってもらいます。おとっつぁんに預けました」

「そう決めたのね。分かったわ」

おたえは、取り上げられた菓子皿のふちに手を掛け、目を潤《うる》ませている鳴家へ、お食べなさいと言って菓子を持たせる。

「きゅわっ」歓声が上がって、妖《あやかし》達が菓子を食べ始めた。おたえが上方の話を聞きたがると、若だんなが華やかだった米会所の事を語り出す。おたえはほっと息をついた。

（ああ、いつもの毎日が戻って来た）

今までと、同じような日であった。

明日からも、こんな風に続くと思っていた一日だ。

きっと、とこしえにこういう日が続いたなら、それはそれは幸せに違いない。

若だんなと藤兵衛がいて、生まれ育った長崎屋が、いつものように商いをしていた。妖達がいた。

平穏な一日だ。

（あの人が帰ってきたら、今日はお酒を温めて、二人でゆっくり飲みましょう）

おたえは若だんなの話を楽しく聞きながら、柔らかに笑った。

仁吉と佐助の千年

1

長崎屋《ながさきや》の若だんな一太郎《いちたろう》は、本気で顔を引きつらせていた。離れに人が来ているというのに、妖《あやかし》達の箍《たが》が外れてしまったのだ。

妖らは暴れ出し、若だんなをしても、それを止められなかった。

そして二人の兄《にい》や達はこういう時に限って、長崎屋にいなかったのだ。

廻船問屋《かいせんどんや》兼薬種問屋《やくしゅどんや》、長崎屋の若だんなは、ある日気づいたら、長屋の家主になっていた。

「あれ、半月寝こんでいたせいかな？　いつの間に、そういう話になったのかしらん」

母屋《おもや》と庭を挟んで建つ離れで、若だんなが炬燵《こたつ》に入りながら首を傾《かし》げる。すると、今日も離れに数多《あまた》集まっていた妖達は、同じようにちょいと首を傾げ、すぐにまたせっせと蜜柑《みかん》を食べ始めた。

長崎屋は先代から妖と縁が深く、よって若だんなが暮らす離れには様々な妖が集って、のんびりゆうるり暮らしているのだ。

茶を淹《い》れつつ、若だんなへ事の次第を話したのは、兄やの一人佐助《さすけ》であった。

「若だんな、裏手の長屋がごっそり、火事のために無くなったのはご存じでしょう？」

「うん、火は遠かったけど、皆で逃げたものね。直《す》ぐに火消しの兄さん達が飛んできて、長屋を凄《すご》い勢いで打ち壊してた」

「ええ、江戸の長屋は焼屋造《やきやづく》り。屋根だって、板を使ったこけら葺《ぶ》きが多いです。大火になりやすいですからね」

江戸で一旦《いったん》火事となれば、火消し達は火元の周りの家をあらかじめ打ち壊し、火を立て切って、他へ燃え移らないようにして消す。先日も彼らの活躍で、長屋から出た火事は、早々に消し止められた訳だ。そして多くの長屋が、裏手から消えた。

「で、いつもなら跡には直ぐ、新しい長屋が建つ筈《はず》なんですが」

しかし今回、長屋の持ち主である家主達は、建てる事をちょいと躊躇《ためら》ってしまったのだ。

「ここいらの長屋は、繁華な通町《とおりちょう》に近いです。で、江戸の中でも家賃が高めなんだそうで」

だが安い所の方が、やはり早く人が入る。それで家賃をなるだけ抑えようと、近くの長屋では小さめの部屋が増えたが、高くて狭い家は益々《ますます》人気を無くした。つまり賑《にぎ》やかな土地柄なのに、最近近所では、部屋の埋まっていない長屋が多かったのだ。

それで家主達は火事を機に、長屋の作りを変えようと思い立ったらしい。新しい長屋は、大きめの二階建てに決まったのだ。

「おや、反対に家賃を高くしたんだ」

若だんなは、仁吉《にきち》からこんがり焼かれた大福《だいふく》を貰《もら》うと、目を見開いて訳を問う。鳴家《やなり》が大福の端にぱくりとかぶりつき、炬燵の上で泣き声を上げた。

「きゅわ、熱っ」

「借り手の問題なんですよ。通町には、大店《おおだな》が並んでますからね。番頭さん達も多いんです。で、通い番頭になりたいが、近くに良い貸家がないという話が、元々ありまして」

店での寝泊まりを止《や》め通い番頭になれば、嫁を持てるから、出たい者は多かった。そして大店の番頭にまでなった者なら、二階長屋の家賃くらいは、払える筈なのだ。火事で焼け出された人達は、既に近所の空き長屋へ収まっている。

だが、問題もあった。

「二階建ての長屋を建てるには、平屋を作るより、ぐっとお金が必要なんですよ」

今の長屋の持ち主だけでは、金の工面をしかねたのだ。しかも火事があったばかりで、焼けやすいのに高い二階長屋へ大枚を出そうという者がおらず、話が進まないでいた。

「そこへ金子《きんす》を用意したのが、若だんなだったんです！」

「へっ？　私が出したのかい？」

当人も知らない事を、兄や達は語ってゆく。実はその金は、元々上方《かみがた》の米相場《こめそうば》から生み出されたものであった。

若だんなは先だって上方へ行き、福の神達と貧乏神金次《きんじ》による相場勝負を見る事になった。その時、福の神達が勝ったのはいいが、神同士の対決に、市場にいた多くの相場師が巻き込まれ、破産にひんしてしまった。

それで若だんなはまず福の神達から、儲《もう》けた金子をほとんど頂いた。そして乱れた相場のせいで、明日へ越す金の無くなった多くの相場師へ、貸し倒れで良いと金を回したのだ。

ところが。ここで仁吉が、整った顔でにやりと笑う。

「相場師達は、大枚の駆け引きに慣れてました。一息ついた後、さっさと儲け、早、返金してきた強者《つわもの》も結構いるんですよ」

「そりゃ凄い。みんな、もう首をくるしかないって言ってたのに」

鳴家達も、千切って貰った大福を食べつつ、凄い、凄い、甘いと言っている。

「でも若だんなにはその金子、必要ないと思いまして。お小遣いもたんと余ってますし」

「だって仁吉、お小遣いは、寝付いてたら使えないよ」

若だんなはここで、にこりと笑う。

「ああそのお金、長屋を建てる為《ため》に使ったんだね」

「長崎屋裏の土地を買い、そこに若だんなの二階建て長屋を建てました。元の地主さんは、売った土地の金で、焼け跡へ自分の二階長屋を建てたようです」

土地を買ったついでに、長崎屋の裏庭を広げ、二階長屋の端には、手習い所へも貸せる広めの一軒家も建てたと、兄やは話している。新しい長屋の大家には、とりあえ

え　ず　え　す

ず化け狐《ぎつね》を頼んだそうだ。

「旦那《だんな》様は、若だんなが相場で儲けて長屋を建てたと、自慢しておいでのようですよ」

「堂島《どうじま》の相場で儲けたのは、福の神様なんだけどねえ」

若だんなの二階建て長屋は全部で八戸、さっそく三人の番頭が移り住んだという。

「この機を逃してはならじと、早、仲人《なこうど》達が長屋へ通っております。いや、彼らはかしましいですよ」

他にも芸事の師匠や絵師などが入り、部屋は埋まりかけているのだそうだ。

「良かった。うちの長屋だもの、井戸脇《わき》に稲荷《いなり》神様をお祭りして、お供え物をしようか」

「きゅい、きゅい。お団子《だんご》、好き」

「では宮大工《みやだいく》へ、お社《やしろ》を作る相談をしましょう」

仁吉が頷《うなず》き、若だんなは長屋を持った事を、そこまでは至って平穏に楽しんでいた。

ところが。長屋の話は、思いも掛けなかった方へ転がっていった。長屋が店子《たなこ》達で埋まった頃から、長崎屋へは次々と縁談が舞い込み始めたのだ。

二親もついに、断りきれなくなったらしい。ある日離れへお八《や》つの団子を持ってきたついでに、見合い話を伝えてきた。

「一太郎、そりゃ沢山、お前の嫁御になりたいって話が来てるんだよ」

藤兵衛《とうべえ》は珍しくも母のおたえと共に、離れの居間に腰を据え、縁談を並べ始める。

仁吉と佐助が、慌《あわ》てて茶の用意を始めた。

「一人目は、下《くだ》り傘《かさ》問屋、遠州屋《えんしゅうや》のおかねさん。この店は大店だね。次は、乾物《かんぶつ》問屋伊勢屋《いせや》のおまあさん。裕福な内証《ないしょう》だってことだ。三人目は、繰綿《くりわた》問屋大梅屋《おおうめや》のお絹《きぬ》さん。綺麗《きれい》な人だそうだよ」

皆、釣り合った店の娘御で、なかなか良き相手ばかりと言われ、若だんなは溜息《ためいき》を吐《つ》く。

「一度に三つも、縁談話が来たんですか」

「それがね、もっと来てるんだよ」

両の指の数を越えていると言い、更に沢山の名を並べ始めたものだから、若だんなは思いきり眉尻《まゆじり》を下げた。

「おとっつぁん、勘弁ですよ。そうも多くっちゃ、相手の名前も覚えきれません」

「おや、そういや、そうかね」

藤兵衛は苦笑を浮かべる。

「病弱だと思ってた一太郎が、上方へ行ったり、相場に勝ったって話が伝わった。おまけに裏の長屋の建て替えを、お前が仕切ったし」

「相場に勝ったのは……知り合いです。長屋のことは、兄や達がやったんですけど」

「ほお、知らなかったね」

とにかく若だんなの株は、ぐぐっと上がったのだ。つまり良き婿《むこ》がねとして、早く縁談を持ち込まねば余所《よそ》に先を越されると、皆焦《あせ》っているらしい。若だんなは溜息と共に、これは暫《しばら》く大変だと、兄や達を見た。

すると。

二人は頷いたものの、何故《なぜ》だか少し戸惑っていたのだ。おたえはそれを見逃さず、遠慮もなくどうしたのかと問う。

するとまずは仁吉が、ちょいと言葉を詰まらせつつ、困った顔で言った。今朝方、急な話で悪いが是非来てくれぬかと、知らせが来たのだそうだ。

「あの……おたえ様もご存じの、稲荷神社に関わっているお方からなんですが」

「あら、珍しい」

稲荷というからには、荼枳尼天《だきにてん》様に仕えている祖母、大妖《たいよう》おぎんからの話に違いない。

（あれまあ、お祖母《ばあ》様、何のご用かしら）

仁吉は元々そのおぎんに頼まれ、若だんなの兄やとして長崎屋へ来たのだ。千年の時をおぎんと共に越えてきているし、もうずっとおぎんを思っている筈だ。おたえは頷くと、次に隣へ目を向けた。

「佐助は？　何かあったの？」

こちらの答えも、驚くものであった。

「実は以前お世話になった、弘法大師《こうぼうだいし》様縁《ゆかり》の寺から、手を貸して欲しいと言われまして」

弘法大師は、犬神《いぬがみ》である佐助を、猪《いのしし》除《よ》けの護符として生み出して下さった方だ。長屋へ小さな社を作るからだろうか、稲荷神社から、佐助の話を聞いたと言ってきたらしい。

「あらまあ、用が重なったものね」

苦笑するおたえの横で、二人は心底当惑した表情でいる。呼び出しに応じたいと思いつつ、縁談の山に困っている若だんなの側を、離れるのも嫌なのだ。

若だんなは腹をくくると、兄や達を見た。

「二人とも行っておいでよ。私の見合い話なんて、どうせ直ぐには決まりゃしないし」

なに、長崎屋には二親もいる。妖達もいる。兄や達がいないと毎日を過ごせないようなら、それこそまだ、嫁取りには早いというものであった。

「呼び出しを断ったら、二人共、心残りになるんじゃないかい？」

そう言うと、横でおたえも頷いた。そうなると藤兵衛も反対などしない。事はあっという間に決まり、仁吉と佐助は若だんなの事を気にしながら、早々に長崎屋を離れた。

そして若だんなは五つの頃、兄や達が来てから初めて、二人がいない暮らしをする事になった。

直ぐにおたえが化け狐を何匹か寄越してくれたが、若だんなは何となく妙な気持ちで炬燵へ入る。すると、蜜柑を抱えた鳴家が首を傾げ、顔を覗《のぞ》き込んできた。

「きゅい、若だんな、何？」

「いやその、鳴家や、何でもないよ」

以前箱根《はこね》に行った時や、死にかけて三途《さんず》の川へ向かった時だとて、兄や達はいなかった。

（でも、こうして離れにいる時、二人とも一日中いないことって、あったっけ？）

おまけに兄や達が離れると、若だんなはやってきた山のような縁談の事を、つい考えてしまう。相手の娘さんというより、嫁をもらった後のことが気になってきたのだ。

（この先、私が嫁さんを貰ったら。今のこの暮らしはどうなるんだろう？）

炬燵の上では、今日も鳴家達がきゅわきゅわと声を上げ遊んでいる。屏風《びょうぶ》のぞきとお獅子《しし》も絵から出て蜜柑や饅頭《まんじゅう》を食べているが、多分嫁御がここにいたら、そんな事は出来ないと思う。人に見えない鳴家達とて、声は聞こえる。屏風のぞきをはじめ他の妖達は、姿も丸見えなのだ。

嫁御は、妖が影の内へ消えたりしたら悲鳴を上げるだろう。実家の人々に話すかもしれない。金次に面と向かって自分は貧乏神だと言われても、笑っていられる人はいるだろうか。

（わあ、拙《まず》いよ……）

そして、この離れに嫁という、いつもの面々以外の人が入り込んできたら、妖達の方はどう出るのだろうか。今までにも、同じ不安が過《よ》ぎった事はあったが、それは先々のぼんやりとしたものだった。若だんなは今も、寝こみがちなのだ。

でも。

最近、若だんなも嫁を貰う頃だと考え始めている人が、増えていた。つまり嫁御は、いつ現れてもおかしくないのだ。

「きゅわ、若だんな？」

炬燵の上にちょこんと座った鳴家が、また首を傾げる。若だんなは言葉が見つからず、手を伸ばすと、その頭を優しく撫《な》でた。

2

仁吉は久々に、茶枳尼天様のおわす神の庭へ戻ってきた。そして庭に入った途端、僅《わず》かに笑みを浮かべる。

神の庭はきらきらと光る、雪の欠片《かけら》のようなもので満ちている気がしたのだ。そういえばこの地はいつも、そんな光に包まれていた。

そこかしこに花が咲き、流れの縁に緑の野が続く。だが、そういう風景は江戸の町外れでも見かけた。美しい園はどこにも無き地であり、どこかで見たような場所でもあった。

（とにかくここには、おぎん様がいる）

そこが違った。

「おや、白沢《はくたく》さんじゃありませんか。帰ってきて下さったんですね。ありがたい」

庭へ着くと早々に声を掛けてきたのは、以前知り合った古松《ふるまつ》と、青毛《あおげ》という妖狐《ようこ》であった。古松は身を損ない、最期《さいご》は馴染《なじ》みの地にいたいと庭へ帰った筈《はず》だが、見れば随分と良さそうだ。荼枳尼天様の恩寵《おんちょう》に満ちた庭に、いる故《ゆえ》と思われた。

「元気そうで良かった。古松、若だんなが聞いたら喜ぶだろう」

「嬉《うれ》しい事を言って下さいますね。そういや仁吉さん、若だんなは今、沢山の見合い話を抱えておいでなんですって？」

「おや、早耳なことだ」

「庭にいる皆は、おぎん様のお孫様が、どんなお人を嫁に貰《もら》うか、噂《うわさ》し合っているんですよ」

ちなみに妖狐達の内にも、綺麗《きれい》に化けられる女狐《めぎつね》がいると言いつつ、青毛は神社のような作りの広い屋敷へと誘う。仁吉が、これ以上嫁のなり手を増やさないでくれと笑った。若だんながもらう嫁御は、一人なのだ。

「おやおや。でも、そうですよね。本物はたった一つだ。誰がどう言い、どう呼ばれようともね」

いや分かりますと青毛が大きく頷《うなず》くものだから、仁吉は思わず片眉《かたまゆ》を上げる。

「あの青毛さん、一つって……何か少し話がずれている気がするんだが」

「そうですか？　おお、屋敷だ。皆揃《そろ》ってるかな」

庭の西にある屋敷は、大きなものであった。廊下がぐるりと周りを巡っており、昔の寝殿《しんでん》造りのように柱が多く壁が少ない。

この地にいる間、寝起きは隣に連なる奥屋敷でと言われ、仁吉は頷いた。しかし屋敷の広間へ入った途端、顔を顰《しか》める。板間に集まっている大勢の妖狐と人ならぬ者達は、きっちり左右に分かれて陣取っていたのだ。

「……まるでこれから、合戦をする敵同士みたいだな。おい青毛さん、おぎん様は一体、何の相談があるとおっしゃってたんだ？」

すると、その時。

「白沢……いえ、今は仁吉かな。呼びだてしてごめんなさいね」

直《す》ぐ横から名を呼ばれ、仁吉は一寸《ちょっと》総身を強《こわ》ばらせてしまった。気がつけばおぎんが側にいて、にこりと笑っていたのだ。

「あの、急な話というのはね、青毛達と鬼達のことなの。色々違う考えを抱えていてね。それで、万物を知る白沢に、それを判定して欲しい、あなたの言葉であれば、皆納得して従うと言うのよ」

「判定、ですか？」

仁吉は首を傾《かし》げた。わざわざこの庭へ己《おのれ》を呼んだのだから、余程の大事が待っているだろうと考えていたのだ。しかし何だか妖《あやかし》の喧嘩《けんか》に、白黒を付けにきたように思えてくる。

（おぎん様がわざわざ、私をそんな事で呼んだのか？）

訳が分からなくなって寸《すん》の間《ま》黙っていると、おぎんは笑みを浮かべたまま、一段高くなった広間の上座に座った。仁吉も近くの円座《わろうだ》に腰を下ろすと、おぎんはまた話を始めた。

「実はね仁吉、私も一つ用があるのよ。だから皆が仁吉を呼びたいって言った時、賛成したの。守狐《もりぎつね》達から聞いたんだけど、一太郎に縁談が、多く来てるんですって？」

しかも今回は、もしかしたら見合いに進み、あっという間に婚礼に化ける、そんな話が集まっていると、おぎんは聞いたのだ。

仁吉は少し戸惑いつつ、頷いた。

「ええ、仲人《なこうど》達も縁談相手も、張り切っているようです。ですから若だんなには、相談したい事も出てくるでしょう。今は、長崎屋に居たかったのですが」

ここでおぎんが、仁吉に優しい眼差《まなざ》しを向け、そして急に昔の話を始めた。

「おたえが若かった時の事だけど。あの子が恋をしたことがあった。で、おたえに婿《むこ》を貰うかどうかで、伊《い》三郎《さぶろう》と私は、実は随分話し合ったのよ」

「……そうだったのですか？」

「おたえは私の娘だから、何に絡《から》まれるか分からず、守狐達に守らせていたわ。でも婿が来たら、それまで通り奥を妖狐がうろつく訳にはいかない。いっそ店を畳んで、三人でこの庭へ来ようかとも思ったのよ」

しかし娘のおたえはともかく、伊三郎はただの人で、強引に連れてきても、この庭に馴染めるとも思えない。

「それでね、考えたの。守狐は化け狐、人の世に交じり、子供をなす事もある者達だから」

だから庭に社を作り、彼らがそこに引けば、婿が来ても何とかなるかもしれない。藤兵衛ならば婿に良いと腹を決めた時、伊三郎とおぎんは一度やってみる事にしたのだ。

「ありがたい事に藤兵衛さんは、妖に良く気がつく方じゃなかったの。どうにかなったわ」

仕事は出来るのに、藤兵衛は妙な所がぼうっとしてるわよねと、おぎんは笑っている。

「それでも伊三郎は後々の事を考えて、長崎屋に離れを作った。小さな一太郎を、妖の仁吉と佐助に頼む時は、そこで寝泊まりしてもらったわ。すると案の定というか、離れに妖達が集まってきた」

一太郎は妖を恐れないし、兄《にい》や達はどちらも力の強い妖で、恐《こわ》い妖は近寄ってこない。お八つは一杯食べられるし、温かくて安心できる。あの離れは妖達にとって、とても居心地の良い場所なのだ。

「あの、おぎん様、何を……」

「仁吉、ゆっくりお聞きなさいな。だから今、一太郎は沢山の妖達と暮らしてる。でも」

もし若だんなに嫁が来て、二人があの離れで暮らすようになったら、今度こそ、今までのようにはいかないのだ。若だんなの所に集っている妖達は、守狐達のように、人に紛れる事が上手《うま》い者達ではない。そして。

「誰かが離れに来て、自分達が今の暮らしから追われたら、妖らは怒るでしょうね。そっと出て行こうなんて、考えもしないわ」

だって長崎屋の妖達には、代わりの家などないのだから。若だんなに代わる人もいない。

「でも、皆をそのままにしておいたんじゃ、一太郎はお嫁さんなど迎えられない」

妖達が離れに湧《わ》いて出たのでは、嫁が怖がって直ぐに妙な噂が立つ。奉公人として、子供の頃に家を出ていた藤兵衛と違い、大店《おおだな》から来る嫁は、里方との縁も深いだろう。世の理《ことわり》とは違う妖の事を、真っ当に育った嫁は、あちこちで話しかねない。

「おぎん様……」

仁吉は言葉を失ってしまった。おぎんの相談事が若だんなの事だとは、考えの他であった。しかもそれが嫁取りの件だとは、頭に浮かんだ事すらなかったのだ。広間に集った数多《あまた》の妖達が、声一つ立てず二人を見つめてくる。

「さて、これからどうするか。また、悩む時が来てしまったようだわ」

おぎんがはっきりと言う。

「おたえの時迷ったように、一太郎をこの庭へ連れてくるのも、一つの案だと思う」

何しろ若だんなは、一度亡《な》くなり、返魂香《はんごんこう》で人の世へ引き戻された身であった。その為《ため》かずっと、それはそれは体が弱く病とも縁が深いのだ。

「先々、おたえや藤兵衛さんが亡くなった後、病弱なあの子が店を支えていくのは、辛《つら》いかもしれないし」

嫁取り話を機に、病で亡くなった事にして、一太郎が江戸を離れるという選択だ。

「妖達は一緒に連れてくればいい。そうすれば、離れの皆は安心してここで暮らせるわ」

おたえと一太郎は、暫《しばら》く離れる事になる。残された藤兵衛が一番悲しむだろう。

そして、二つ目の考えは。

「妖達の方が、引く事」

「はい？」

「仁吉と佐助には、一太郎が江戸にいる間、ずっと付いていてもらう気だったけど」

しかしどう考えても、嫁取りと妖の暮らしが、ぶつかるのだ。そして若だんなが店は継ぐものの、嫁は貰わないというのは、奇妙な話になる。となると。

「一太郎が江戸でずっと、商人《あきんど》として生きていくなら、妖達と一緒に寝起きは続けられないわ。そしてね、仁吉。あなたと佐助が離れに居ては、妖達が出て行かない」

若だんなと兄や達がいれば、妖達もそこに居たいと寄ってくるのだ。だから若だんながが、他の人と同じように嫁取りをし、年を重ねていく気なら、今の長崎屋の暮らしは強引にでも変える必要がある。

「一太郎は、妖達と仲良く暮らす毎日を、諦《あきら》めなきゃいけないわ。仁吉と佐助は、長崎屋を出る事になる」

仁吉が、さっとおぎんの目を見た。示し合わせたように、佐助にも断れない頼み事が来た訳を覚《さと》ったのだ。

「おぎん様が……佐助のことを、弘法大師様縁《ゆかり》の寺に頼まれたのですね」

その先の言葉が出て来ない。おぎんは困ったような表情を浮かべた。

「犬神には馴染みのないこの庭よりも、大師様縁の地の方が、心やすい場所だろうと思ったの。勿論《もちろん》この庭を選ぶなら、喜んで来て貰うわ」

返事が出来なかった。

（佐助は、おぎん様の考えを聞いたら、どう思うのだろうか。若だんなは？）

するとその考えを見通されたように、口にもしなかった問いに、おぎんが答えてくる。

「佐助は、悩みの塊《かたまり》を抱えるでしょう。そして一太郎だけど。あの子は、はっきり口にしなくても、誰かと添う事への不安を、とっくに持っていると思う。自分の事ですもの」

最後にどういう道へ進むのか、決めるのは若だんな自身であった。無茶の塊だと思っても、今の暮らしへ嫁を加えてみるという道も、ないではない。もし若だんながその道を選んだら、妙な噂が立ったあげく長崎屋が潰《つぶ》れる前に、おぎんは家族が夜逃げをする支度を、調えておくのみであった。そして離れというあの場所は、やはり失う事になると思う。

「仁吉、庭へ帰っていらっしゃい」

おぎんはここで、本当に優しく微笑《ほほえ》んだ。

「一太郎がこの庭へ来ないと言っても、仁吉だけは帰っておいでなさい。だってね」

人の一生は、それは短いのだから。

「あの子は仁吉や佐助の事を、それはそれは大事に思ってる。二人もきっと、そうだわね」

だから。

「あっという間に、看取《みと》らなければならなくなったら、そりゃ辛いと思う」

今回の嫁取り話のことは、きっかけなのだ。一太郎が人として暮らすのなら、今のうちに離れなさいとおぎんは言う。離れても若だんなの事は、まだ当分噂を耳に出来る。そうやって、少しずつ間を広げていける。

今なら。

「だから……帰ってこいと？」

仁吉は己の敷いている円座へ、目を落としてしまった。

3

江戸の仲人《なこうど》は最強の生き物かもしれないと、若だんなは考え始めていた。

いつも側を離れない兄《にい》や達が、所用で店を離れたと聞くと、多くの仲人が長崎屋へ攻め入ってきたのだ。

若だんなが店表へ出ず、いつもの通り離れにいても、止める奉公人を振り切って、縁側にまで押しかけてくる。だから、そのたびに妖《あやかし》達は日向《ひなた》から逃げ出す事になった。障子戸を閉めても、人が居ないはずの離れで話も出来ず、仕方なく影の内へ入る。

そして、今日もまた離れへやってきた仲人達は、縁側にどかりと座ると、自分の薦めるお人が、いかに長崎屋の嫁に相応《ふさわ》しいかを言い立ててきた。

「若だんな、手前を覚えておいでですか。若だんなの長屋の奥に建った、二階長屋の大家ですよ。ええ、大家と言えば店子《たなこ》の親も同然。だから日頃から、仲人もやっておりましてね」

仲人大家が薦めてきたのは、遠州屋のおかねだ。

「若だんなの嫁御は、このお人で決まりですな。歳《とし》は十八、一番いい所は、きっぱりとした気性をなさっているところで」

「あの、そいつは褒め言葉なんですよね？」

見かけよりも強き性分を褒めてきたので、若だんなが恐る恐る問う。すると仲人大家は、深く頷《うなず》いた。

「だって若だんなは、寝こみがち。しっかりしたおかみさんがいれば、先々の心配も減るってことで」

するとと、庭に笑い声が立ったのだ。見れば男がもう一人現れ、己も仲人だと言う。

「若だんな、今通町で一番の婿《むこ》がねは、若だんなだ。なにも気の強い事で名を馳《は》せてるおかねさんを、嫁になさらなくても。伊勢屋のおまあさんがいい。大人しいお人ですよ」

しかもおまあの父、乾物問屋伊勢屋はそれは裕福で、持参金もたっぷりと言ったものだから、仲人大家が伊勢屋仲人を睨《にら》みつける。

「ふんっ、持参金の一割は仲人の懐《ふところ》へ入る。礼金が目当てで、大枚の付く娘を薦めるなんて、どうかと思うがね。おまあさんは余り大人しくて、その場に居ても探さなきゃ見つからないって聞くよ」

「馬鹿《ばか》を言いなさんな」

するとその時だ。長崎屋の店表から、珍しくも言い合いが聞こえてきた。どうやら兄や達がおらぬのを幸い、店へ押しかけた仲人達が娘の売り込みを始め、騒動になっているらしい。じき、一人が勝ちを収めたようで、店を突破し離れへと入り込んで来た。

「いやぁ若だんな、こうしてお目にかかれるとは、御縁を感じますな。こりゃ若だんなの嫁御は、あたしがこれぞと思った娘さん、繰綿問屋大梅屋のお絹さんに違いありません」

お絹は芍薬《しゃくやく》の花のごとく、それはそれは綺麗《きれい》な娘だと、大梅屋仲人が縁側へ勝手に座りつつ言ってくる。すると、伊勢屋仲人が噛《か》みついた。

「はぁて、お絹さんはあんまりお綺麗なんで、隣町の纏持《まといも》ちや役者の立ち役、あげくは同心の旦那《だんな》とも、噂《うわさ》がありませんでしたっけ？」

つまり、随分軽い性分だというのだ。すると大梅屋仲人は直《す》ぐに言い返す。その気合いは、まさに合戦のごとくであった。

「そりゃ、向こうが勝手に岡惚《おかぼ》れしてるだけですよ！」

長崎屋へ数多《あまた》来た縁談の内、どうやらこの三つが一番目立つ話というか……とにかく仲人が強いと、若だんなは得心《とくしん》した。だから藤兵衛が、最初に名を言ったのだ。

いつもであれば若だんなが疲れるからと、兄や達が事を取り仕切る頃合いなのだが、なかなかはね除《の》けられない。仲人口は半分に聞けというが、本当に良いことばかり言う。若だんなは唇を引き結ぶと、とにかく仲人達へ立ち向かった。

「お三方、お話はちゃんと伺いました。でも、この場で嫁を決めたり出来ませんから」

だから、今日はそろそろお引き取り願えませんかと、若だんなは言ってみた。仲人達が一瞬黙る。

(おや静かになった。帰ってくれるかな)

すると。ここで三人の仲人らは、何故《なぜ》だか揃《そろ》って大きく頷いたのだ。そして真っ先に仲人大家が、嬉《うれ》しげに言った。

「今日は……ということは、またこの次があるということで。いやぁ、嬉しいですな。そうだ、その時はおかねさんをこちらへ連れてきましょう」

当然と言うか、伊勢屋仲人も続く。

「ならばうちのおまあさんも、ご紹介せねば。おまあさんはちょいと静かなお人ですから、ご両親と一緒においでになる方が、安心できるかもしれませんな」

「もう親の紹介とは、そりゃ早過ぎですわ。若だんな、でも大梅屋のお絹さんには、会ってみなきゃ駄目ですよ。そりゃ本当に、目が覚める程綺麗な人だから」

ええ、お連れするのは三日後でいかがかと、早くも日を決めようとしたものだから、他の二人が大梅屋仲人を睨みつける。

「じゃあうちは、明後日《あさって》……いや、明日がいいですかな」

「大人しいおまあさんを、明日直ぐに連れ出す事なんか、出来ますかな？」

「うちは明日でも構いませんが。おかねさんは物怖《ものお》じせず、商家のおかみさん向きですよ」

「おまあさんだって、向いてます！」

帰れと言われたのに、離れの縁側で言い合いを始めてしまったものだから、若だんなは目眩《めまい》を感じて黙り込む。すると離れの様子を気にしていたのか、離れに面した母《おも》屋《や》の土間に藤兵衛が姿を現し、若だんなに用があるので、そろそろ帰ってくれと声を掛けてきた。

「こりゃ長崎屋の旦那さん。ご挨拶《あいさつ》出来たら嬉しいですな」

懲《こ》りない仲人達が三人、今度は藤兵衛へと突進していったものだから、若だんなは息を呑《の》みその様子に見入る。すると。

「お三方には今、お帰りなさいと申しました。聞こえなかったんですか？」

大声を出した訳ではなかったが、藤兵衛はぴしりと仲人達へ言ったのだ。直ぐに番頭が店表から顔を出し、小僧へお客様をお送りするよう言いつける。仲人達はやっと黙ると、表へ消えていった。

「ふうっ」

若だんなが大きく息をつくと、藤兵衛が顔色の良くない息子を見て眉尻《まゆじり》を下げ、足を運んできた。

「大変だったね。一太郎、甘い物をあげるから、暫《しば》く部屋でゆっくりしていなさい。また熱が出るといけないよ」

若だんなは小さな子供のように頷くと、父からお八つの茶饅頭《ちゃまんじゅう》を二つ貰《もら》い、ようよう部屋へ引っ込む事が出来た。

だが。障子戸を閉めても、若だんなは休む訳にはいかなかった。わらわらと現れてきた妖達が、揃って不機嫌な顔を向けてきたからだ。若だんなは慌《あわ》てて皆へ声を掛ける。

「みんな、今まで隠れてて、ご苦労さんだったね」

妖達は仲人達のおかげで、離れでくつろげない時が増えているのだ。それに。

「きゅんい、若だんな、お八つ食べたい」

鳴家《やなり》達と屏風《びょうぶ》のぞきにお獅子《しし》、鈴彦姫《すずひこひめ》と野寺坊《のでらぼう》に獺《かわうそ》までが揃うと、守狐《もりぎつね》達と共に、炬燵《こたつ》の上の盆に置かれた、たった二つの饅頭を見つめる。若だんなは慌てた。

「おや、花林糖《かりんとう》や金平糖《こんぺいとう》はどうしたの？　ああ、もう無いんだ」

兄や達がいないから、離れへお菓子がたっぷり運ばれて来ないのだ。勿論《もちろん》、母屋から若だんなへ菓子が出されるが、余り食べられないと知っているから、いつも届くのは一つか二つ。とても妖達の分には足りない。

「困ったね。安野屋《やすのや》さんへ行って、栄吉《えいきち》のお菓子を買いたいけど、今日はもう草臥《くたび》れちまって動けないよ」

「ぎゅんべーっ」

妖達が今にも二つの饅頭を取り合いそうで、若だんなは頭を抱えた。だがその時、久方ぶりにお小遣いの使い道を思いつくと、化けるのが上手《うま》い守狐に使いを頼む。直ぐ側にある三春屋《みはるや》へ行って、お菓子をたんと買っておいでと言い、金子《きんす》を渡したのだ。

途端、離れの妖達が生き返った。

「きゅんい、お団子、お団子」

「大福だ。俺は三つ」

「屏風のぞきさん、お獅子も大福です。私は羊羹《ようかん》がいいです。無かったらお饅頭」

最近お八つが満足に出ないからか、鈴彦姫も二つ欲しいと言い、沢山になりそうだからと、荷物持ちに野寺坊と獺が一緒に出かけてゆく。鳴家達がわらわらと現れ、炬燵の上は鳴家の山で埋まっていった。中には早々に寝てしまう鳴家もいて、仲人の襲来で皆、草臥れているようにも見えた。

「やれやれ、早く今度の騒ぎが収まらないかしら」

鈴彦姫にお茶を淹《い》れてもらった若だんなが、ほっと息をついてから言う。先だって、上方へ行ったことは、初めてのものを見聞きして本当に嬉しかった。今回兄や達が、裏手に長屋を建てたと聞いた時も、喜んで入った人がいると聞き、良かったなと思ったのだ。

「なのにどうして、こんな事になったんだろ」

いや縁談だって、世間では良い事だと思われている。なのにそれが来ただけで、こんなに疲れてしまうとは。

「やれやれ……」

炬燵で丸くなりぼやいていると、そこへ随分と早く、妖達が帰ってきた。

「あれ、どうしたの？」

問うと、三人はいささか申し訳なさそうに、小さな包みを若だんなの前で広げる。聞けば、今日は三春屋へ注文が沢山入っていて、余り店で売る分を作っていなかったという。つまり、三つしか買えなかったのだ。

「三つ……」

若だんなの茶饅頭と合わせても、五つにしかならない。千切って分けても、とても皆に行き渡るとは思えなかった。

途端。

「鳴家のお団子！　鳴家のだ」

「ぎゅい、われも鳴家だっ」

「大福、寄越せっ」

「こんっ、一つは若だんなのお八つですよ」

「鈴彦姫の分は、若だんなに差し上げます……あれ、何で無いんですか？」

ぎゅい、わー、ぎゃあ、きゅべ、離れの中は、母屋へ声が伝わらないか、心配になる程の騒ぎとなってしまう。若だんなが止めても収まらず、しまいに守狐が立ち上がった。

「若だんなからお菓子を取り上げて、どうするんですか！　帰ってきたら、兄やさん達に叱《しか》ってもらいますよっ」

大声で言ったものだから、妖達が動きを止める。だがその時には、お菓子は既に欠片《かけら》も無かったのだ。

「きゅんべーっ」

大勢の鳴家達が泣きだした。そして皆直ぐ、影の内へと消えてしまった。

4

若き頃、弘法大師様が修行されたという小龍寺《しょうりゅうじ》は、四国にあった。山深き地の谷沿い、修行の場として優れた地に、その堂宇《どうう》は建てられていたのだ。

江戸からは遥《はる》か遠い地であったが、長崎屋は船を持っていたし、妖《あやかし》は影の内へ潜る事が出来る。人ならば思いもよらぬ程早く、佐助が寺へ姿を現すと、僧達が待ち構えていた。

彼らは佐助が、弘法大師様の手によって生み出された、人ならぬ者であることをちゃんと承知していた。その上で、僧の海円《かいえん》と弟子の海達《かいたつ》が、ある頼み事をしてきたのだ。

「この地にも犬神がおりましてな。同じ犬神である佐助殿に、何とかして欲しいのです」

「何とかとは……？　これは思いの他の頼み事だ」

他の犬神になど、佐助は会ったことがない。通された寺の広間で目を見張ると、僧らは渋い顔で言った。

「四国には犬神が多いそうだ。この辺りに現れたその犬神は、人に憑《つ》くので困っておる」

憑くだけでなく祟《たた》る。憑いたその者を食い殺す事もあるという。しかし、家の者に憑けば富裕をもたらすとの噂《うわさ》もあり、求める者さえいるからか、僧達には犬神を退ける事が出来ない。人の心には弱い所があるのだ。

「我らは村人に説教は出来ても、犬神には手を出す事が出来ぬ。ほとほと困っておってな」

そんな時、大師様縁《ゆかり》の、佐助という犬神の事を知ったのだ。よって一度、佐助の力に頼ってみる事にしたのだという。

「弘法大師様のお導きかもしれぬでな」

そして何故《なぜ》だか、犬神を退けた後も、佐助は勿論《もちろん》この地にいてもらって構わない。

御身を歓迎すると言ってきた。

「猪《いのしし》よけとして、古《いにしえ》の力を振るってもよし。今と同じに、人の姿で居ても構わぬ」

その方が良ければと、海円は続ける。佐助は驚いて、思わず身を固くしてしまった。

「は？　ここで暮らす？　私がですか？」

話が分からず、言葉に詰まる。余りに呆然《ぼうぜん》としていた為《ため》か、海達がおずおずと子細を話してくれた。

「我らは御身の事を、色々承知しておる。佐助殿はずっと人の間で暮らし、ある人を守ってきたそうだな」

よって大層感謝されているが、人ならぬ身である故《ゆえ》に、佐助の周りには妖達が集まってしまった。それ故、大事に守ってきた人の婚礼に支障が出てきたと、僧達は聞き及んでいた。

「佐助殿が今のままずっと、変わらず過ごしていく事は出来ぬだろう。あるお人が、そう言われたのだ」

いや、同じ日々を過ごしたくて無理をすれば、守っている御仁《ごじん》の暮らしが変わってしまう。何故なら、人だからだ。

「御身とて、それでは辛《つら》かろうとも言っておられた」

その話をしたお人は、随分と昔、佐助に今の〝居場所〟を差し出した御仁だという。助けて貰《もら》った礼だった。よってあちらの都合で、佐助から〝居場所〟を取り上げる事は出来ぬ。

「だから大師様縁のこの地を、代わりの〝居場所〟として、御身に示した訳だ」

もしここが駄目なら、余所《よそ》を選んでも大丈夫だ。しかし僧達は、弘法大師との関わり故に、佐助にはこの地こそが相応《ふさわ》しいのではと考えている。

ここで佐助が、ようよう言葉を挟んだ。

「あの……そのお人の名は？」

佐助を長崎屋へ送り込んだ人なのだ。分かってはいたが、佐助はその名を確かめずにはいられなかった。それは……。

「おぎん殿と言われる方だ。間に入ったのは、知り人の僧であるがな」

「おぎん、様……」

確かに以前、おぎんは佐助へ居場所をくれた。そして、長崎屋にずっと居てもいい、他へ移る事はないと言われた訳ではない。確かに、ない。

（でも……）

余りにあっさりと出かけたあの日が、長崎屋との縁が途切れる時であったというのだろうか。佐助は何一つ、しっかり考える事が出来ぬ程、しばし呆然としていた。

翌日、若だんなは安野屋の栄吉に使いを送って、大福とお団子と羊羹《ようかん》、それに花林糖、金平糖、饅頭《まんじゅう》を、山のように届けて貰った。

それから守狐《もりぎつね》に、久しぶりに永代橋《えいたいばし》の向こうへ行ってもらい、材木問屋中屋《なかや》の娘、於《お》りんに遊びに来てもらう算段をした。於りんは人だが、出会った時が小さかったからか、鳴家《やなり》達を見る事が出来るし、いつも遊んで仲が良い。最近草臥《くたび》れ、ふてくされている妖達にしばしほっとして貰おうと、若だんなは決めたのだ。

「おや、於りんちゃん、久しぶり」

離れで於りんを迎えた若だんなは、そういえばここ暫《しばら》く、遊びに来ていなかった事に気づいた。

最初出会った時六つだった女の子は、随分としっかりした様子に変わり、大きくなっていたのだ。離れに上がると、ちゃんと挨拶《あいさつ》をしたし、髪は肩までの切り禿《かむろ》に変わっていた。

「若だんな、今日は寝てなくていいの？」

え　ず　え　す

ちょいと大人ぶった言い方で話してきたものだから、もう鳴家達を見る事が出来ないかもと、心配してしまった程であった。

だが。

「あ、鳴家だ」

於りんは離れへ上がると早々に、いつもの遊び相手を見つけ、嬉《うれ》しげに手を差し出し抱き上げる。鳴家達も於りんを見ると、ぐっと元気な顔になって、「きゅわきゅわーっ」と雄叫《おたけ》びをあげた。

「くすぐりっこ、追いかけっこ、双六《すごろく》。何する？　きゅわわわっ」

言っている側からくすぐられ、鳴家達は我も我もと於りんに寄る。するとそこへ、屏風《びょうぶ》のぞきが絵から出てきたものだから、若だんなはやはり、一寸《ちょっと》ひやりとしてしまった。だが於りんは驚きもせず、屏風のぞきも前と同じ調子で、於りんに団子を勧めた。

「栄吉さんの団子だが、今日のはなかなかの出来だ。餡子《あんこ》が無いからかねえ」

「栄吉おじさん。お菓子を作るのが、下手なおじさんよね」

於りんが美味《おい》しそうに団子を食べ始めると、若だんなは隣で悩んだ。

「栄吉のお菓子作りの腕を、深川に住む於りんちゃんまでが知ってるなんて、剣呑《けんのん》だよ。でも、おじさんと言われた事の方を、あいつ、気にするだろうか」

すると、大福を両手に持った守狐が、機嫌良く慰めてくる。

「若だんな、栄吉さんはまだ、百にもなっちゃいません。大丈夫、若い、若い」

「……守狐、変な事言ってるって、分かってる？」

苦笑を浮かべた若だんなの横で、沢山の鳴家達と於りんが、お菓子を食べつつ、色鮮やかなおとぎ話双六を始める。すると、それを鈴彦姫や野寺坊、獺《かわうそ》やお獅子《しし》が囲んで一緒に楽しみ始めた。止まったますに出てくる〝かちかち山〟や〝舌切り雀《すずめ》〟の話を、若だんなが楽しく語る。離れは久しぶりに美味しくてほっとする、いつもの場所に戻っていた。

「鳴家、そんなにお団子を口に詰め込まなくても。お団子は逃げたりしないよ」

皆が笑う。ところが。

そんな嬉しい一時を、庭からの一言がいきなり壊してしまった。

「若だんな、ご挨拶に参りましたよぉ」

障子に見覚えのある影が映った。何と、今日は誰も奥へ通さないでくれと、店の皆へ頼んであったのに、また件《くだん》の仲人《なこうど》達が姿を現したのだ。

途端、「ぎゅぴーっ」という怒りの声を残し、鳴家達が影の内へ消えてしまう。お獅子や屏風のぞきは絵に戻り、鈴彦姫達の姿もなくなっていた。

（うわあ、せっかくくつろいでたのに。これじゃ、泣きべそをかく妖が出たかも）

若だんなは、思わず唇を噛《か》んでしまう。

たぶん一番驚いたのは、突然遊び相手がいなくなった於りんで、双六の横から若だんなへ吃驚《びっくり》した顔を向けている。

するとその時、奥の襖《ふすま》が開くと、貧乏神金次と獏《ばく》の場久《ばきゅう》が現われ、於りんの手を引っぱって、離れの居間から連れて出たのだ。若だんなは目を見開いたが、仲人らが来ている今、妖達と話などできず、とにかく離れの障子を開けた。

「これは仲人大家さん、伊勢屋仲人さん、大梅屋仲人さんまでお揃《そろ》いで」

縁談がある事は分かっているが、仲人達はつい昨日来たばかりで、こちらはまだ、何の話があるわけでもない。どういうご用件でしょうかと、若だんなはいささか堅苦しく問うた。

すると三人は、その口調にめげること無く、それは明るい笑いを向けてきたのだ。

「おお、若だんな。今日も寝こんでいなくて、良かったですなぁ」

「ですからねえ、良い事は急がねばと思い立ちまして」

「今日は、ほら、そりゃ綺麗《きれい》な人を、お連れしたんですよ」

三人はばらばらに喋《しゃべ》ったが、大体同じ事を言い、何とそれぞれ連れを紹介してきたのだ。

「こちらがしっかりされている、おかねさんで」

「おまあさんですよ。優しげなお人でしょう？」

「はい、花のようです。お絹さんです！」

「えっ、何で……」

どうして断りもなく、勝手に娘達を長崎屋へ連れてきたのだろうか。若だんなが驚いた、その時だ。大きな声が、店表から奥の離れにまで伝わってきて、若だんなは仲人達が、勝手に奥へと入って来た訳を知った。

「娘さんらは、親御さん達と一緒に、おいでになったんですね」

つまり奉公人達が、知り合いの店の主《あるじ》夫婦を邪険にも出来ず、表で話している内に、仲人と娘らは奥へ突き進んできた訳だ。

「何と強い事……」

すると若だんなが魂消《たまげ》ている間に、新たな問題が起こった。三人の娘達の内で、一番気の強そうなおかねが、勝手に縁側から離れの居間を、覗《のぞ》き込もうとしたのだ。

「おっ、おかねさんっ」

妖達はもう隠れた筈《はず》と思ったものの、若だんなは慌《あわ》てておかねの前へ行き、障子戸を閉める。ちらと目をやると、見えない筈だが、残っていた鳴家が二匹、炬燵《こたつ》の上で身を強《こわ》ばらせていた。

だが、若だんなが暮らす離れをおかねが見たのなら、自分達も見たいと思ったらしい。仲人が反対側の障子を開けてしまい、もはや若だんな一人では止めきれない。

「あら、沢山お菓子が置いてあるわ。若だんな、お一人であんなに食べるんですか？」

「炬燵が大きいわ」

「文机《ふづくえ》や火鉢《ひばち》、綺麗な塗りの品ね」

娘達の声は続く。皆、若くてかわいい娘であった。家が裕福だという事も、間違いはなかろう。だが。

（こりゃ、とても自分の嫁御になるお人だとは、思えない）

すると、もっと怖い事が起こった。ここでおかねが、草履《ぞうり》を脱いだのだ。

「お、おかねさん？」

拙《まず》いと思った時には、おかねは縁に上がっていた。するとやはり、おまあとお絹の二人も続く。

(いけない、今日は妖達が楽しむ日なのに)

若だんなは娘達の手を摑《つか》んででも、外へ出そうと思った。するとその時、一番前にいたおかねが、「痛っ」と短い声を上げ、手を押さえたのだ。

(わあっ、やっぱり妖達が怒り出したか)

離れに巣くう面々にとって、この部屋は自分達の領地だ。知らない娘達が、勝手に入り込んでいい所ではなかった。

「きゃっ、何か飛んできた。何?」

おまあも驚きの声を出す。奥から投げられたのは、いつも使っている碁石《ごいし》であった。

若だんなは、本気で顔を引きつらせる。

(知らない人がいるのに、遠慮もない。兄《にい》や達のいない間に、妖達の箍《たが》が外れてしまった!)

だが人前故、暴れ出した妖らを話し合いでは止められない。若だんなは唇を嚙んだ。

(長崎屋に、妖が巣くっていると噂になったら拙い)

笑い話では済まない。頼みもしないのに縁談相手や仲人達が、お祓《はら》いをする僧や神官などを連れて来かねなかった。そんな者達が来たら妖達がどうなってしまうか、考えるのも恐ろしい。

(ど、どうする？　何が出来る？)

迷う間に、今度はお絹へ筆が投げつけられた。

5

神の庭にある屋敷で、思わぬ話を聞いた仁吉はしばし呆然《ぼうぜん》としていた。気づけばぎんは荼枳尼天《だきにてん》様の所へ行くと広間を去り、残った者達は板間で二手に分れ、己達の話し合いを始めていた。

「今日はこうして、万物を知る白沢《はくたく》殿がおいで下さっている。ならば日頃の言い合いにけりをつけ、きちんと事の白黒、優劣を見極めようではないか」

話し始めたのは青毛で、数多《あまた》の狐《きつね》達を従え太い尻尾《しっぽ》を振りつつ、腕組みをしている。これに向き合っているのは大男の青鬼で、一本角で牙《きば》があり、数多の妖《あやかし》どもが後ろに並んでいた。双方は多くの事で、考えを異にしているらしかった。

「まずは呪術《じゅじゅつ》の言葉、明王《みょうおう》の修法《しゅほう》の真言について考えよう。長いものだが狐と鬼とで、覚えている言葉が途中、ちと違う」

青毛によると、その部分の真言は、〝キリニリニリ・マカニリ〟なのだ。だが鬼は、

〃キウムキウム・キメイテイ〃だと言い張っている。

「白沢殿、どちらが正しい？」

双方が、それは真剣な眼差《まなざ》しを仁吉へ向けてくる。正直な所、今はとても真言などに考えが向かなかったが、答えははっきりしていた。よって仁吉は短く、「正しいのは青毛」と答えたのだ。もっとも。

「明王の修法の真言は、誰が唱えても効くというもんじゃない。言葉だけ覚えても無駄だ」

一寸大喜《ちょっと》びの雄叫《おたけ》びを上げていた狐達が、途端に黙り込む。鬼達は沈黙していた。

「で、では」

問いは続いた。次は、人に信用を得る為《ため》の護符には、まず何の字を書くかであった。

「狐は〃真〃、鬼は〃信〃の字だと信じております る。白沢殿、どちらが正しいと？」

「両方間違いだ。その護符の最初の二文字は、〃愛敬〃だった筈《はず》だ」

がっくりきた狐と鬼は、次の問いを重ねる。

「熱病に罹《かか》らぬ術は、いかなるものか」

「願望達成の法は」

「神の庭で捧《ささ》げる神饌《しんせん》だが、串《くし》に刺す順は、昆布、柿《かき》、人参《にんじん》、餅《もち》、柚《ゆず》か。それとも、昆布、柿、餅、人参、柚か」

「悪夢を払う術とは、いかに」

「鼠《ねずみ》を家から打ち払う方法は」

「着物に落ちたる墨を、落とす法とは」

「飯を焦《こ》げ付かぬようにするには」

どの問いも、大真面目《おおまじめ》に双方から、何としても真実が知りたいと出されたものであった。万物を知る白沢の裁定を仰ぎ、決着を付けるべしと、譲らぬ構えを見せているのだ。

だが、しかし。

「焦げ？」

気がつけば問いは、段々奇妙な所へとずれていた。

（焦げ飯の事は私より、長屋のおかみさんにでも聞いた方がいい）

何故《なぜ》その事を誰も言わないのか、仁吉には分からなかった。そして双方、問いを奇妙だとも思わぬらしかった。

（明王の真言と焦げ飯を同じように、必死に論じている。勝負が終わらない筈だ）

仁吉は、ようよう正気に戻った心地で顔を上げ、二手に分かれた面々を見る。

真剣に、余り大真面目になっている故《ゆえ》、どちらが正しいかという考えから、抜けられなくなっているのだ。ちょいと肩の力を抜き、餅と人参が入れ違っても誰も困らぬ事に、頭が行かなくなっている。

「やれやれ、皆、今の私と似ているようだ」

寸の間、苦笑が浮かんだ。双方へ向け、疲れたように仁吉がつぶやいた。

「……少々焦げても、ありがたい米だ。食えばいい」

堅くなっていたら、湯漬《ゆづ》けにすれば美味《うま》い。いつも決まった答えでなくていい、皆で時々の答えを楽しむのだ。

「正誤を突き詰めなくても構わないぞ」

きっちりとしなくとも何とかなると、万物を知る白沢が言ったものだから、青毛、鬼の双方が魂消《たまげ》た表情を浮かべてしまった。

「えええっ……それが真の答えなんですか？」

事の白黒がつかず、呆然とした皆の声が背の方から聞こえる。だが仁吉は立ち上がり、対決から外れた。

仁吉は不思議ときらきらしい外へさっさと出て行った。川の側に行けば、若だんなが大好きな隅田川《すみだがわ》沿いの土手に似て、桜草のような花が咲いている。どんな豪華な花よりこの川辺には似合っており、美しく思えた。

仁吉は川縁《かわべり》にしゃがみ込むと、頭に水を掛け、ぶるりと振って払う。

（正しい答えが欲しいと、皆が思ってる）

万物の答えを知る者がいるのだから、それを教えてもらえばいいのだと、皆が考えるのだ。だが、しかし。

（その正答に縛られなくてはいけないのか？）

白沢である仁吉が言う事ではなかろうが……言ったとて、誰が困るというのだろう。

仁吉は化け狐達と鬼達の対峙《たいじ》を見て、草臥《くたび》れた上、苦笑が湧《わ》いてきていた。そして、己はこれから何をすべきなのか、もう一度、考えてみたくなったのだ。

（おぎん様が言われた事は、正しい。しかし私はこのまま、若だんなや妖達と別れてもいいのか？）

（何か、出来る事はあるだろうか？）

（いつか若だんなを失う日が来たら……私は、そして佐助は、おぎん様に心配を掛けずに済むのか？）

（若だんなは……どうしたいと思っていなさるのかな）

仁吉はもう一度水を被《かぶ》ると、美しい水辺で唇を引き結んだ。

遥《はる》か遠き四国の地、小龍寺の堂宇で、佐助は生まれて初めて、同じく犬神と呼ばれる者と向き合っていた。

(おや、人の姿をしていないのだな。しかも、小さい)

御坊らが寺に呼び出したこの地の犬神は、子猫ほどの丈であった。ぶちでしかも尻尾が二股《ふたまた》だったので、佐助は猫又を思い出したが、顔は犬であった。憑《つ》いて祟《たた》り、人の言葉を話す故、理《ことわり》から外れた者であると分かった。

(やれやれ、何で私が、この犬神と対峙しなきゃならないんだ? 御坊二人はさっさと、この堂宇から出て行ってしまったぞ)

思わず眉間《みけん》に皺《しわ》が寄る。

(ああ、長崎屋の話が気に掛かるのに)

今、佐助が考えたいのは、江戸の事なのだ。

だから。

この地の犬神と会って直《す》ぐ、佐助はまず、己も犬神であると名乗った。そして弘法大師様の御札から生まれた者故、こうして縁《ゆかり》の寺に呼ばれ、人に祟る当地の犬神と会っていると事情を話す。

　つまり、佐助の用件とは。

「当地の犬神殿。人に祟るな。憑くな。はっきり言えば、人に富も与えないで欲しい」

　今のままでは、必ず富貴《ふき》を求める不心得者が現れよう。しかも、人が犬神を求めておきながら、その犬神を忌《い》む者も、また人であろうと思われるのだ。

「それでは嫌であろうに」

　すると小さな犬神が、大変分かりやすく返答をしてきた。つまり一言、「ふんっ」と言い、半眼でそっぽを向いたのだ。そして。

「佐助殿、御身の方の事情は、寺にいた故聞こえた」

　だがなと、この地の犬神は続ける。

「我は、この地の犬神なのだ。憑く者なのだ。人に憑き、祟るのが我の本性だ。ここでは、憑かぬ犬神などおらぬ」

　弘法大師縁の佐助は、力強き妖のようだ。だからこの答えが気に入らぬ場合、この寺から、我を追い出す事が出来るのかもしれない。その気になれば、きっと殺せるだろう。

「しかし我が眷属《けんぞく》は多いでな。我一人消えたとて、何が変わる訳でもないわ」

多分次の犬神が、じきにこの地へ現れる。僧達もそれを承知しているから、佐助へ、この寺へ留まるよう勧めたのだ。

「さあて佐助とやら。我は金を生む者で、しかも忌むべき者だ。人から求められ、嫌われる。しかも我が祟る者であることは、変えられぬ。困った事だな」

ならば殺すか？　一匹だけなら追えるが、そうするか？　また次が来るぞ。やっても無駄だと諦《あきら》めるか？

「だがお主がどう動いても、犬神である我らは忌まれ続ける。そして、これからも犬神に憑かれる者は、多く出るだろう。ああ、お主のやることは、無駄な事だ」

で、そうと分かって、これからどうするつもりか？　犬神は佐助を見上げ問うてきた。その言葉には、突然余所《よそ》からこの地に現れ、力尽くで勝手をしようとしている者への、嫌悪《けんお》があるように思われた。

「何とか出来るというなら、してみよ」

今の佐助には、その言葉が随分と応《こた》えた。

（おぎん様は、私がいると、若だんなが人として暮らしていけぬと思われた）

この四国と同じく、江戸にも妖達は数多くいて、その本性やあり方を変える事など、佐助には出来ないからだろう。おぎんにも無理と思われる。多分それで、おぎんは今までとは違う道を、いささか強引に見せたに違いない。勝手をされた佐助達二人が抱く怒りは、己が引き受けるつもりなのだ。

(あのお方は、強き力を振るうように見えて、気遣いが並ではないからな)

だが、しかし。どれほど良き考え、真っ当な明日を示されても、それが佐助や妖達、それに目の前の四国の犬神にとって、進む事が出来る道とは限らない。

(だから……)

佐助は寸の間考え腹を決めると、ずいと立ち上がった。そして高き所から、座っている犬神を見下ろす。

「人は富を欲して、お主を求める。憑く者、祟る者として、お主を厭《いと》う。勝手だ。たまったものではないな。辛《つら》かったろう」

「え……?」

珍しくも、いたわられた事が分かったのだろう、この地の犬神が、驚いた表情を浮かべた。佐助はここで、この犬神の事だけは、最後まで引き受ける腹づもりを固めると、拳固《げんこ》を握りしめる。それから座っている犬神の頭へ、それを振り下ろした。

6

長崎屋の離れにある縁側の前で、遠州屋のおかね、伊勢屋のおまあ、大梅屋のお絹が、揃《そろ》って立ちすくんでいた。その後ろでは、更に三人の仲人《なこうど》達が、目を見張っている。

誰も居ないと思っていた離れの中から、色々な物が飛んできた。そしてその後、奥の襖《ふすま》が開き、切り禿《かむろ》の娘が現れたのだ。

「お、於りんちゃん……」

若だんなが目を見張った途端、小さな於りんが娘三人を睨《にら》みつける。見れば半泣きの鳴家《やなり》が一匹、帯にしがみついていた。於りんは三人へ、はっきり言った。

「今日は、この中屋の於りんが、若だんなにご招待頂いた日なんです。呼ばれてないお人がいきなり来るなんて、失礼です」

まだ肩揚げの取れていない子供に言われたものだから、娘達は黙ったものの、仲人達は口元を歪《ゆが》めた。よい歳《とし》をした男からみたら、於りんは孫のような歳の子であったからだ。

「おや、小さな嬢ちゃんが、遊びに来てたんですか。そりゃ失礼しました。良かったら、おかねさんも一緒に遊びましょうか？」

仲人大家は、おかねが子供と仲良く出来る所を、見せたいのだと分かった。

だが、しかし。おなごの考えは、男とは違う。若だんなはここで、それを知る事になったのだ。

「あら、私は若だんなとお話ししにきたの。ず、い、ぶ、ん、年上のお姉さん達と、お話ししに来たんじゃないわ」

はっきり、割り込まないでと言ったものだから、強く年上と言われた三人が、顔を赤くする。

「あのね、小さい子が、縁談話に口を突っ込んじゃいけないわ。ねえ、おまあさん」

「ええ、ええ、お絹さん、その通り」

珍しくも娘二人の話が合うと、ここで於りんが悪戯《いたずら》っぽく鳴家を見て、舌を小さく出した。そしてちらりと若だんなへも目を向けてから、思い切り驚くような事を、皆の前で言い出したのだ。

「あら私だって、〝先々のお話があるから〟って言われて、今日、長崎屋さんへきたのよ。若だんなはまだご病気がち。お話は急がないから、私くらいの歳がいいって」

「まあっ！」

「へっ？」

「えっ？」

娘御三人と仲人達、それに若だんなまでが、揃って於りんを見つめる。

（あの、その、一体、いつそんな話があったんだろうか？）

若だんなが真剣に考え始めたその時、更に吃驚《びっくり》するような事が起きた。店表の方から娘達へ、とにかく今日は帰ろうかと声が掛かったのだ。娘御の親達であった。

「若だんなには、深川の材木問屋、中屋さんとの縁談もおありでしたか。いやいや」

しかも会って、見合いをする所まで話が進んでいたとは、知らなかったという。

「こちらの見合いを邪魔し、申し訳ない」

遠州屋が言うと、伊勢屋と大梅屋も頭を下げる。長崎屋は商いで、いつ縁が出来るかもしれない大店《おおだな》の店主達は、皆、引くべき時を間違えたりしなかった。

「そういえば中屋さんは、後妻を迎えたとか。確か男の子が生まれたって事でしたね」

「おお、ならばお嬢さんは、嫁に出せる訳だ。あの店はそりゃ裕福だと聞きましたよ」

「へえ……」

若だんなが真剣に驚いている間に、三組の親子と仲人達は集まって話し、その内頭を下げると、そそくさと長崎屋を離れてゆく。呆然《ぼうぜん》とその背を見送ると、母屋《おもや》の部屋から母のおたえが顔を出してきて、明るく言った。

「あら於りんちゃん、大きくなったわね。じゃあ於りんちゃんは、一太郎のお嫁さんになってくれるのかな？」

まだ切り禿の娘は、またぺろっと舌を出し、鳴家を見た。するとその時、影の内からぞろぞろと、妖《あやかし》達が現れてくる。

「ああ、やっと帰りましたね。お菓子がたんとあると聞いて来たのに、離れへ入れなくて困りました」

ここでぼやいたのは、貘《ばく》、噺家《はなしか》もしている場久《ばきゅう》であった。次に貧乏神の金次も現れ、於りんに貧相な手を振ってくる。

「いや、上手《うま》くやってくれてありがとうよ、於りんちゃん。おなごは歳を気にするからねえ。於りんちゃんなら三人を追っ払えると、場久と大急ぎで話をこしらえたんだよ」

おたえが笑いだし、若だんなは妖達の企《たくら》みを知って、呆然とした。どうやら妖らは、ゆっくり菓子を食べたいと、於りんとの見合い話をでっち上げ、三組を追い払ったのだ。

「おやまあ」

驚いたものの、若だんなは己がほっとしているのにも気がついて、苦笑いを浮かべる。すると離れの内から屏風《びょうぶ》のぞきが、いささか草臥《くたび》れたように言ってきた。

「若だんな、嫁さんは、その於りんちゃんに決めなよ。そうすりゃ暫《しばら》く離れは安泰だ」

すると、それを聞いた鳴家達が一斉に頷《うなず》く。金次がけらけらと笑い出した。

「於りんちゃんは、まだ十《とお》にもならねえからなぁ。大きくなるまでに、別の殿御が気になるかもしれないねえ」

しかし金次は、ゆったり過ごせる長崎屋の離れが気に入っている。だから。

「於りんちゃん、ちょいと体が弱いが、若だんなは結構良い奴《やつ》さ。嫁に来ると決めちまいな」

うんうんと鳴家達が頷く。

「決まった、きゅい、決まった」

「きゅんわ、於りんちゃんが、お嫁さん」

「一緒に遊んでくれる。鳴家は沢山遊ぶ」

「きゅわきゅわ」

於りんが返事もしない内に、妖達はそう決めると納得し、皆、やれやれと炬燵《こたつ》へもどっていく。おたえが於りんへ、また声をかけた。

「於りんちゃん、中屋さんへ挨拶《あいさつ》に行ってもいい？」

「どうしようかな」

鳴家にくすぐられてにこにこと笑うと、於りんが「お嫁さん」と、明るく言った。

「おやま、本当に意味、分かってるのかな」

若だんなは大いに怪しいなと思う。しかし。

(於りんちゃんが嫌がらないのなら、暫くそういう事にさせてもらおうかな)

ふと思った。とにかく於りんであれば、急に遊びに来ても、妖達は離れから大急ぎで逃げ出さずに済む。若だんなも、於りんと一緒に遊ぶのは好きであった。

ならば。

「双六《すごろく》、さっきの続きをしようか」

そう声を掛けると、屏風のぞきはのそのそとおとぎ話双六を広げ、金次は碁盤を出してきた。於りんが双六の横へ行くと、他の妖達も戻ってきて、お菓子の前に陣取る。

若だんなが急いで障子を閉めた時、おたえが柔らかい声で、藤兵衛の名を呼んでいるのが聞こえてきた。

兄《にい》や達が帰ってきた時には、長崎屋の嫁取り騒動は終わっていた。
戻った二人は、まず離れに妖達が居ないことに驚いた。若だんなは笑って、皆は今、食べ疲れ、遊び疲れて寝ていると言ったのだ。訳を話すと、茶を淹《い》れていた二人は目を大きく見開いた。

「おや！　では、若だんなの嫁御が決まったのですね。中屋の於りんちゃんですか」
まだ子供なので意外であったと、盆に湯飲みを載せた佐助が言う。しかし納得もすると仁吉が言い、若だんなが話を続ける。

「余所《よそ》の仲人さん達が居る時に、於りんちゃん、縁談があるって言っちゃったからね。半端《はんぱ》な噂《うわさ》になっちゃ拙《まず》いからって、おとっつぁんが昨日、中屋さんへ話をしに行ったんだ」

そして遊びを邪魔された於りんと、三組も押しかけてきた縁談相手との顚末《てんまつ》を話すと、中屋は笑ったようだと若だんなは告げる。

「於りんちゃん、まだ小さいし。大きくなってお互いに気が変わらなかったら、祝言《しゅうげん》しましょうって話になったんだって」

つまり於りんは、長崎屋の許嫁《いいなずけ》として通る事になった訳だ。それで構わないのかと、仁吉が若だんなへ問うてくる。

「於りんちゃんが嫁御なら、我ら妖は助かります。でも若だんな、その為《ため》に嫁御を選んだんじゃありませんよね？」

若だんなは、二回ほど首を傾《かし》げたが、多分まだ嫁取りには早い気がすると、少し外れた答えをしたのだ。ただ。

「於りんちゃんなら、今のような楽しい毎日を、一緒に過ごせるんじゃないかな。それは嬉《うれ》しい気がするけど」

どちらにせよ、まだ少し先の話であった。そして若だんなは兄や達へ、反対に問いを向ける。

「二人の急なご用って、何だったの？　終わったのかな？」

すると。

ここでまず仁吉が、細かい所は省きますと言い、一番肝心な点を話してきた。

「おぎん様は、若だんなの嫁取りを聞き、私に問われたんです。人の寿命は短い。このまま一緒に居て、若だんなを看取《みと》る事になっても大丈夫かと」

今、離れる方が良いのではないかと、仁吉は問われたのだ。若だんなは目を見開き、ただ兄やの顔を見る。仁吉は淡々と続けた。

「若だんなの臨終を前にした時、自分やここの妖達が、平気かどうかは分かりません。それで私は正しい答えではなく、やりたいことを決めました」

「は？　何を決めたの？」

仁吉の答えは、驚くようなものであった。

「おぎん様が千年やられたように、この世で待っている事にしました。若だんなが生まれ変わるのを」

多分、この離れにいる他の妖達と共に。他の所、例えば神の庭へは行かずに、千年も江戸で待つのだ。また会えると思えば皆、一時の別れも堪えられるに違いない。

「よろしいでしょうか？」

「あれまあ。こりゃ生まれ変わっても、頑張って仁吉達を覚えていなきゃ」

若だんなはそう言うと、ちょいと首を傾げた。それから小さく頷き、きっと自分は皆の事を、覚えていると口にする。

「後で鈴彦姫から、小さな鈴を貰《もら》っておこう。それをいつも、持ってることにするよ」

「おじいさまの伊三郎さんのように、鈴の音で居場所を示す訳ですね」

仁吉は納得し、大いに落ち着いた顔となる。そう、これが正しい答えなのか、仁吉にすらわからない。だが、確かにやりたいと思った事なのだ。

「で、佐助の用は何だったの？」

若だんながさらりと、もう一人の兄やへ問う。すると佐助は同じ、犬神に会った事を語り、仁吉の目を見開かせた。

「おや、そういう話だとは思わなかった」

「人に憑《つ》く妖は、他にもこの世におります。そしてその全《すべ》てを何とかする事など、この佐助にも出来ません。ただ」

同じ犬神という妖なのに、彼《か》の地の犬神が悪《あ》し様《ざま》に言われるのは、佐助にはどうにも嫌であった。だからとにかく関わった一匹だけは、その生まれた地から引きはがしてきたのだ。

「引きはがした、とは？」

「若だんな、彼の地の僧達に、あの犬神は手に余ったのです。だから帰る時、江戸まで伴いました」

広徳寺《こうとくじ》の寛朝《かんちょう》に頼み、預けたのだ。そして己を生み出したような護符の中へ、その犬神を収めて欲しいと願った。連れてくる時に、誰かに憑いてはかなわぬので、拳固《げんこ》を喰らわせ、気を失わせた事は言わなかった。

「これであいつは、犬神ではありますが、もう人に憑く事はありません」

護符の主、猪《いのしし》を退ける者として、どこかの村で大切にされる筈《はず》だ。寛朝がこの後、良き地へつかわしてくれる事になっていた。

そして。己にもおぎんが関わった事は言わず、佐助は、ただ思いついた話があると切り出した。

「若だんなに、お願いがあるのですが」

「うん？　何かな」

「私はまだ、番頭ではありません。しかし、若だんなの嫁取りの都合もあります。その、今回建てた裏手の一軒家。手習い所に貸し出すのは止《や》めて、私と仁吉に貸して頂けないでしょうか」

「おやま」

於りんが嫁に来るとは思っていなかったので、佐助は妖達と嫁御が、どうやったら先々長崎屋で共に暮らせるか、考えたのだ。

「同じ離れに暮らすと思うから、事は難しゅうございました。ならば、離せばいいかと思いついたんです」

世の中の多くの通い番頭と同じく、守狐《もりぎつね》達のように近くに住むのだ。長崎屋の妖達も、ちょいと身を離せる家があれば、大丈夫なのではないか。そう思いついた。

「おお、佐助、そいつは妙案じゃないか」

仁吉も目を輝かせる。するとさっそく碁盤の向こうから、半分寝ているかのような声が聞こえてきた。金次であった。

「ああ、近くに出来たあの家、兄やさん達が借りる形にするのか」

ならば当分二人は使わないだろうから、金次が住まいにすると言ってくる。

「ひゃひゃ、どこに住んでいるか、言えた方が良い時もあるんでね」

貧乏神はどういうとき、そんなことを言いたいのか若だんなには分からず、ちょいと恐《こわ》い。すると影の内から別の声が続く。

「あの、ならばこの場久も、その家に住む事にいたします。噺家として売れてくると、住まいはどこかと聞かれる事が多くなって」

まさか己の本性は貘で、悪夢の中にいるとは言えないからだ。更に声は湧《わ》いて出た。

「猫又のおしろも、越しますよ。尻尾《しっぽ》が二本あると、並の家には居づらくって」

離れに通ってくる妖達の内にも、家に困っている者は結構いたらしい。若だんなは直《す》ぐに頷いた。

するとⅠ横で佐助と仁吉が茶を淹れつつ、何か含みのある言葉を語っていた。

「とにかく家を借りてみようと思いついたから、帰ってこられた。仁吉、実は四国で暮らさないかと言われたが、余所は選べなかったのさ」

「佐助、私は川縁《かわべり》で思ったんだよ。真に正しいことが、一にやるべき事とは限らないって」

若だんなには、詳しい話は分からなかった。だが、問う事はしない。

(もし必要があったら、その内話してくれるだろうし)

仁吉は若だんなを待つと言った。佐助は側にいる為、家を借りると言った。多分今回二人は出た先で、何かとても大変な事に向き合ってきたのだ。若だんなが離れで、縁談と向き合ったように。

(困り事が降ってくる時って、何故《なぜ》だか一遍に来たりするよね)

すると、兄や達の帰りを知ったのか、寝ぼけ眼の鳴家達までが、わらわらと現れてくる。しかし二人の姿を見ると安心したのか、直ぐに炬燵の上で皆、丸くなってしまった。

妖達の来月

1

江戸でも繁華な町通町《とおりちょう》に、廻船問屋《かいせんどんや》兼薬種問屋《やくしゅどんや》、長崎屋《ながさきや》がある。そこの若だんなが最近寝こんだのだが、家の者達は既に薬湯を用意し、布団《ふとん》までも新調して待ち構えていた。

馴染《なじ》みの医者源信《げんしん》さえ、若だんなの所へ日々通う算段を付けていたし、日限《ひぎり》の親分は、盗人《ぬすっと》の事を長崎屋へ相談に来た後……この件は己《おのれ》の力で頑張らねばと、そう得心《とくしん》して帰っていった。

若だんなは咳《せき》をし始めていた。つまりそろそろ病にとっ捕まるだろうと、周りにいる家人、知人、果ては先代から縁《ゆかり》の深い妖《あやかし》達まで、皆、覚悟していたのだ。

何しろ先だって、大人しくしていろと言われたのに、上野は広徳寺の僧、寛朝《かんちょう》達を心配し、夢の内から働いた。

その後、若だんなは生まれて初めて、上方《かみがた》へ行くという無茶をした。

そして先頃、若だんなはついに、中屋《なかや》の於《お》りんを、己の許嫁《いいなずけ》と決めたのだ。

「若だんな近頃、頑張り過ぎだ」

離れに住まう妖達の言葉が揃《そろ》ったものだから、若だんなはふくれ面《つら》を作り、大丈夫だと言い張った。だがその翌日、本当に寝こんでしまったわけだ。

「やっぱり」

知り合い全員が頷《うなず》くと、粛々《しゅくしゅく》と看病が始まる。まずは於りんが見舞いに来た。その後熱が高くなった若だんなは声が出なくなり、飲みものが茶から仁吉《にきち》の薬に変わった。

そしてそして。何しろ無理が重なっているから、今回の病は気合いが入っており、寝こむ日々は続いたのだ。

「きゅい、仁吉さんの薬湯、三途《さんず》の川の色に似てきた」

鳴家《やなり》達が頷きあう。その後、煎《せん》じ薬が更に濃くなると、僧寛朝が病に効く護符を寄越してきた。日限の親分は忙しいのに、ちょくちょく見舞いに来てくれた。それでも若だんなは長い間、布団から出る事も叶《かな》わず、ろくに話す事も出来ないでいたのだ。

「さすがは若だんなだね。これだけ養生しているのに、とことん治りゃしない」

屏風《びょうぶ》のぞきが屏風の中で感心し、温石《おんじゃく》代わりに、若だんなの布団で寝起きを続ける鳴家達は、嬉《うれ》しげに「きゅわきゅわ」鳴いている。

すると。

一月も戦いが続いた後、若だんなの容態はようよう落ち着いていった。

「ふう、今回も何とかなりそうですね」

ある日、仁吉と佐助《さすけ》は大きく頷くと、やっと安堵《あんど》の息を吐いた。そして昼餉《ひるげ》の後、これまで大人しくしていた妖達を、離れへ呼んだ。

「おや、早くもお呼びとは、どうしたことか。もう床上《とこあ》げして、お祝いでもするんですか」

守狐《もりぎつね》を始め妖達が首を傾《かし》げていると、兄《にい》や達は、横でまだ臥《ふ》せっている若だんなへ、頷きかけてから話し出す。

「皆は一月もの間、静かにしていたな。本当にありがとうよ」

まだ熱は高いものの、おかげで若だんなは今回も、あの世へ行かずに済んだ。

「だが、まだ当分養生が必要だ。離れじゃあこれからも暫《しば》く、騒げない。だから、だ」

ここで仁吉が、金次《きんじ》やおしろ、場久《ばきゅう》の方を向き、にこりと笑った。

「三人は先だって、若だんなが建てた一軒家に住みたいと言ってただろう。妖達だけで、町中で暮らすのは恐《こわ》い気がしてたんだが……それを承知する事にした」

この調子では若だんなは当分、嫁取りは無理であった。つまり兄や達も、一軒家へ越す事にはならない。よって、金次達に住んでもいいと言ったのだ。

「おおっ」

三人が目を見開く。

「あの家には、手習い所などにも貸せるよう、広い板間《いたま》が作ってある。つまりだ、若だんなが寝付いて騒げぬ時は、妖達はあそこでのんびりしたらいい」

「何と、そいつはいい」

「きゅわきゅわ」

妖達が沸き立つと、仁吉がこう言い足した。

「家を借りるのは金次達三人だが、皆もあの家を使うに違いないんだ。だから引っ越しを手伝ってやりな」

そして越すとなれば、何かと物入りだろう。これを使えと、巾着《きんちゃく》に入った金子《きんす》を差し出した。場久とおしろは、そのありがたい気遣いに頭を下げ、礼を口にした。だが、金次は一人首を傾げている。

「あのさ、越すって言ったって、妖三人だ。ただ行けばいいだけだろうが」

何で金が要るのか、金次には分からない。

「皆に手を借りなきゃいけない事なんか、あるのかね？」

途端、おしろが横から金次を、ぺしりと手拭《てぬぐ》いで叩《たた》いた。

「人手なんか要らないっていうなら、金次さんが一軒家を全部、掃除しますか？　掃除、必要なのかって？　汚いのはごめんです」

何しろ一軒家は長崎屋の敷地の外、他の長屋と同じ町内にある。つまり、ごく普通の町に住む三人は、これから表向き、人として暮らす事になるわけだ。

「金次さん、日頃から綺麗《きれい》にしてくれないと、もう一度ぶちますよ」

おしろにはっきり言われ、金次はやれ面倒だなと、頭を掻《か》いている。佐助はにやりと笑うと、人のふりをして並に暮らす為《ため》には、随分用事があるぞと貧乏神を脅《おど》かした。

「まず、近所への挨拶《あいさつ》がいるな。それに毎日、掃除や買い物が必要になるぞ。長屋共々世話を頼んでいる大家が、化け狐で助かった。そうだ、三人は湯屋《ゆや》へ通うことになるから、湯銭を月ぎめにして、まとめて支払わなきゃいかんか」

「ゆ、湯屋？」

「湯に行かない者は、近所で浮いてしまって暮らせないぞ。湯屋には湯屋の決まり事があるが、分からんだろう。最初は俺が一緒に行くから」

三人は一寸《ちょっと》きょとんとした後、素直に頷いた。途端、たまには一軒家へ泊まって、湯屋へも行きたいという妖達が、我も一緒に行くと言い出したものだから、離れがうるさくなる。横で煎じ薬を作っていた仁吉が、長火鉢《ながひばち》の猫板《ねこいた》をぴしっと打ち、皆が黙った。

「一軒家の客になるものは、後から金次達に、湯屋の決まりなんかを聞きな」

すると金次は早くも、愚痴を漏《も》らし始める。

え　「簡単に引っ越すって言ったが、町に居るにゃあ、あれこれ面倒があるもんだな」

ず　寺の縁の下へ潜り込むのとは、ちょいと違うようなのだ。

え　「止《や》めた方が良いかな」

す　すると何人かの妖達が、越さないのは駄目だ、それじゃあ一軒家が使えないと言い始め、佐助が苦笑を浮かべた。そしてすっと、背後の襖《ふすま》を開ける。

「金次、良いこともあるぞ。実は、お前さん達に家を貸すと決めた時、若だんながこれを注文して下さった」

三人が首を伸ばすと、隣の部屋には木目も鮮やかな新しい火鉢が三つ、並んでいたのだ。

長火鉢には既に綺麗な灰が入り、五徳《ごとく》が置かれ、炭も入れられている。金次の長火鉢は黒っぽく、場久のは明るい黄色、おしろのは白い感じの木で作られていた。引き出しの取っ手の細工も三人それぞれに違い、特別な品だと分かる。

「湯を沸かせるし、簡単な煮炊《にた》きも出来るから、火鉢は夏でも欲しい品だ」

だが安いものではない。だから若だんなは三人へ一つずつ、一階の広い板間用には丸火鉢を二つ、職人へ頼んでくれたのだ。

「良い品だから、大事に使うんだぞ」

「おお、自分の火鉢を持てるんですね。いいなぁ」

妖達からどっと声が上がり、三人は直《す》ぐに火鉢の所へ行った。猫板の下にある小引き出しを開けると、火打ち石や糸と針なども出てきて、皆、まじまじと己の長火鉢を見つめる。

　金次は特に、恐る恐るという感じで触っていた。

「そうかぁ……人の顔して暮らすって事は、色々自分のものを、持つって事なんだな」

　貧乏神であれば風のように世を渡り、己の一部のような渋団扇《しぶうちわ》一つを扇《あお》ぐばかり。長く長く世にあるのに、金次は何を持っている訳でもなかった。最近は長崎屋の離れにいる時も多かったから、湯飲みも碁の道具も使ってはいたが、それは長崎屋のものであった。

「でもこの長火鉢は、あたしのもんかぁ。驚いた、初めて自分のものを持ったよ。そいつが長火鉢だったとは」

金次が、黒くつややかな火鉢を撫《な》でていると、更にあれこれ加わってくる。

「私からの品もあるぞ」

佐助はここで火鉢脇《わき》の盆を引き寄せると、載っていた鉄瓶を手に取り、それぞれの火鉢へ載せた。仁吉も笑うと、飯を食べる為に入り用な箱膳《はこぜん》を三つ、器付きで、既に一軒家の方へ置いてあると話す。

「まあ、ありがとうございます」

おしろが嬉しげな声を出すと、他の妖達も、様々な品物を持ち寄ると言い出した。いつも離れにいる面々などは、三人の妖達が一軒家に住みたいと言った時、勝手に贈る品を用意していたのだ。

「我ら守狐は奮発しました。布団を六組も用意したんですよ。大いに感謝して下さいね。何で三組多いのかって？　そりゃ、残りは時々我らが使いますんで」

「鳴家も一軒家に置くの。菓子鉢ーっ。大きいやつ」

どこから調達したかは、謎《なぞ》であった。屏風のぞきも、既に揃えてあると得意げに言う。

「おれのは湯飲み、三つだ」

それは火鉢と同じく、取っておきの品なのだ。

「大きく〝金〟の字が書いてある湯飲みを、見つけたのさ。金次にぴったりだと思ってな」

場久のは扇子、おしろのは白梅の絵付きだという。

「へ、へえ。そいつは……何とも、どうも」

金次が吃驚《びっくり》し言葉に詰まっていると、若だんなが寝たまま、にこにこと笑っている。兄や達も笑うと、そろそろ掃除に行けと、皆を一軒家へと追い出した。

「雑巾《ぞうきん》と盥《たらい》は離れのを使っていい。さあ行け。若だんなは、休まなきゃいけないんだ」

「けほけほけほ」

「若だんな、自分も行ってみたいと言ったって、今はどうにもなりゃしませんよ。ほら、話すと喉《のど》が痛くなります。寝て下さい」

「きゅわきゅわ」

「ああ、守狐や猫又《ねこまた》達は、人に化けるのを忘れるんじゃないぞ」

「あら、いけない」

おしろが慌《あわ》てて猫又から娘の姿になり、鳴家達は屋根伝いに走る。金次達は三つの火鉢を大事に担《かつ》ぐと、裏手に建ったばかりの一軒家へ、皆で歩んでいった。

2

「ええとそれじゃ、金次さんと場久さんが、二階の二間をそれぞれ使うってことで、いいですね？　あたしは一階の奥の部屋。ええ、その方が、朝台所を使う時楽そうです」

「えっ、この家で飯を作るのかい？」

「金次さん、そりゃそうですよ。ここで暮らすんです。他のどこで作るんです？」

「毎日、ちゃんと飯を食うのかぁ」

金次がまたまた吃驚《びっくり》している間に、おしろはどんどん事を仕切って、皆を掃除に向かわせた。

一軒家には、二階に六畳が二間と板間の納戸《なんど》、下には手習い所でも開けると言っていた広い板間と、六畳が一間、三畳が一間あった。後は台所と土間だ。厠《かわや》は表にあり、側の二階長屋と共に使う事になる。風呂《ふろ》は外の湯屋へ行くのだ。

がらんと何もない部屋の掃除は、遊び半分の鳴家《やなり》達が大勢手伝い、直《す》ぐに終わった。そして綺麗《きれい》になると、大事な長火鉢はさっそく、それぞれの部屋へ収まる。金次は掃除も怠けて、ずっとそれを見ていた。

「うん、いいねえ。やっぱり自分の長火鉢ってやつは、何だかかわいいねえ」

「きゅわ金次、長火鉢より、鳴家の方がかわいい」

「きゅい、きゅい、下でおしろが呼んでる」

そして、この後が結構大変だった。何しろ家には先程もらったもの以外、見事に何もない。仁吉がくれた金子で、取りあえず一番必要な物から買わねばならないのだが、何が一番なのか、妖《あやかし》達は首を捻《ひね》った。

「布団《ふとん》は守狐《もりぎつね》さんが、それぞれの部屋の隅に置きました。仕切って隠すのに、枕屏風《まくらびょうぶ》が欲しいです。あれは風よけにもなるんで」

二階から下りてきた場久がそう言うと、いなり寿司《ずし》を差し入れてきた守狐が、台所へ大皿を置きつつ、先に取り皿が欲しいと言う。だが箒《ほうき》片手の屏風のぞきは、その前に必要な物があると言い出した。

「三人で暮らすんだ、まずは鍋釜《なべかま》だろうが」

しかし、手拭《てぬぐ》いを頭に巻いた鈴彦姫《すずひこひめ》や猫又の小丸《こまる》は、首を横に振った。

「一番に要るのは、水瓶《みずがめ》ですよ」

それに、水をすくう柄杓《ひしゃく》だ。夜や雨の日、一々表へ水を汲《く》みには行けない。ここで暮らすなら、とにかく家で水が飲めるようにしなくてはならない。

「そいつで決まりだな」

銭を貰《もら》った野寺坊《のでらぼう》と獺《かわうそ》が、水瓶と柄杓を買いに走り、場久と守狐が一匹、さっそく長崎屋の掘り抜き井戸へ、水を汲みに行った。残った面々が、あれが要る、これも欲しいとてんでに言い始め、守狐が急ぎ懐《ふところ》から矢立《やたて》と紙を取り出す。

「古道具屋へ買いに行く前に、きちんと必要な品を書き出しましょう。ええと鍋に釜、包丁にしゃもじ、まな板、笊《ざる》。うーん、何か大物が足りない気がしますが」

そうだ、行灯《あんどん》も要ると言ったところ、闇《やみ》でも見える妖達は、揃《そろ》って顔を顰《しか》めた。だが守狐は、一番上に行灯を書き足す。

「真っ暗な家の中から話し声がしたら、近所で妙な噂《うわさ》が立っちまいますよ」

「へえ、そういうもんなんですか」

ここで守狐は急に筆を止めると、金次達へ目を向けた。

「そういや、佐助さんから言いつかった事があります。三人にはちゃんと、着替えを用意させろって言われてました」

「き、着替え？　買わなきゃ駄目か？」

「金次さん、町中に住むんですよ。貧乏長屋の住人でも、二、三枚くらいの替えはあるもんなんです」

「……ほおお」

「明日にでも一緒に、古着屋へ行きましょうね」

呆然《ぼうぜん》としつつ、今着ているぼろを見ている金次の横で、鈴彦姫と小丸が台所へ厳しい目を向けた。

「守狐さん、火吹き竹、七輪、味噌《みそ》こし笊、それに器も紙に書いて下さい」

「米や味噌、塩、梅干しなんかを入れておくものが必要ですね。あ、漬け物入れも」

ここで板間からきゅわきゅわと声が響き、鳴家達が大きな器を抱えて現れる。ふらふらとしていたので、屏風のぞきが急いで受け取った。

「おや、煮豆や金山寺味噌を、持ってきてくれたぞ。へえ、若だんなからなのか」

表を行く振り売りの声を聞き、仁吉に買って貰ったらしい。

「きゅい、お腹空《なかす》いたら食べなさいって」

「まあ嬉《うれ》しい。あら鳴家、どうしたの？」

手が空になった途端、鳴家達はしきりと首を傾《かし》げ始めたのだ。何か言い忘れた事があるという。「きゅげ？」するとその時。

「おおい、どなたかおるか」

戸口から大きな声がしたのだ。金次が見に行くと、馴染《なじ》みの大きな姿があった。

「なんと、黒羽《くろは》さん。こりゃ久しぶりだ」

現れたのは、先だって寛朝から紹介された天狗《てんぐ》で、今は寛永寺《かんえいじ》の高僧寿真《じゅしん》に弟子入りをしている、僧の黒羽であった。

「金次さん達が町屋へ引っ越すと聞いたので、参上した。我も妖の身だが、今は僧として暮らしておる。よって色々、分かっている事もあるのでな」

ついでに、天狗しか手に入れられぬ銘酒も持参したと、大きな徳利を掲げる。

「こりゃ、ありがたいこって」

「きゅわ、そう、お客さん来たよ。黒羽さん」

妖達が一斉に戸口へ集まり、黒羽へ、我先にと引っ越しの話を始める。

「なあ、若だんなから、格好の良い火鉢を貰ったんだ。見ておくんな」

「金次さんだけじゃなく、火鉢はこのおしろも、場久さんも頂いたんですよ。素敵な取っ手が付いているんです」

「きゅわ、鳴家は沢山働いた」

「この一軒家、二階に二間、奥にも部屋があるんだぜ」

屏風のぞきも口を出し、更に数多《あまた》の声が重なって、もう訳が分からなくなる。黒羽が笑い出した。

「こりゃ、大勢で引っ越しをしてたんだな。ああ、この後一杯やるつもりで集まってたのか」

ここで屏風のぞきが、皆へ手を振った。

「水瓶は買いに行ったし、他の必要な物は、明日古道具屋へ求めに行きゃあいい。せっかく黒羽さんが来たんだ。ちょいと早いが、そろそろ飲まないか？」

何しろ妖達は、病の若だんなを気遣い、暫《しばら》く静かにしていた。今日は楽しく騒ぎたいのだ。

「きゅわ、お菓子食べたいっ」

「我も加わっていいのか？　それは嬉しいのぉ」

玄関で黒羽が顔をほころばせ、守狐達が腕を組んだ。

「飲むなら、広い一階の板間がいいですね。あるのはいなり寿司と煮豆に味噌……おしろさん、他にも何か買った方がいいかな」

「守狐さん、表に魚屋が通りかかったら呼び止めて。刺身を作って貰いましょう。それと大福餅《だいふくもち》の振り売りにも、声を掛けたいですね」

そこへ野寺坊達が戻ってきて、台所に水瓶を据える。場久達がさっそく水を入れ始めたので、鳴家達は一番にそれを見に行き、その後板間へ入った。

だが直ぐ、首を傾げつつ台所へ戻ってくる。

「きゅわ、板間、何もない」

「は？　何があると思ったんだ？」

板間へ目を向けた金次が問うと、鳴家達は皆で顔を見合わせる。

「やなりいなり、どこ？」

確か先程、守狐達が沢山のいなり寿司を、持ってきてくれた筈《はず》であった。小鬼達はしっかり見ていたのだ。

「煮豆は？　嘗《な》めるお味噌は？」

言われて妖達が、まず台所へ顔を向ける。確かに置いてあった筈の大皿が、何故《なぜ》だか消えていた。慌《あわ》てて板間も見たが、そこにも何もなかった。

「あの、水瓶を持ち帰った時、台所に食べ物はありませんでしたよ」

野寺坊が戸惑いつつ言う。その時はどこかへ移したのだろうと、気にも留めなかったと言うのだ。そこに、屛風のぞきの声が響く。

「おいっ、大変だ。若だんなが買ってくれた丸火鉢も、板間から消えてるぞっ」

部屋はがらんとして、新しい丸火鉢はどこにもなかった。

「そんな……どこへ行っちゃったんです？　高かったみたいなのに。贈って下さった若だんなに、何と言えばいいんです？」

鈴彦姫が泣きそうな声を出した、その時。突然金次が、二階へと目を向けたのだ。

「あ……二階の長火鉢は大丈夫か？」

まさかと言いつつ、金次が急な階段を駆け上がると、場久も慌てて後へ続いた。おしろは奥の一間へ飛び込み、直ぐに三つの悲鳴が辺りへと響く。

「ないっ、あたしの長火鉢がない。鉄瓶も湯飲みもないっ」

まだ誰も寝ていない布団までが、きれいさっぱり消えていると、半泣きの声が続く。

二階の納戸へ守狐が飛んでいくと、客用の、三組の布団までもが無くなっていた。妖達はどうして大事な品が消えたのか分からず、揃って呆然としてしまった。

「何でだ？　ついさっきまであったのに」

するとと幾らもしない内に、表が騒がしくなり、皆が顔を見合わせる。ここで黒羽が妖達へ、慌てて言った。

「おいっ、表に人が来た。猫又と妖狐《ようこ》はちゃんと人の姿になれっ。この一軒家は貸家で、二階長屋の横に建ってるんだ。塀の内にあって人の来ない、長崎屋の離れとは違う」

長火鉢を失った三人が、悲鳴を上げたのだ。近所の皆が心配して、様子を見に来たのに違いない。

その時、表からさっそく、どうかしたのかと声が掛かった。すると黒羽が止める間もなく、火鉢を盗《と》られたと小丸が言ったものだから、表の声が大きくなる。

開いていた一階の障子戸から、皆が恐る恐る表へ目を向けると、家の脇《わき》に、近所の長屋の住人達が集まっていた。何人かが中まで入って来ようとしたのを、大家の化け狐が止めている。表の話し声が伝わってきた。

「引っ越し早々、一軒家で物が盗まれたんだってよ」

「火鉢だって。大変だ」

「家にゃ大勢いるみたいなのに、やられたのかい？」

そして恐ろしい事に、ここで話は、余所《よそ》へと伝わる事になってしまったのだ。

「おい、盗人《ぬすっと》が出たんなら、日限《ひぎり》の親分さんに来てもらわにゃ。手下の一人がさっき、湯屋にいたぞ。誰かひとっ走り行って、連れてきてくんな」

「あのっ、そんな事までしなくとも」

まだ近所づきあいに慣れていない妖達が、あれこれ聞かれるのは困る。黒羽が慌てて止めたが、どうなるものでもなかった。あっという間に湯屋へ使いが行ってしまい、小鬼達が急ぎ影の内へと逃げ出す事になった。

妖達は、何をしたら拙《まず》いのか、大急ぎで話し合う。とにかく、尻尾《しっぽ》が着物からはみ出さぬよう気を引き締めたその時、長屋の先の木戸をくぐってくる親分の姿が目に入った。

3

「ああ、お前さん達が、この一軒家へ越してくるって三人か。佐助さんから聞いてるよ」

場久が、金次、おしろと自分は親戚《しんせき》だと言い、一軒家の縁側に座った日限の親分へ、よろしくお願いしますと頭を下げた。

すると親分も挨拶《あいさつ》を返し、後ろへ集まっていた近所の面々も名乗り、その場は顔合わせのようなものになっていく。

妖《あやかし》達にとって世間は、馴染《なじ》んできた影の内とも、長崎屋の離れとも違う、人が溢《あふ》れ、明るく剣呑《けんのん》な場所であった。

「しかし、とんだ事だったな。家移りした早々、盗人《ぬすっと》に入られるとは」

「きゅい」

一軒家が若だんなの持ち物である為《ため》か、親分の言葉は優しい。しかし、ちょいと気を緩めたおしろが、盗まれた品の事を馬鹿《ばか》正直に伝えると、眉間《みけん》に皺《しわ》を寄せた。

「火鉢が五つも盗《と》られたって？　何で一軒の内に、そんな数があったんだ？」

「ありゃ……多いですか？」

おしろが言葉を詰まらせ、他の妖らも返答が出来ない。親分の眉《まゆ》が八の字になったので、僧衣姿の黒羽が急ぎ前へ出て、重々しい口調で辻褄《つじつま》を合わせてくれた。

「あのな親分さん、実は場久さんは噺家《はなしか》なのだ。下の板間で、時々噺をしたいというので、客用の火鉢が必要だったのだ」

「おお、じゃあそこの兄さんは、怪談話で名をあげた、あの場久さんなんだね。この家でも一席やってくれるんなら、楽しみな事だ」

親分が心得顔になったものだから、黒羽はほっと息をつき、もし盗人の事が分かったら、寛永寺の黒羽へも知らせて欲しいと頼んだ。すると相手が名刹《めいさつ》の僧だと知り、途端に表情を引き締めた親分は、最近増えているという盗みの話をし始めた。

「御坊、実は近頃、留守をねらった盗みが多くってね。俺たち岡《おか》っ引《ぴ》きは調べに忙しくて、休む間がない程なんだよ」

どうやら不思議な程、盗みの上手《うま》い奴《やつ》が現れたようで、まだそいつの姿を見た者がいない。しかも留守宅ばかりではなく、今日のように、たまたま人が居なかった部屋からも、物を盗み出していくらしい。

「大胆な奴なのさ。早く捕まえたいんだが」

だが盗人は歳《とし》すら分からず、手こずっていると言う。するとここで、黙り込んでいた金次が、剣呑な表情を浮かべた。

「親分、つまりなんですか。今、嫌な盗人がこのお江戸で跋扈《ばっこ》してる。そしてどうやらそいつが、この家のものを、ごっそり持っていっちまったってぇ事ですか？」

「ああ、間違いないだろう。並の奴なら大勢がいる家へ、盗みになんか入らねぇからな」

「あたしの大事な長火鉢も、そいつが盗んだんだね……」

金次がそうつぶやいた途端、何故《なぜ》だか辺りが急に冷えてきて、皆が首をすくめる。

「う、うわぁ」

屏風《びょうぶ》のぞきが顔色を変え、おしろと目を見合わせた後、金次から一歩離れた。貧乏神金次が、本気で腹を立てていると察したのだ。

「拙《まず》い、拙いよ。このお江戸に貧乏人が、山と生まれそうじゃないか」

妖達は震えたが、日限の親分は寒気の元が分からない為か、くしゃみを一つしたものの、至って平気な顔をしている。一つ息を吐いた黒羽が、お江戸の為、早く盗人を捕まえてくれと願うと、親分は大きく頷《うなず》いた。

「任せてくんな。こんなにあちこちで、盗みを繰り返してるんだ。盗人もじき、誰かに姿を見られるってもんさ」

そうなれば早々に、捕まえる事が出来るだろう。明るく話す親分に、金次が低い声を掛ける。

「ねえ親分さん。あたしも長火鉢を探したっていいですよね？　あれ、大事な品なんですよ」

「おうよ、自分のものだ。勿論《もちろん》遠慮はいらねえさ」

ただその時、人様に迷惑だけはかけるなよと、親分は釘《くぎ》をさしてくる。金次は素直に頷くと、さっさと家の内へ入ろうとしたものだから、横から黒羽が手を伸ばして引き留め、強引に集まった人へ頭を下げさせ、勝手に一言いった。

「とんだ初日だったが、これからこちらで暮らします。よろしくお願いしますよ」

「ご近所になるんだものね。こちらこそ、よろしく」

一度名乗り合っているのに、また挨拶が繰り返され、妖達が目をぱちくりさせる。その間に、親分が腰を上げた。

「何か分かったら、直《す》ぐに知らせてやろう」

ようよう近所の皆も、一軒家の前から帰ると、中へ戻った妖達はしっかり障子戸を閉め、とにかく皆で板間へ座った。だが、火鉢の消えた部屋は相変わらずひやりとしたままで、妖達は身を震わせて貧乏神を見る事になる。黒羽が溜息《ためいき》をつき、金次の顔を覗《のぞ》き込んだ。

「おい金次さん、癇癪《かんしゃく》を収めてくれ。若だんなが知ったら、心配なさるじゃないか」

火鉢などが盗られたと聞けば、確かにがっかりするだろう。だが若だんなが一番気にするのは、きっとこの、いつにない寒さの方だ。

「お前さんは貧乏神なんだ。怒りを振りまいたら、周りでどんな事が起きるか分からんぞ」

「きゅべ」鳴家《やなり》がちょいと金次の着物を引いても、金次は恐ろしく不機嫌な顔のままだ。そしてじき、きっぱり言った。

「あたしは、あの長火鉢を取り戻す気だ。江戸で貧乏神へ喧嘩《けんか》を売って、ただで済むと思われたかぁない。これから人を貧乏に、出来やしないじゃないか」

「金次さん、盗人はあの長火鉢のこと、貧乏神のものだって、分かっちゃいなかったと思うぞ」

屏風のぞきが、急いで言う。

「でも、どうしても探したいんなら、皆も手伝うさ。だから落ち着いて……」

しかし。その言葉は途切れてしまった。落ち着けと言われたのに、金次は何と瞬《まばた》きをした間に、影の内へ消えてしまったのだ。皆が一斉に顔を引きつらせる。

「わあっ、駄目だ。こりゃ盗人は来月にでも、文無しになること間違い無しだ」

それどころか、日の本中の商いがおかしくなりそうだと屏風のぞきが言う。途端、黒羽が顔を蒼《あお》くした。

「そんな事になったら、金次さんを止められなかった拙僧は、寿真様に合わせる顔がない」

寺に居られなくなると、黒羽が大きな体を小さく丸め、妖達は頭を抱えてしまった。さっさと引っ越しを済ませ、後は楽しく飲むはずが、とんだ騒ぎが湧《わ》いて出てしまったのだ。

「一体、どうしたらいいんだ？」

守狐《もりぎつね》が腕を組み、考え込んだ。

「確かに金次さんの面子《めんつ》は、潰《つぶ》れましたよね。あたしだって、用意した布団《ふとん》を早々に盗られたなんて、仲間に言えたもんじゃありません。若だんなにも言えません。聞いたら心配して、また病が重くなっちまいますよ」

つまり、だ。ここで守狐が、すっと声を潜《ひそ》め、周りに妖達が寄り集まった。

「盗まれた品、我らで直ぐに取り戻せたら、何とかなりませんかね」

そうすれば妖の名は守られ、若だんなの病も重くならず、金次の怒りから江戸を救える。

すると黒羽が直ぐ、首を大きく縦に振った。鳴家達も、嬉《うれ》しげな声を出す。

「きゅぴー、鳴家はご飯、取り戻す！」

「確かに品物さえ戻れば、金次さんを何とか止められるかもしれませんね」

おしろも頷いた。仁吉や佐助が怒る前に、とにかく貧乏神が暴れ回るのを、止《や》めさせねばならない。小丸も頷き……しかし眉根を寄せた。

「でもおしろ姉さん、どうやったら取り戻せるんでしょう？」

「さあ……小丸、何をしたらいいと思う？」

するとと黒羽と守狐が顔を突き合わせ、急いで話し合いを始める。そしてじき、板間の妖達は、幾つかの組に分けられたのだ。

「これから皆に、盗まれた品を見つけ出してもらう」

盗んで手に入れた品物は、売らなければ金子に変えられない。だから。

「まずは組んだ相手と、質屋や古道具屋を回っておくれ。影の内から倉へも入り込んで、調べるんだ。盗まれた品の在処《ありか》を摑《つか》んでくれ」

どこの店が持っているかが分かれば、品物を売りに来た者の事を、店主から聞けるだろう。つまり盗人の事も、分かるかも知れない。ここで黒羽が、皆へ頭を下げた。

「頼む、急いでくれ。貧乏神がどうやって貧乏人を増やすのかは知らんが、辺りはさっきから、ひやりとした寒さのままだ。このままではお江戸が危ない」

早めの夕餉《ゆうげ》を食べ損ねた妖達は、一斉に江戸の町へと散った。

4

「きゅんい？」

「きゅべ？　きゅわわ」

ぷるぷると首を振ってから、鳴家《やなり》が三匹、目を開けた。

すると自分達が、物が沢山置かれた小屋みたいな所で転がっていたので、首を傾《かし》げる。おまけに何故《なぜ》だか、大きな鳥籠《とりかご》のようなものの中に、入れられていたのだ。菓子が籠内に、僅《わず》かに散らばっていた。

「ぎょべー？」

何となく嫌だったので、影の内へ潜ってしまおうとしたら、籠の底には、寛朝が書いた御札のようなものが貼《は》ってあり、出られない。驚いた鳴家達が籠の中で動き回っていると、その時突然真横に、大きな人の顔が現れた。

「きょんげーっ」

魂消《たまげ》た三匹がもの凄《すご》い悲鳴を上げると、目の前にあった蛸《たこ》の親戚《しんせき》のような顔が、にたりと笑った。そして後ろにいた蟷螂《かまきり》のような男へ顔を向けると、嬉《うれ》しそうに言ったのだ。

「ほら、見えないけど中に何かいる！　やっぱり妖《あやかし》を捕まえてたんだ。おれ、上手《うま》くやったんだ！」

男は籠の扉を僅かに開け、鳴家達を摑《つか》もうと手を突っ込んでくる。何でこんな事になったのか分からず、三匹はとにかく中で逃げた。すると男の後ろから、溜息《ためいき》が聞こえてきたのだ。

「おい、俺たちは見世物小屋で、妖を使ってるんだぞ。幽霊だか何だか知らんが、見えない妖を捕まえて、どうしようっていうんだ？　使いづらい」

蟷螂男は、この世に妖が居る事を、重々承知しているようであった。分かっていて、人には見えない妖を捕らえても、使いづらいと言ったのだ。見えないのでは、あれこれ言いつけるにも不便らしい。

「全く、ちっとは考えろよ。向こうの籠にいるような、言う事を聞かせやすい妖を捕まえるんだ。そうすりゃ小屋主みたいに、お大尽にだってなれるんだぜ」

「こいつらじゃ駄目なのか……」

蛸男は気の弱そうな声を出し、鳥籠の中に手を突っ込んだまま、後ろの男と話している。

「ぎゅべー」

鳴家達は低い声を出した。捕まえられたあげく、不満を言われ、腹が立ったのだ。それで三匹は頷《うなず》くと、一斉に蛸男の手へ嚙《か》みついた。

「ひいっ、痛ーっ」

男が慌《あわ》てて手を振り上げたものだから、鳥籠が放り出され小屋の内を舞った。葦簀《よしず》を張ってある竹の支柱へ当たると、籠は行李《こうり》の側へ落ちひっくり返る。大きく扉が開いたので、三匹は中から飛び出た。

そして大いに腹を立てた鳴家達は、影の内へ消える前に、行李の上に置いてあった別の鳥籠を、三匹で下へ落としたのだ。

「うわあああっ、何が起こったんだ？」

何か小さな姿がその籠から出たと思ったら、蟷螂と蛸の男二人は鳴家達の籠など見もせず、必死にその者を追った。帯のような紐《ひも》を摑み、小さい者を強引に引き寄せようとしたので、まだ腹を立てていた鳴家達は、二人の足へ思い切り嚙みついた。

「げえっ」

帯が解けて落ち、小さい者は上手く逃げてどこかへ消える。鳴家達はその帯を勝利の品として手にすると、悠々と影の内へ逃れた。


いつの間にか捕まっていたが、逃げ出し、戦って勝ってきた。鳴家は偉い。

突然帰ってきた小鬼達にそう言われ、屛風《びょうぶ》のぞきと黒羽は、一軒家の板間で顔を見合わせた。二人は二軒の古道具屋を調べた後、一旦《いったん》戻り、守狐《もりぎつね》が用意した紙に調べた店の名を書いていたのだ。

「おい鳴家、子供の帯みたいなもの巻き付けてるが、一体どこの古道具屋で捕まったんだ？　それとも質屋の土蔵にでも入り込んで、鼠取《ねずみと》りにでも引っかかってたのか？」

　途端、鼠と比べられた鳴家達が怒った。

「ぎゅい、鳴家が捕まったのは、悪い奴《やつ》！」

「場所、古道具屋と、違う。質屋も違う。どこかの小屋」

「小屋？　何でそんな所へ行ったんだ？」

　すると三匹は、嬉しそうに頷いた。

「お菓子！　良い匂《にお》い、したの。小屋のぞいたら、籠の中に、沢山あった」

　山盛りにしてあったし、籠の入り口は開いていた。だから鳴家達は誰が食べてもいいものだと、勝手に思ったのだ。

「うわあ……それで、籠へ入って菓子へ手を出した途端、入り口が閉まったんだな？」

「だんっ、て大きな音して、閉まった。驚いたら、目の前、真っ暗になった」

　直《す》ぐに気がつきはしたが、蛸と蟷螂に似た男達が小屋に現れ、鳴家達は恐《こわ》い思いをする事になったのだ。

「鳴家さん、戦ったのかい？　どうして直ぐに影の内へ、逃げなんだのかのぉ？」

黒羽に問われた鳴家が、籠に御札が貼ってあった故《ゆえ》、逃げられなかったと話すと、僧が眉《まゆ》を顰《ひそ》める。つまりその籠は妖を捕まえる為《ため》に、作られた品だと分かったからだ。屏風のぞきも厳しい表情を浮かべた。

「嫌な物を作った奴が、いるようだな。妖を捕まえて、どうしようっていうのかね」

鳴家が得意げに訳を語った。

「見世物小屋で、使ってるって。妖、役に立つって」

「うっ……妖を見世物にしておるのか」

黒羽は鼻に皺《しわ》を寄せ、本物の妖を見せている小屋が、あったかのぉ。黒羽は腕を組んだ。

「しかし、本物の妖を見せている小屋が、あったかのぉ。噂《うわさ》すら聞いた事がないが」

だがどこの小屋の事にせよ、鳥籠へ護符を貼っていたとなると、事は剣呑《けんのん》であった。

「妖封じを行える僧が、関係をしているのではないか」

だが本当にそんな事の出来る僧は、江戸には今、三人しかいないのだ。

「しかし寛朝様、寿真様、秋英《しゅうえい》さんが、そんなことをするか？　妖を捕まえ見世物とする事に、力を貸すとは思えぬが」

ここで一軒家の板間に、新たな足音が響く。守狐と場久の組み合わせが戻って来たのだ。二人も回った店の名を紙に書くと、今の話に加わってきた。

「お話が聞こえました。妖封じの御札ですが、寛朝様が書いたものを、悪い奴が嘘《うそ》を言って手に入れたんじゃありませんか？」

寛朝は高額な寄進をしてくれる者へ、護符を渡したりする。若だんなも、以前なりそこないと対峙《たいじ》した時、大枚を出して護符を購《あがな》った事があると守狐が言った。その言葉に、ほっとした顔で黒羽が頷く。

「なる程、そういう事か」

ところが、事はちっともほっとする方へは進まなかった。この時一段ときつい寒さが部屋を襲い、板間にいた四人と小鬼達は揃《そろ》って身を震わせたのだ。

「ひえっ、何事かな。この寒さは……金次の仕業かな」

屏風のぞきが、何だか嫌な感じがするねえと言っていると、暫《しばら》くして表から、今度は軽い足音が近づいてきた。音もなく障子戸が開くと、おしろと小丸、鳴家が顔を出す。

「大変です、とんでもない事が起きました。あの、長火鉢を見つけたんです」

「おしろさん、そりゃ良かった……んですよね？」

守狐が戸惑った口調で言うと、おしろが首を横に振る。

「見つかったのは、金次さんの長火鉢なんです。神田《かんだ》の古道具屋にありました。でも」

おしろが目に留め、盗まれた品だと店主に言ったのだが、返してくれなかった。いやそれだけでなく、欲しがっていることを知ると、主《あるじ》は長火鉢の値をつり上げてしまった。酷《ひど》いと言ったら、おしろと小丸、鳴家は、水を掛けられ追われたのだ。

「鳴家が騒いで、金次さんを探しに行きました。遠くない所にいたそうで、長火鉢の事を教えたんです」

そして金次が店近くに現れた途端、とんでもない事が、その古道具屋へ降りかかったのだ。

「貧乏神のもたらす災難というものを、あたし、初めて見ました」

店奥から手代《てだい》が飛び出してきて、喚《わめ》いた。

「店の倉に泥棒が入ったと叫んだんです。大騒ぎになっちゃいましたよ」

「うわあ」

ごっそりと品物を盗《と》られたと言っていたから、遠からず店を畳む羽目になるのだろう。貧乏神を敵に回し、この江戸で続けていける店などあるはずもなかった。

店主は奥へ飛んでいって居なくなったし、辺りは酷く寒かった。気がつけば金次の姿までなく、どうしていいのか分からない。それでおしろ達は一旦、一軒家へ戻ってきたのだ。

「やれやれ。店が潰《つぶ》れ主が夜逃げでもしたら、残った長火鉢を買い取れるかのぉ」

「黒羽さん、あたし長火鉢を見つけましたけど、良かったんでしょうか」

すると、部屋の外から短い応《こた》えがあった。

「勿論《もちろん》良かったさ。いや助かった。ほれ、こうして長火鉢が取り戻せたから」

「金次さん？　戻ってらしたんですか」

おしろが急いで障子戸を開けると、そこに金次の貧相な姿があった。驚いた事に、その手には己の長火鉢と、何故だか場久の鉄瓶、そしておしろの湯飲みを抱えている。

金次はどかりと板間の真ん中へ座ると、一つ息を吐いてから、事の次第を語り始めた。

「神田の古道具屋が盗人《ぬすっと》に入られた事は、おしろさんが言ったかな？　まあ、あたしが関わった店じゃ、いろんな事が起きるのさ」

古道具屋は盗人に、大事な店の売り物を、かなり盗られてしまったらしい。店主と奉公人が奥へと走ったので、店表には金次を止める者が居なくなった。だからまず己の長火鉢を取り戻し、鉄瓶や湯飲みも見つけた後、興味津々《しんしん》、勝手に奥へと入り込んだという。それでおしろは、金次を見失ったのだ。

ここで金次は、眉を顰めた。

「手代が倉の戸を開け店主と騒いでたんで、中が見えたんだが……妙な具合だった」

「妙、とは？」

屏風のぞきが戸惑う。

「確かに倉内の品は、沢山盗まれてた。表から見て右半分の棚は、物がほとんど無かったんだ。下には行李がひっくり返ってたね」

ところが左の棚には、品物が綺麗《きれい》に並んでいたのだ。行李など蓋《ふた》も開いていなかった。

「高そうに見える品もあったぞ。しかし左側の物は無事だった」

一体盗人は、どうして右だけ盗み、左側の品を残して消えたのだろうか。金次が考えている間に、店主が頭を抱え、岡っ引きを呼びに行った。どうやら大切な金櫃《かねびつ》が、右の棚にあったようなのだ。

貧乏神金次はにやりと笑うと、貧乏に魅入られた店から帰った訳だ。勝手に長火鉢など持ってきてしまったが、あれだけ沢山盗まれていたら、もう一つ二つ無くなっても変わらないと、金次はあっさり言う。

「あのさ、あたしは今でも盗人の事を怒ってる。まだまだ沢山の品が返ってきてないし、祟《たた》りたいと思ってるんだが……どうも、よく分からねえ奴だねえ」

こんな妙な盗人が相手で、己の鉄瓶や場久達の長火鉢を、見つけられるだろうか。金次が真剣な表情を浮かべ、しばし考えにふけると、もう話してもいいと思ったのか、鳴家が己達の大事を金次へ話し出す。

「きゅい、きゅわ、大変だった！」

山ほど言い立てたので、金次は妖狩りをする小屋へも祟ってやると約束し、鳴家達を黙らせた。

すると、そこへ更に他の妖が帰ってくる。今度は野寺坊と獺《かわうそ》だ。

「おい、見てくれ。褒めてくれ。我ら二人は、鉄瓶を見つけてきたぞ」

そう言い皆の前へ出したのは、何とおしろの鉄瓶であった。注ぎ口が特徴のある形だったので、直ぐに分かったという。

「早くに見つけられて良かった。質屋へ行く途中の、船着き場近くに放り出してあったんだ。水辺だったから、そのままにしてたら錆《さ》びてしまったかもしれん」

「は？　盗んだ鉄瓶が川岸に捨ててあった？」

この話には金次も黒羽も驚き、皆は顔を見合わせる。しかし訳を直ぐ思いつく者は、板間にはいなかった。

5

ごん、と痛そうな音がして、長崎屋の離れで、守狐《もりぎつね》の一匹が頭を抱えた。

日限の親分の口から、一軒家で火鉢や布団《ふとん》などを盗まれた事が、長崎屋へ伝わってしまったのだ。一軒家へ行っていた守狐が呼び出され、当然、母屋《おもや》の仲間から怒られた。

「若だんなから頂いた祝いの品のことで、隠し事をするなど、もってのほかだ。尻尾《しっぽ》の毛を刈ってしまうぞっ」

「ひえええっ、ご勘弁を」

殴られた守狐の顔が蒼《あお》くなったと分かり、若だんなが布団の中から慌《あわ》てて取りなす。尻尾の毛が助かると、守狐は仲間や若だんなに、大きく頭を下げた。そして、一軒家で起こった一切合切《いっさいがっさい》を急ぎ話しつつ、ついでに言い訳をする。

「今、金次さんの怒りを止めようと、皆で働いてまして。それで精一杯だったんですよぅ。長火鉢を盗《と》られたら、いきなり部屋の外まで寒くなって恐《こわ》かったんです」

「きゅいきゅい、そう」

「それで急に、真冬のようになったのか」

佐助にじろりと睨《にら》まれ、守狐は更に首をすくめる。だが話が続き、妖《あやかし》狩りをする者達の事や、金次が古道具屋で見た不思議な盗みの事が語られると、離れの皆は怒るより首を傾《かし》げた。

「倉の中の品が、右にあるものだけ盗まれたとは。どういうことか」

「妖に、言う事を聞かせるって？」

兄《にい》や達は訝《いぶか》り、若だんなは目に光をたたえて起きたがる。いい加減寝飽きて、薬湯以外の事を考えたいのだ。

しかしそれを察した仁吉が、横に居た鳴家《やなり》に、花林糖《かりんとう》入りの茶筒を指し示した。

「若だんなは、まだ暫《しばら》く静かにしてなきゃいけない。でも変わった話を聞いたから、訳を知りたいのだそうだ」

だから妖達でその訳を調べ、知らせてくれと仁吉は言った。

「妖らは頼りになるのだろう？　上手《うま》くやったら酒や肴《さかな》を、一軒家へ届けよう。妖達は宴会のやり直しが出来るぞ」

「きゅんいー、鳴家賢い。頑張る」

まだ場久やおしろの長火鉢、布団など多くが見つかっていないので、妖の面々は今も、盗人《ぬすっと》の事を調べ続けているのだ。あの憎たらしい小屋は、金次が祟《たた》ったから、きっと潰《つぶ》れている。探すのは簡単そうであった。

「だから、きゅい、直《す》ぐに全部分かる。鳴家、お菓子も食べる」

「分かった、礼には酒だけじゃなく、大福や団子《だんご》もやろう」

「きゅわきゅわ」

鳴家達が急いで一軒家の方へ消えると、自分で調べられないと分かった若だんなは、布団の中でがっかりした表情を浮かべる。だが鳴家が消えた方をちらりと見ると、せっせと考え始めた。

「けふっ、江戸で荒稼ぎ中の盗人は、人に姿を見られていない。まるで妖の仕業みたいだね」

兄や達もその事は考えたようで、若だんなの顔を見てくる。ただ。

「妖が、あっさり人の言いつけを聞く訳もありません。無理ですよ」

仁吉がそう言うと、佐助が横から口を出す。

「さっき鳴家が、御札を使い妖を捕まえている者がいると、言ったじゃないか。ひょっとしたらその小屋の者達が、捕まえた妖に、無理に盗ませたのでは？」

言う事を聞かせると、言っていたらしいのだ。だが仁吉は頷《うなず》かない。

「妖を捕まえて、見世物にする事は出来るだろう。だが盗みをさせるには、籠《かご》から出さねばならないぞ。佐助、うちの鳴家達なら出た途端、大人しく盗みに行くより先に、逃げてしまうと思うが」

「……そうだな」

仲間が捕らえられていても、助けてくれと、若だんなの所へ駆け込んでくるだけだ。捕らわれの一匹を救う役目は、若だんなや兄や達が押しつけられる訳だ。

「あは、確かに……けほけほ」

慌てて仁吉が薬湯を飲ませたので、若だんなはその苦さに、暫く口がきけなくなる。

仁吉が話を続けた。

「そもそも火鉢を盗られた時、一軒家には沢山の妖がいました。万に一つ妖が操られ、盗みをさせられていたとしても、あの家に入ったとは思えません」

妖であれば、鳴家達の軋《きし》むような声が聞こえた筈《はず》だ。気配も感じ、中にいるのが人ではないと、分かったと思われる。

すると若だんなが、何とか話し始めた。

「もし妖が盗人なら、同じ妖からは盗まないってこと？」

今度は兄や二人が揃《そろ》って頷く。

「金次が今回、長火鉢一つであんなに喜んだのを、若だんなはご覧になったでしょう？　そもそも妖というものは、長く生きても、まず物を持ちませんから」

野に住まい影の内をゆき、姿を消し、また現れる。何百年も何千年も時を越えてゆく者なのだ。定まって町に住まう事はほとんどなく、故《ゆえ》に家財などを持てばそれは邪魔、足枷《あしかせ》となる。

「物など持っていない筈の同族から、わざわざ盗もうと思う妖などいませんよ」

「こほっ、なるほど」

若だんなは小さく頷くと、天井を見つめた。今回の盗人はまるで妖のように、人目につかない。しかし妖は、妖から物を盗るような事はしない。話は矛盾する訳だ。

「妖のような人が、いるってことかな。けほっ、それとも物を持たない同族から、盗もうとする妖がいるってことかな」

若だんなが天井を見続けると、その内、沢山の鳴家達が降りてくる。そして若だんなの布団に潜り込むと、「きゅわきゅわ」嬉《うれ》しげな声で鳴いた。

昼下がり、沢山の妖達が若だんなに会う為《ため》、一軒家から、離れに来た。そろそろ若だんなが寂しかろうと、兄や達が呼んだのだ。

若だんなが沢山のお菓子を用意してくれたので、皆は布団の横で嬉しげに食べている。いつもの栄吉の菓子、団子と大福だ。今日の大福は少々気合いの入った出来だったが、それでもとても良く減っていった。

「きゅんわ、鳴家はとっても働いているの。お八つ、沢山食べられるよ」

「腹が減ってるんで、腹持ちの良い大福は助かります。一軒家じゃまだ、鍋釜《なべかま》を買うどころじゃなくて、飯を炊《た》けないんですよ」

場久が三つ目の大福を食べつつ、溜息《ためいき》をついた。

「良かった。栄吉に話したら喜ぶよ」

するとこの時離れへ、客が顔を出してきた。日限の親分が、今日はちょいと首を傾げつつ、横手の木戸から庭へ入ってきたのだ。

「おや、一軒家のみんなも見舞いに来てたとは、丁度良かった。若だんなも障子戸を開けていられるようになって、何よりだ」

今日は伝えたい事があると言い、親分はどっかり縁側に腰を掛けると、まずは佐助から茶など貰《もら》う。そうして木鉢にあった大福を一つ、腹に収めてから語ろうとし……

急いで菓子を飲み込む事になった。

「うーん、栄吉さんの大福だね。最近、ちっとは腕を上げたと聞いてたんだが……聞いてた筈だが」

それきり言葉を切ると、急いで餡子《あんこ》を使ってない団子を食べてから、話し出した。

「若だんな、姿を摑《つか》めねえ盗人がいるって、先に話したよな。ところがそいつ、急に盗みを止《や》めちまったんだよ」

これまで岡っ引き達を悩ますほど、あちこちで盗んでいたものが、見事な程、突然消えたのだという。

「勿論《もちろん》、他にも盗人はいるし、江戸から盗みがなくなった訳じゃない。でもな、物が煙のように消える事は無くなったのさ」

その上。

「驚く事が起きてる。昨日な、着物が高い木の枝に、何枚も引っかかってたんだ」

慌てて下っぴきに確かめさせたら、姿の見えない盗人に、盗られた品だと分かった。

それだけではない。全部出てきた訳ではないが、今お江戸のあちこちで、一度消えた品が見つかっているのだ。

「で、こいつは一軒家のものじゃないかと、持ってきた。確かめてくれ」

そう言って親分が袖内《そでうち》から出してきたのは、何と扇子の絵が付いた場久の湯飲みであった。場久が慌てて手にすると、どこも欠けていないと言って親分に頭を下げる。

「やっぱりそうか。何で一回盗んだものを、あちこちへ放り出したのかねえ」

ここで若だんなが、床内から声を出した。

「こんっ、親分さん、湯飲みを見つけて下さって、ありがとうございます。その、着物の他にも、値の張る品が落ちてたってこと、ありましたか？」

「ああ、あった。銀の簪《かんざし》が、でんでん太鼓と一緒に、井戸端に放り捨ててあった。小《こ》簞笥《だんす》ときたら、中に高い根付を入れたまま、ある店の真ん前に置いてあったそうだ」

「……なる程」

親分はそれから暫く、あれこれ己の手柄話を続けた。だが、若だんながしばし黙って考え込んでいると、疲れたと思ったのか、佐助が親分へ土産にと羊羹《ようかん》を出した。ついでに袖の内へおひねりを入れたので、親分はそれを合図に席を立つ。

そしてちらりと、木鉢に山と載せられている大福へ目をやった。

「また、分かった事があったら知らせてやるよ。しかし若だんな、まだ一杯大福が残ってるが。食べるの大変だな」

「けほっ、大丈夫ですよ。久しぶりだったから、今日は大福だって皆よく食べてます。

ごほごほっ、ああこんなこと言ったら、栄吉の作る菓子が美味《おい》しくないみたいだ」

「はは、団子はまああだったぜ。まあ誰も、菓子職人が作る菓子が、その、困った味だとは思わんわな」

苦笑を浮かべる兄や達へも挨拶《あいさつ》をして、日限の親分はまたお勤めへ戻ってゆく。若だんなはその言葉を聞いて……一寸《ちょっと》目を見開いた。

「あれ？」

ここで若だんなは急に、布団の上へ身を起こした。

「わ、若だんな、寝ていて下さいまし」

仁吉の声が聞こえたが、しばらく返事が出来なかった。頭の中で色々な言葉が、行ったり来たりしていたのだ。

「菓子職人のお菓子は美味しい筈だ。妖は、妖として動く筈だ。右側を盗んだ者は、左側も盗む筈……本当かな？」

「はい？」

兄や達は急ぎ、綿入れを若だんなに羽織らせる。ここで若だんなは、せっせと大福を食べている妖達へ、ちょいと手招きをした。

6

一軒家の板間の真ん中に、大きな風呂敷《ふろしき》が敷かれた。そしてその真ん中に、長い布きれが巻かれた鳥籠《とりかご》が据えられている。

守狐《もりぎつね》が損料屋《そんりょうや》から借りてきたもので、入っているものは鳥ではない。籠の底には何枚か紙が敷かれ、その上にお菓子がこんもりと置かれている。

そしてそれを、部屋の外から沢山の妖《あやかし》達が取り囲み、こっそり見ていた。

「きゅい、お菓子、鳴家《やなり》が味見してもいい？」

「駄目だ。お前さん達が食べたら、直《す》ぐに無くなっちまうだろうが」

屏風《びょうぶ》のぞきが小鬼を小突く。その横にいるのは、金次や黒羽だ。

「そのなぁ、この仕掛けで本当に、盗人《ぬすっと》が捕まるのか？」

金次が疑り深げに言う。目の前の鳥籠は、先だって鳴家達が捕らわれた仕掛けを、真似《まね》たものなのだ。

若だんなが寝床で急に、長火鉢の盗人は、妖かもしれないと話し出した。だから鳴家と同じような仕掛けで捕らえて、話を聞いてみたいと言ったのだ。

妖達は首を傾《かし》げたものの、若だんながそう言うのなら、一度試さねばならない。黒羽が、長崎屋の離れにあった寛朝特製の護符を籠に敷き、守狐達が菓子を中へ山と置いて、似た仕掛けを作り上げた。鳴家が持ってきた帯を巻き付け、板間の真ん中へ置くと、鳥籠の話を他の妖達へ吹聴《ふいちょう》し、盗人が現れるのを待っている訳だ。

「確かに、少々不安だのう」

黒羽が小声で言う。

「金次さん、盗人は一度この一軒家を荒らしておる。菓子があるからと、また来るものかのう」

いやそもそも、盗人は本当に妖なのか。兄《にい》や達が妙だと言ったように、妖が盗人であるなら、この妖だらけの家へ盗みに入ったのは、何だか変な話なのだ。

金次は顰《しか》め面《つら》を浮かべている。

「さあなあ。しかし、分かったこともあるよ。どう考えても、鳴家達が引っかかった鳥籠の罠《わな》は、簡単というか、情けのない仕掛けだったって事だ」

その罠に引っかかる妖がいるとは、かなりみっともないと金次が言ったものだから、横で鳴家達が頰を膨らませ、「きゅんぴー」と鳴いている。

もっとも金次は、ちゃんと鳴家達の敵《かたき》を討っていた。小鬼達が小屋を見つけ、妖を捕まえる輩《やから》へ金次がしっかり祟《たた》った故《ゆえ》、小屋は早々に潰《つぶ》れたらしい。

「驚く程早かったと聞いたぞ」

黒羽が、その小屋に関わった者達は見事に一文無しになり、小屋は人手に渡り、跡に妖達も居ないようだと言うと、貧乏神がにやりと笑った。辺りはまた薄ら寒くなる。

「やれ、後は盗人の事が片づけば終わりだ。若だんなへ話しに行けるな」

妖達は一軒家で、それから長いこと待った。ただ、長く長くこの世にいる者ばかりだから、待つことは皆得意であった。板間は時が止まったかのように、長い間、ひたすら静まりかえっていた。

そして。

どれ程過ぎたか分からなくなった頃、突然、ごとりと音がしたのだ。

板間ではなく台所であった。「きゅわ？」妖達が身構えた時、また僅《わず》かに軋《きし》む。更に小さくがたっと音が続き、皆が素早く台所の方へ移った。

その瞬間、おしろの悲鳴が一軒家に響き渡ったのだ。

「きゃあっ、あたしの長火鉢っ。落ちるっ」

誰が持ってきたのか、盗まれたおしろの長火鉢が、一軒家の台所に現れていた。しかも何故《なぜ》だか縄で縛り天井から吊《つる》されており、今にも土間へ落ち、壊れそうになっている。

「下ろさなきゃっ。早く、早く」

おしろは台所の土間へと駆けてゆくと、竈《かまど》に乗って背伸びをし、吊り下がっている火鉢へ手を差し出した。すると急に、結ばれていた縄がたわみ、長火鉢が動く。途端、中の五徳が転がり出て火鉢は大きく揺れ、灰が、手を伸ばしていたおしろへ降りかかったのだ。五徳が土間で飛び跳ねた。

「きゃああっ」

「おしろさんっ、大丈夫ですかっ」

悲鳴と共におしろがよろけると、妖達が慌《あわ》てて駆け寄る。そして……守狐が何匹かで、無事おしろを支えた時、板戸で仕切られた隣の板間から、新たな悲鳴が響いたのだ。

「ぎゃあっ、何で……何でっ」

「きゅいっ、やたっ」

「鳴家、偉いっ。屛風のぞき、そこ押さえて」

「おい、恐《こわ》くて何も出来ないくせに、俺に命じるなよ」

「皆さんは、妖封じの護符に気を付けて。この黒羽が、そやつを押さえます故」

「ぎゃーっ、阿呆《あほう》っ、間抜けっ。いや、そいつは我の事かっ」

妖狐《ようこ》達が台所の奥の戸を開けると、板間の床一杯に、蚊帳《かや》が広がっていた。そして蚊帳の上には、沢山の御札が貼《は》られており、その威力の為《ため》か、下で小さな姿がもがいていたのだ。

一軒家へ入ろうとした盗人は、鳥籠が見た事のある罠だと気づいたらしい。よってその小さな妖は、長火鉢を使って裏をかこうとしたのだ。しかし鳥籠の罠は、小屋のものと同じと見えて、実は全く違っていた。若だんなは盗人が、鳴家と同じように暢《のん》気《き》に捕まるとは思わず、部屋全部を護符の罠としていたのだ。

屏風のぞきが腕を組み、蚊帳の下を見ながら頷《うなず》く。

「うわあ、本当に盗人は妖だったんだな。こいつは誰なんだ？」

そこに離れから、鳴家達が急ぎ呼んできた仁吉が姿を現すと、僅かに眉根《まゆね》を寄せた。

「……おや、盗人は山童《やまわらわ》でしたか」

「山童？」

山と付くからには、平素は山にいる妖なのだ。よって長崎屋の妖達は揃《そろ》って眉を顰《ひそ》め、蚊帳の下を覗《のぞ》き込む。仁吉が護符付きの蚊帳を剝《は》がすと、小さな姿が現れた。童は一つ目であった。

「おんや」

皆が驚いていると、その間に山童は鳥籠へ手を伸ばした。鳴家が小屋から持ってきたのは山童の帯であったようで、山童はそれを取り戻しに来たらしい。

妖達に取り囲まれているし、大きな風呂敷の下にはやはり護符が貼ってあるから、影の内へは逃れられない。山童は、皆からあれこれ、問われる事になってしまった。

「離れの若だんなに、後で、ここでの話をするつもりだよ。だから悪さの訳を、きっちり話してもらうからな」

守狐がまず言ったが、山童はそっぽを向いて黙っている。そこへ場久が口を出した。

「わたしの長火鉢だけ、まだ見つかってません。どこへやったんですか。教えて下さいな」

しかしやはり、山童は黙っている。すると次に、黒羽が問うたのだ。

「あのな、この一軒家に数多《あまた》の妖がいることくらい、御身には分かったであろうに。先日はどうして盗みに入ったのだ？」

見つかった場合、相手は妖だから、影の内へ逃げ込んでも追われたかもしれない。他の家で盗む方が、ずっと簡単だった筈《はず》なのだ。

「なのに、なぜ？」

　すると。ここで応《こた》えは思わぬ方からあった。山童に代わって、何と仁吉が答えたのだ。

「さっき鳴家が私を呼びに来た時、若だんなが布団《ふとん》の内でこう言ったんだ。捕まったのが、やはり妖だったなら、わざと皆のいる一軒家を狙《ねら》ったんだろうと」

「は？　わざわざ捕まりかねない家へ、盗みに入ったんですか？　まさか」

　だが山童へ目を向けると、その顔が赤くなっているのが分かる。つまり多分、仁吉が言ったことは、当たっているのだ。

「何だってそんな、馬鹿《ばか》な事を……」

　守狐が呆《あき》れると、山童が睨《にら》んできた。それから……ゆっくりと話し始める。

「山にいても、天狗《てんぐ》や他の妖に会う事がある。そいつらによると、江戸じゃあ妖も甘い菓子を、食べたりするんだそうな」

　山童は、柿《かき》や山葡萄《やまぶどう》などが好きだったから、江戸の菓子も食べてみたくなった。それで江戸へ来てみたが、余りに人が多い上に、菓子は勝手に食べてよいものでもなかった。

「でも食べたいから、たまに影の内から、一つ二つ盗《と》った。そうしたらその内、護符を貼り付けられて、捕まっちまったんだ」

捕らえたのは鳴家達も捕まった、あの小屋の者達であった。彼らは既に妖を何匹も捕まえ、小屋でこっそり芸の助けをさせていた。その上近頃はより儲《もう》かるからと、食い物と引き替えに、盗みをさせたりしていたのだ。

「手伝えば、代わりに菓子を少しくれるんだ。盗んで追われるのは一緒だったから、雨風凌《しの》げる小屋にいたよ」

しかし人には見られなかったのに、山童達による盗みの噂《うわさ》が広がると、岡っ引きが出張《でば》ってきた。盗みをするとき、影の内へ逃げ込む事が増えたのだ。毎日が、どんどん恐くなった。嫌だなと思ったが、一人山へ帰るのも寂しい。するとその内、山童は仲間から、驚くような噂を耳にしたのだ。

「長崎屋という店には、たっくさん妖達がいるんだそうな。そこじゃ盗みをしなくても、菓子をくれたりするんだそうな」

山童は盗みに行くといって、他の妖達と、長崎屋へ向かったのだ。すると。

「長崎屋の離れをのぞいたら、妖達が色々貰《もら》ってた。火鉢とか、鉄瓶とか。それからみんなで一軒家へ行って、楽しそうに掃除をしたり買い物の話をしたりしてた」

酒を飲んで、騒ぐと言っていた。その上これから町の中で、安心して暮らしていくらしかった。訳は分からなかったが、一軒家にいた妖達は、山童達とは違う暮らしをしていたのだ。

「何で？」

思わずそう思った。おんなじ妖なのに、どうしてこうも違うのだろう。影の内から聞いていると、家に住めるのは三人の妖だけで、他は時々来るらしい。しかし山童達は、たまに来る事も出来ない。気がついたら盗人となっていた山童達が時々会うのは、恐い岡っ引きだ。

「何で？」

どうして？　同じ妖なのに、何が違うというんだろうか。

分からない。でも、でもでもでもでも、毎日の暮らしは全く違うのだ。山童は、長崎屋の者ではないから、目の前の一軒家でのんびり出来はしない。皆から祝いの品を貰ったり、湯屋へ一緒に行って貰えたりもしない。昨日までそんな事をしてもらった事はないし、明日からも無いに違いない。ずっとずっと、ない。

「何でだよ。ずるい！」

山童が一つきりの目で、金次を睨んだ。その目から大粒の涙が盛り上がって、やがてこぼれ落ちてゆく。だが、泣き声を上げたりはしなかった。

「だからみんなで、この家から大事なものを、ごっそり盗んでやったんだ。我は火鉢なんか持ったことない。湯飲み一つ持ってない」

でも、どうせ持ち帰ったとて、全部小屋の者達に取り上げられるし、大して食べ物を貰える訳でもない。だからほとんどは、道端にまき散らしておいたのだ。面白かったので、前に盗んだ物も一緒に撒《ま》いた。

「拾っていった奴《やつ》もいたよ。でも知るもんか」

それが小屋の者達に知れて、山童は一時、籠へ押し込められていたらしい。一つ目から、すぐにまた、ぼろりと大きな涙が流れ出た。仁吉が続けて問う。

「古道具屋で、右の半分だけ物を盗んだ訳は何だ？」

「半分だけ？　小屋の妖達と古道具屋の倉から盗んでた時、恐い妖が近くに来た事があったよ。皆怖がって、途中で逃げた」

左の棚から盗む間は、無かった訳だ。

「……ああ、そういう事だったのか」

「あの小屋、急に潰れたんだ。一緒にいた妖達も、どこかへ行っちゃった。我は山へ帰るしかない。もう、江戸のお菓子は食べられない」

山童は、それからぷいと横を向いたが、鳥籠に置かれていた菓子が目に入ったのか、手を伸ばした。両手で摑《つか》みあげ、ばくばくと食べ始める。

直ぐに手を止め、「美味《おい》しい」と言うと、一心に食べ続けた。止まらない。

それを長崎屋の皆は、しばし黙って見つめていた。

7

山童《やまわらわ》が腹一杯食べたところで、金次が一歩前へ出ると、盗人《ぬすっと》妖《あやかし》の頭に、拳固《げんこ》を一つ振り下ろした。

「ぎゃあっ」

悲鳴を上げた山童は、風呂敷《ふろしき》の外へと転がって出ると、金次を睨《にら》みつける。

だが直《す》ぐに、己が護符を貼《は》り付けた布の外へ出たと、分かったらしい。山童はさっと影の内へ入ると、大急ぎで一軒家から逃げ出してしまった。

「きゅべー、行っちゃった」

鳴家《やなり》達が一斉に、山童が消えた影を見る。だが金次は短く「追うな」と言って、山童を黙って行かせた。黒羽が疲れた顔で溜息《ためいき》をつきつつ、蚊帳《かや》を畳み始める。

「やれ山童は、ちゃんと山へ帰れるかな」

「小屋は潰《つぶ》れた。もう、人に使われる事も、盗人として追われる事もあるまいよ」

仁吉が言い風呂敷を畳むと、護符が床の上からなくなったので、こぼれた菓子へ鳴家達が飛びつく。花林糖をぽりぽり囓《かじ》りつつ、鳴家達は「きゅい」と鳴くと、黒羽や仁吉へ問うた。

「山童、花林糖が食べたくて、でも食べられなくて、火鉢盗んだの？」

しかし盗んでも、売らずに放り出してしまったら、やっぱり花林糖は食べられないではないか。

「ぎゅんわ、変」

訝《いぶか》しがりつつも、小鬼達は、かりかり囓る事を止《や》めない。黒羽が大きな手で、その頭を撫《な》でた。

「山童は、菓子が好きなようであったな。だが、欲しかったのは菓子だけではなかろうよ」

かつて黒羽は飛べなくなり、山にも里にも生きていける場所が無くなってしまった。だから死にものぐるいで馬鹿《ばか》をしたし、その事をよく覚えている。

「寛永寺で僧になれた事を、今、本当に感謝しているのだ」

だから慣れない修行は大変だが、日々師の寿真に褒めて貰《もら》えるよう頑張っている。

「多分あいつも、どこかで誰かに迎えて欲しかったのだ」

だが、しかし。御札を剝《は》がして集めつつ、仁吉が静かに言った。

「この離れに、日の本中の妖が集まる事は出来ませんよ」

そもそも、すべてを支えられる強いものに、この世で出会った事などない。万物を知る白沢、仁吉はそう言い切った。

離れの主《あるじ》である若だんなとて、妖達と同じく自分が生きてゆく事に苦労している一人なのだ。これから商人《あきんど》としてやっていけるようになるか、腹をくくらねばならない日々も待っている。その肩に載れば楽だからと、妖達が皆若だんなへ頼ったら、病があっという間に、若だんなを江戸から連れ去ってしまうだろう。

「いや、それでなくとも、人の生きる時は短いのに……」

誰か誰か誰か、己の側に居て。どこへも行かないで。頭を撫でて。祈るようにそう願っても、時は人をあっという間に連れて行ってしまう。長き時をゆく妖として生まれたら、何としても己の足で立つ事を覚えねば、先へ、いや来年、来月へすらいけないのだ。ここで黒羽が、妖の消えた影の内へ目を向けた。

「あの山童は、まだ若そうであった。貧乏神の金次さんが一つの長火鉢を手にするまで、どれだけ時が掛かったか知るまいな」

「きゅい、佐助、千年。長崎屋へ来るまで」

金次に過ぎた時は、それより長いのかなと、鳴家が首を傾《かし》げている。

「そうだなぁ、大分長いかもな」

金次が渋い顔で、渋団扇《しぶうちわ》をせわしなく扇《あお》いでいる。仁吉が眉間《みけん》に皺《しわ》を寄せた。

「しかし若だんなはまた、心配するんだろうな。あの妖……」

たとえ、盗人であってもだ。

金次は「へっ」と、恐《こわ》いような声で言った。しかし、大事な大事な長火鉢を盗んだ者なのに、見世物小屋の者達のように、消えた山童を祟《たた》ったりはしなかった。

「場久の無くした火鉢を、早く探さなきゃな」

皆は金次の言葉に頷《うなず》くと、話を待っている若だんなの所へ、揃《そろ》って歩いて行った。

『すえずえ』文庫化記念対談

みもり×畠中恵

東海道中しゃばけ旅

みもり　漫画家、イラストレーター。二〇〇四年、『99＋1（つくも）』でスクウェア・エニックス　マンガ大賞を受賞。著書に『地獄堂霊界通信』『押入れの少年』『織田さん家の乱法師』、畠中恵原作の『八百万』などがある。

「しゃばけ」シリーズの舞台といえば、若だんなが暮らす花のお江戸。けれども、騒動はお江戸だけで起こるわけじゃない！　シリーズ第十三弾『すえずえ』の文庫化を記念して、畠中恵さんが漫画家のみもりさんをお誘いし、東海道の旧宿場町など「しゃばけ」縁《ゆかり》の地を訪れる小旅行に出かけました。各地をめぐりながら、ここだけの創作秘話を繰り広げていただきました。

■戸塚宿の踊る猫

――まずは、東海道の宿場町だった戸塚にやってきました。『すえずえ』の「寛朝の明日」では、戸塚宿の猫又《ねこまた》たちの踊りが事件解決の糸口になるのですが……。

みもり　猫又さんたちが手拭《てぬぐ》いをかぶって踊りだすシーンのかわいさ、忘れられません。「猫じゃ猫じゃ」の歌も面白くて。なんでも戸塚宿には「猫踊り」の伝承が本当に残っていたそうですね。

畠中　そうなんです。水本屋というお醬油《しょうゆ》屋さんで、干していた手拭いが毎夜なくなるので、不審に思った家の者が夜中見張っていたら、この家で飼われていたトラという猫が手拭いを携えて出て行く。後を付けてみたところ、猫たちが手拭いをかぶって広場で踊っていた、というなんとも奇妙でかわいい伝承が残っているんですよ。

戸塚駅から地下鉄で一駅の踊場駅に、「踊る猫の碑」というのがあるそうなんですが、見に行ってみませんか。

みもり　ぜひぜひ。戸塚は大きな町ですねぇ。にぎやかなベッドタウンという感じで、宿場町の面影はほとんど残っていませんね。

〈踊場駅に到着。地下鉄の駅を出てすぐに「踊る猫の碑」を発見〉

畠中　これはまた、ずいぶんあっさり見つかりましたね。碑というか、供養塔なんですね。立札には、元文二年（一七三七）に建立された、とあります。

みもり　招き猫やディズニーキャラの猫の置物が置かれていて、とっても親しみやすくてかわいい供養塔ですね。

畠中　ここ戸塚の伝承における猫は、「祟《たた》る猫」ではなく「踊る猫」。それでも江戸の人たちにとってはちょっと不気味だったのかな。だから「供養」しようと思ったのかもしれません。

みもり　なるほど。現代人からすると、本当に愛らしいお話ですけどね。踊場駅の構内の壁にも、ところどころ猫モチーフが使われているのもかわいかったです。

畠中　せっかくの伝承なんだから、もっとアピールしていけば面白いですよね。たとえば「オリジナル踊り猫手拭い」みたいな、戸塚のご当地グッズを売り出すとか。

みもり　その手拭い、あったら買います！

■約束の地、江ノ島

――次は、藤沢宿を経由して、江ノ島にやってきました。実はここ、仁吉と佐助にとって思い出深い場所なのです。遠い遠い昔、若だんなの祖母で、大妖《たいよう》であるおぎん様と旅をしていた仁吉が怪我《けが》をしました。それを助けて江ノ島へ運んだのが、偶然居合わせた佐助。感謝したおぎん様が、定まらぬ名で旅を続けていた佐助に名を授け、ある約束をするのです。詳しくは「しゃばけ」外伝『えどさがし』（新潮文庫）収録の「五百年の判じ絵」をお読み下さいませ！

みもり　海岸から江ノ島まで、いまは橋を渡って行きますが、佐助たちは干潮時に歩いていったそうですね。

畠中　江ノ島弁天橋が架かったのは明治二十四年（一八九一）ですから、それまでは船や徒歩で渡っていたそうです。歩いてだなんて、今ではちょっと信じられませんね。

みもり　畠中さんはどうしてここを仁吉と佐助の出会いの場所に選んだのですか？

畠中　やはりここに魅力を感じたからでしょうね。江戸時代、東海道を旅する人たちにとって、江ノ島はちょっと立ち寄るのにちょうど良いところだったんですよ。風光明媚《めいび》で、藤沢宿からも近い。江ノ島弁財天信仰の対象になっていて、神秘的なイメージもありますしね。

〈一行は江島神社の辺津宮、奉安殿、中津宮などに参拝。江ノ島展望塔の下で休憩することになりました〉

畠中　ここらへんで一休みしませんか。今日お会いする前に、かつての川崎宿の名物で、和菓子屋さんが販売している「奈良茶飯《ならちゃめし》」と「米饅頭《よねまんじゅう》」を買ってきたんです。一緒にいただきましょう！

みもり　あ、東海道の旅の途中で妖《あやかし》たちが食べていた名物ですね！

畠中　「奈良茶飯」が名物だった旅籠《はたご》屋「万年屋」はとうになくなってしまいました

が、昔の名物を復刻させたようですね。物語に出てくるのは〝茶飯に豆腐汁、煮染《にし》めがついた膳《ぜん》〟なので、これは当時とはだいぶ違うと思うけど、お茶で炊《た》いたおこわ風のご飯がとっても美味《おい》しい。

みもり　米饅頭も柔らかくておいしいです。旅の疲れが癒《いや》される甘さですね。「寛朝の明日」では、妖たちはほかにも平塚宿で鰯《いわし》料理を食べたりして、さながら当時の宿場町をめぐるグルメツアーのようで羨《うらや》ましいです。各地の名物はどうやって調べるのですか？

畠中　江戸から上方への旅に関する資料本などを参考にしました。「この宿場ではこんな薬が売っている」とか、「この宿場にはこんな伝承があった」とか「この宿場と宿場の間は何里あって、どのくらいで移動した」とか、当時の旅人の様子が詳しくわかって、とても参考になるんですよ。

みもり　なるほど。「旅は一日十里歩く」と作品のなかで書いてありましたが、十里、いまで言うと四十キロ弱を一日で歩いていたなんて、現代人の感覚では想像しにくいですよね。

畠中　みもりさんにはかつて、私の著書の『八百万《やおよろず》』と、『ぬしさまへ』に入っている「仁吉の思い人」（新潮文庫『しゃばけ漫画　仁吉の巻』収録）を漫画化していただき、いまは「しゃばけ」シリーズのコミカライズの準備をしていただいていますが、時代ものの漫画を手がけるときはどんな資料を使っているのですか？　現代ものと違って、アシスタントさんにポーズをとってもらうわけにはいきませんよね。

みもり　そうなんです。キャラが動いたときの和服のしわなどは、想像で描くのが難しいので、私も本を参考にすることが多いです。あとはドラマや映画の時代劇も使いますね。参考にしたい動作があったときに、一時停止して描き写したり。それと、散歩のときに着物の人を見かけると、凝視してその動きを目に焼き付けています（笑）。

畠中　ちょっとあやしい（笑）。実は私、ほかの作家さんや漫画家さんの創作苦労話を聞くのが大好きなんです。もっとお尋ねしてしまおう。描きやすいキャラ、描きにくいキャラってありますか？

みもり　うーん、どのキャラも苦労します。柴田ゆう先生の描かれているものを参考にさせて頂いているのですが、それらをどう自分の絵で起こすかが難しいです。時代物が得意というわけではないので……。好きなキャラは屏風《びょうぶ》のぞきですが、思うように格好良く描けませんね。美形キャラを描くのは基本苦手です！

畠中　屏風のぞきは勝手に動き出しますからね。「しゃばけ」を書きはじめた時、屏風のぞきは周囲の妖たちの中のひとりといった感じで、特にひいきしたつもりはなかったんです。けれども物語を書き進めていくにつれ、作者の思惑を離れてどんどん前に出てきて、主要キャラになってしまった（笑）。鳴家《やなり》も、金次さんもそうでしたね。

みもり　金次さんも（笑）。キャラクターもそうですが、背景やディテールの描き方に頭を悩ませることのほうが多いかもしれません。たとえば、部屋の中の場面を描くにしても、「広さはどのくらいなのか」とか「天井の高さはどのくらいなのか」とか、文献だけでは実在感が摑《つか》みにくい。大通りを振り売りが歩いている、というちょっとした背景を描くにも、「大通りは振り売りの体に対してどのくらいの幅に描いたらいいんだろう」と悩んだりするし、料理の小皿を描くにも「江戸時代の飾り皿はどんなのだろう」と考え込んでしまうんです。

畠中　小説だと、背景やディテールについてあまり詳しく書かなくても、読者の頭の中で補完してもらえるところがありますが、漫画はそうはいかないのが大変ですよね。もしかしたら、「黄表紙」は参考になるかも。挿し絵付きの読みもので、現代の漫画に通じるものがあります。古書店や古本市で買えますよ。バッタもんも多いですが、江戸の暮らしの詳細がとてもリアルに描かれていて、イメージが湧《わ》きやすいかもしれません。

みもり　なるほど、今度探しに行ってみます！

画・みもり

■小田原で大興奮

──江ノ島の次は電車で小田原へ。東海道の主要宿場町なので、小田原城のほか見所はたっぷりありますが、今回の小田原訪問の目的は、「お薬」なんです！　まずは、外郎《ういろう》家が六百年以上前から小田原で売り続けている薬「ういろう」を手に入れるため、まるでお城と見紛《みまが》うような白壁の立派な建物、「ういろう本店」を訪れました。

畠中　かまぼこに塩辛、梅干しなどなど、小田原には名物がたくさんありますが、やはり「ういろう」はぜひとも手に入れてみたいと思っていました。

みもり　「ういろう」というと、お菓子のことかと。

畠中　もともとはお薬のほうが古いみたいです。ここ小田原の「外郎家」が作っていたお薬の「透頂香《とうちんこう》」の色に似ているから、お菓子のほうが「ういろう」という名前になったという説もあるようですよ。

みもり　〈お店のパンフレットを見ながら〉歌舞伎《かぶき》で有名な「外郎売」のセリフも、この薬に由来しているんですね。二代目市川団十郎がノドをいためたときに「透頂香」で回復した、そのお礼にこの薬を題材にしたとか。

畠中　いろんな歴史があるんですねえ。お店のなかに、生薬の香りが漂っていますね。薬種問屋だった長崎屋も、店内はこんな香りがしたのかな。

——ここで販売されているお薬は以下の三種。六百年以上前から製法・成分が変わらない「ういろう」こと「透頂香」は、胃痛やノドの痛みのほか、様々な症状に効く万能薬。「妙香散」は主に更年期の症状に効く薬。「振出し五香湯」はティーバッグのようになっている、冷え性や風邪の薬だそうです。お二人は三種ともお買い上げ！　次に一行が目指したところは——。

畠中　ここが小西薬局さん。ういろうに続いて、みもりさんとぜひ一緒に行きたかったお薬屋さんです。

みもり　わあ、趣のある建物ですね！

畠中　パンフレットによると、創業は寛永十年（一六三三）だそうですが、いまの建物は、明治時代の旧店舗の材料を使って大正時代に建て直したものだそうです。

〈店内を見学するお二人。みもりさん、お店の方の許可を得て写真を撮りまくります〉

みもり　すごい、生薬をしまっていた百味たんすとか、薬剤をすりつぶす道具や、じょうご、秤《はかり》だとか、こんなに古いものをこれほど近くでみられるなんて、感激です！

長崎屋の店内や、仁吉さんが薬を煎《せん》じる姿を描くのに、ものすごく参考になります。

畠中 文献や写真で眺めるだけだと、人の体に対してどのくらいの大きさなのか、といった感覚がなかなか摑みにくいですよね。

みもり そうなんです。なるべく江戸の暮らしを体感したいと思って、江戸東京博物館とか、深川江戸資料館を訪れたりもしていますが、こんなに近くで実際に使用されていた道具類が見られるのははじめてで、本当にありがたいです。

畠中 こうして昔の面影を遺《のこ》しながらも、いまだに調剤薬局として営業を続けていらして、歴史と共存しているのも素敵ですね。

——ういろう本店、小西薬局があるのは旧東海道沿い。「本陣」「脇《わき》本陣」といわれる参勤交代中の大名や武士など身分の高い人が泊まった宿や、一般旅行者が泊まった旅籠が多数集まったところで、歴史を感じさせる建物がちらほら。お二人は休憩がてら、道沿いの「小田原宿なりわい交流館」に寄りました。ここは昭和七年（一九三二）に建設された旧網問屋を、町歩きをする観光客のための休憩所やイベントスペースとしてリニューアルした場所だそうです。

畠中 これはもしや！

〈「交流館」の壁に釘付《くぎづ》けになる畠中さんとみもりさん〉

畠中　小田原にあった本陣の詳細な間取り図が。しかも三軒分も！

みもり　本陣ってこんなに立派だったんですね。たとえばこの「清水金左衛門本陣」は敷地が約四百十坪。各部屋が何畳だったかも書いてあるなんて。こういう間取り図があると、建物の大きさや雰囲気を想像しやすいです。

畠中　しかもここに、参勤交代の途中で各本陣に宿泊した大名の名前と、何万石だったかも書いてありますね。

みもり　本当だ。たとえば仲の悪い○○氏と××氏が偶然同じタイミングで同じ本陣に泊まることになったらどうなるんだろう、とか、物語のイメージが膨らみますね。

畠中　実際にそういうこともあったみたいですよ（笑）。参勤交代って、各藩にとっては、経済的負担など苦労が多かったと思いますが、それによって地方は孤立することがなかったし、江戸には各地の文化が流入して豊かな文化を花開かせることになった。それに、街道が整備されて、途中で立ち寄る宿場町も発展した。なかなか良くで

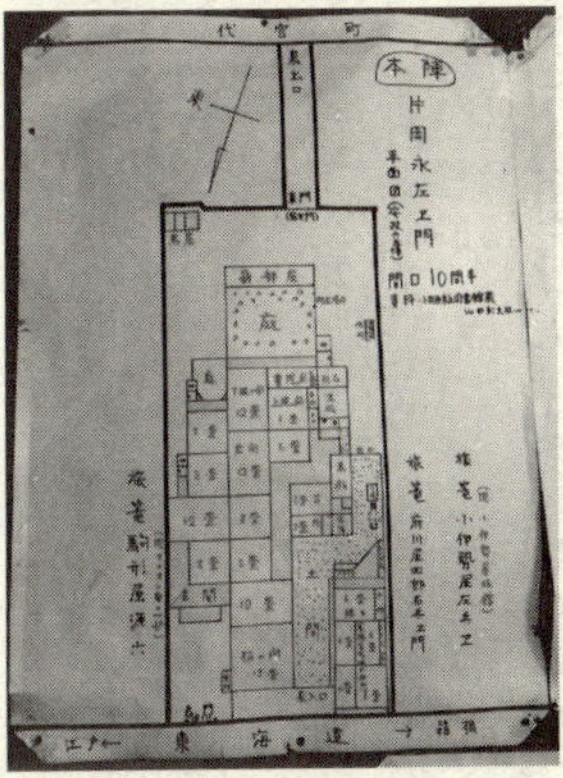

小田原宿なりわい交流館の、手書きによる本陣の間取り図

きたシステムだったのかもしれませんね。

みもり　なるほど、確かにそうですね。それにしてもこの図は誰《だれ》が書いたんだろう。

案内員　これは、通りの数軒先にある呉服屋のおじいさんが、昔の資料を元に拡大して描き起こしたものなんですよ。

畠中　そうなんですか。アマチュア郷土史家の方だったりして。この隣の地図は小田原城ですか。私の家には江戸城の古地図が貼《は》ってあるんですが、なんだか雰囲気が似てる。

案内員　家康が小田原城をマネしたんだ、と言う小田原の人は多いんですよ（笑）。小田原城の総構が、江戸外堀に影響を与えたという説もあります。腕のいい職人さんもみんな、家康が江戸に連れて行っちゃったとか。「荻窪《おぎくぼ》」とか「板橋」といった東京の地名も、実は小田原由来なんですよ。

畠中　そうですか、江戸に幕府が開かれるまでは、小田原は関東一の都市でしたものね。

町のおじいさんが本陣に詳しかったり、寛永期から営業を続けている薬局があったり。たとえ関東大震災や戦災で建物はなくなっても、当時からの生活が地続きで受け継がれてきている、小田原にはそんな江戸の息吹を感じますね。

みもり　そうですね。歴史ある町を歩いてみることは、文献や資料を漁《あさ》ることと同じぐらい、もしくはそれ以上に、収穫が大きいのかもしれません。いざ絵を描くときに役に立つのは、自分が実際に体験したこういう感覚なんだと思います。

畠中　今回は駆け足でしたが、またぜひ取材を兼ねた小旅行に出たいですね。

みもり　ぜひぜひ。次に畠中さんが若だんなにどんな旅をさせるのか、楽しみです。

畠中　そのためには、若だんなにもうちょっと元気になってもらわないとね（笑）。

（平成二十八年十月）

この作品は二〇一四年七月新潮社より刊行された。

畠中恵著　しゃばけ

日本ファンタジーノベル大賞優秀賞受賞

大店の若だんな一太郎は、めっぽう体が弱い。なのに猟奇事件に巻き込まれ、仲間の妖怪と解決に乗り出すことに。大江戸人情捕物帖。

畠中恵著　ぬしさまへ

毒饅頭に泣く布団。おまけに手代の仁吉に恋人だって？　病弱若だんな一太郎の周りは妖怪がいっぱい。ついでに難事件もめいっぱい。

畠中恵著　ねこのばば

あの一太郎が、お代わりだって?!　福の神のお陰か、それとも…。病弱若だんなと妖怪たちの「しゃばけ」シリーズ第三弾、全五篇。

畠中恵著　おまけのこ

孤独な妖怪の哀しみ（「こわい」）、滑稽な厚化粧をやめられない娘心（「畳紙」）……。シリーズ第4弾は〝じっくりしみじみ〟全5編。

畠中恵著　うそうそ

え、あの病弱な若だんなが旅に出た!?　だが案の定、行く先々で不思議な災難に巻き込まれてしまい――。大人気シリーズ待望の長編。

畠中恵著　ちんぷんかん

長崎屋の火事で煙を吸った若だんな。気づけばそこは三途の川!?　兄・松之助の縁談や若き日の母の恋など、脇役も大活躍の全五編。

畠中恵著
いっちばん
病弱な若だんなが、大天狗に知恵比べを挑む！　妖たちも競い合ってお江戸の町を奔走。火花散らす五つの勝負を描くシリーズ第七弾。

畠中恵著
ころころろ
大変だ、若だんなが今度は失明だって!?　手がかりはどうやらある神様が握っているらしい。長崎屋を次々と災難が襲う急展開の第八弾。

畠中恵著
ゆんでめて
屛風のぞきが失踪！　佐助より強いおなごが登場!?　不思議な縁でもう一つの未来に迷い込んだ若だんなの運命は。シリーズ第9弾。

畠中恵著
やなりいなり
若だんな、久々のときめき!?　町に蔓延する恋の病と、続々現れる疫神たちの謎。不思議で愉快な五話を収録したシリーズ第10弾。

畠中恵著
ひなこまち
謎の木札を手にした若だんな。以来、不思議な困りごとが次々と持ち込まれる。一太郎は、みんなを救えるのか？　シリーズ第11弾。

畠中恵著
えどさがし
時は江戸から明治へ。仁吉は銀座で若だんなを探していた――表題作ほか、お馴染みのキャラが大活躍する全五編。文庫オリジナル。

畠中恵著　たぶんねこ

大店の跡取り息子たちと、仕事の稼ぎを競うことになった若だんなだが……。一太郎と妖たちの成長がまぶしいシリーズ第12弾。

畠中恵著　アコギなのかリッパなのか　―佐倉聖の事件簿―

政治家事務所に持ち込まれる陳情や難題を解決するは、腕っ節が強く頭が切れる大学生！「しゃばけ」の著者が贈るユーモア・ミステリ。

畠中恵著　さくら聖・咲く　―佐倉聖の事件簿―

政治の世界とは縁を切り、サラリーマンになる。そう決意した聖だが、就活には悪戦苦闘!? 爽快感溢れる青春ユーモア・ミステリ。

畠中恵著　つくも神さん、お茶ください

「しゃばけ」シリーズの生みの親ってどんな人？ デビュー秘話から、意外な趣味のこと、創作の苦労話などなど。貴重な初エッセイ集。

畠中恵著　ちょちょら

江戸留守居役、間野新之介の毎日は大忙し。接待や金策、情報戦……藩のために奮闘する若き侍を描く、花のお江戸の痛快お仕事小説。

畠中恵著　けさくしゃ

命が脅かされても、書くことは止められぬ。それが戯作者の性分なのだ。実在した江戸の流行作家を描いた時代ミステリーの新機軸。

畠中恵
柴田ゆう著
しゃばけ読本
物語や登場人物解説から畠中・柴田コンビの創作秘話まで。シリーズのすべてがわかるファンブック。絵本『みぃつけた』も特別収録。

森見登美彦著
太陽の塔
日本ファンタジーノベル大賞受賞
巨大な妄想力以外、何も持たぬフラレ大学生が京都の街を無闇に駆け巡る。失恋に枕を濡らした全ての男たちに捧ぐ、爆笑青春巨篇！

森見登美彦著
きつねのはなし
古道具屋から品物を託された青年が訪れた奇妙な屋敷。彼はそこで魔に魅入られたのか。美しく怖しくて愛おしい、漆黒の京都奇譚集。

森見登美彦著
四畳半王国見聞録
その大学生は、まだ見ぬ恋人の実在を数式で証明しようと日夜苦闘していた。四畳半から生れた7つの妄想が京都を塗り替えてゆく。

森見登美彦著
森見登美彦の
京都ぐるぐる案内
傑作はこの町から誕生した。森見作品の名場面と叙情的な写真の競演。旅情溢れる随筆二篇。ファンに捧げる、新感覚京都ガイド！

養老孟司
宮崎駿著
虫眼とアニ眼
「一緒にいるだけで分かり合っている」間柄の二人が、作品を通して自然と人間を考え、若者への思いを語る。カラーイラスト多数。

小野不由美著

残穢

山本周五郎賞受賞

何かが畳を擦る音、いるはずのない赤ん坊の泣き声……。転居先で起きる怪異に潜む因縁とは。戦慄のドキュメンタリー・ホラー長編。

小野不由美著

魔性の子

—十二国記—

孤立する少年の周りで相次ぐ事故は、何かの前ぶれなのか。更なる惨劇の果てに明かされるものとは——「十二国記」への戦慄の序章。

小野不由美著

月の影　影の海（上・下）

—十二国記—

平凡な女子高生の日々は、見知らぬ異界へと連れ去られ一変した。苦難の旅を経て「生」への信念が迸る、シリーズ本編の幕開け。

小野不由美著

風の海　迷宮の岸

—十二国記—

神獣の麒麟が王を選ぶ十二国。幼い戴国《たいこく》の麒麟は、正しい王を玉座に据えることができるのか——『魔性の子』の謎が解き明かされる！

小野不由美著

東の海神　西の滄海

—十二国記—

王とは、民に幸福を約束するもの。しかし雁国に謀反が勃発した——この男こそが「王」と信じた麒麟の決断は過ちだったのか!?

小野不由美著

風の万里　黎明の空（上・下）

—十二国記—

陽子は、慶国の玉座に就きながら役割を果たせず苦悩する。二人の少女もまた、泣いていた。いま、希望に向かい旅立つのだが——。

星新一著
ボッコちゃん
ユニークな発想、スマートなユーモア、シャープな諷刺にあふれる小宇宙！　日本SFのパイオニアの自選ショート・ショート50編。

星新一著
ようこそ地球さん
人類の未来に待ちぶせる悲喜劇を、卓抜な着想で描いたショート・ショート42編。現代メカニズムの清涼剤ともいうべき大人の寓話。

星新一著
気まぐれ指数
ビックリ箱作りのアイディアマン、黒田一郎の企てた奇想天外な完全犯罪とは？　傑出したギャグと警句をもりこんだ長編コメディー。

星新一著
ほら男爵現代の冒険
〝ほら男爵〟の異名を祖先にもつミュンヒハウゼン男爵の冒険。懐かしい童話の世界に、現代人の夢と願望を託した楽しい現代の寓話。

星新一著
ボンボンと悪夢
ふしぎな魔力をもった椅子……。平和な地球に出現した黄金色の物体……。宇宙に、未来に、現代に描かれるショート・ショート36編。

星新一著
悪魔のいる天国
ふとした気まぐれで人間を残酷な運命に突きおとす〝悪魔〟の存在を、卓抜なアイディアと透明な文体で描き出すショート・ショート集。

宮部みゆき著
本所深川ふしぎ草紙
吉川英治文学新人賞受賞

深川七不思議を題材に、下町の人情の機微とささやかな日々の哀歓をミステリー仕立てで描く七編。宮部みゆきワールド時代小説篇。

宮部みゆき著
かまいたち

夜な夜な出没して江戸を恐怖に陥れる辻斬り〝かまいたち〟の正体に迫る町娘。サスペンス満点の表題作はじめ四編収録の時代短編集。

宮部みゆき著
幻色江戸ごよみ

江戸の市井を生きる人びとの哀歓と、巷の怪異を四季の移り変わりと共にたどる。〝時代小説作家〟宮部みゆきが新境地を開いた12編。

宮部みゆき著
初ものがたり

鰹、白魚、柿、桜……。江戸の四季を彩る「初もの」がらみの謎また謎。さあ事件だ、われらが茂七親分——。連作時代ミステリー。

宮部みゆき著
平成お徒歩《かち》日記

あるときは、赤穂浪士のたどった道。またあるときは箱根越え、お伊勢参りに引廻し、島流し。さあ、ミヤベと一緒にお江戸を歩こう！

宮部みゆき著
堪忍箱

蓋を開けると災いが降りかかるという箱に、心ざわめかせ、呑み込まれていく人々——。人生の苦さ、切なさが沁みる時代小説八篇。

筒井康隆著　虚航船団

鼬族と文房具の戦闘による世界の終わり——。宇宙と歴史のすべてを呑み込んだ驚異の文学、鬼才が放つ、世紀末への戦慄のメッセージ。

筒井康隆著　旅のラゴス

集団転移、壁抜けなど不思議な体験を繰り返し、二度も奴隷の身に落とされながら、生涯をかけて旅を続ける男・ラゴスの目的は何か？

筒井康隆著　ロートレック荘事件

郊外の瀟洒な洋館で次々に美女が殺される！史上初のトリックで読者を迷宮へ誘う。二度読んで納得、前人未到のメタ・ミステリー。

筒井康隆著　パプリカ

ヒロインは他人の夢に侵入できる夢探偵パプリカ。究極の精神医療マシンの争奪戦は夢と現実の境界を壊し、世界は未体験ゾーンに！

筒井康隆著　家族八景

テレパシーをもって、目の前の人の心を全て読みとってしまう七瀬が、お手伝いさんとして入り込む家庭の茶の間の虚偽を抉り出す。

筒井康隆著　七瀬ふたたび

旅に出たテレパス七瀬。さまざまな超能力者とめぐりあった彼女は、彼らを抹殺しようと企む暗黒組織と血みどろの死闘を展開する！

重松清著 ビタミンF 直木賞受賞

もう一度、がんばってみるか――。人生の"中途半端"な時期に差し掛かった人たちへ贈るエール。心に効くビタミンです。

重松清著 きよしこ

伝わるよ、きっと――。少年はしゃべることが苦手で、悔しかった。大切なことを言えなかったすべての人に捧げる珠玉の少年小説。

重松清著 くちぶえ番長

くちぶえを吹くと涙が止まる。大好きな番長はそう教えてくれたんだ――。懐かしい子ども時代が蘇る、さわやかでほろ苦い友情物語。

重松清著 きみの友だち

僕らはいつも探してる、「友だち」のほんとうの意味――。優等生にひねた奴、弱虫や八方美人。それぞれの物語が織りなす連作長編。

重松清著 青い鳥

非常勤の村内先生はうまく話せない。でも先生には、授業よりも大事な仕事がある――孤独な心に寄り添い、小さな希望をくれる物語。

重松清著 ロング・ロング・アゴー

いつか、もう一度会えるよね――初恋の相手、忘れられない幼なじみ、子どもの頃の自分。再会という小さな奇跡を描く六つの物語。

すえずえ

新潮文庫 は－37－14

平成二十八年十二月一日発行

著者 畠《はたけ》中《なか》恵《めぐみ》

発行者 佐藤隆信

発行所 株式会社 新潮社

郵便番号 一六二―八七一一
東京都新宿区矢来町七一
電話 編集部(〇三)三二六六―五四四〇
読者係(〇三)三二六六―五一一一
http://www.shinchosha.co.jp

印刷・大日本印刷株式会社　製本・憲専堂製本株式会社

ISBN978-4-10-146134-2 C0193